D1079277

Le voile déchiré

JANICE KAY JOHNSON

Le voile déchiré

éditions Harlequin

Titre original : OPEN SECRET

Traduction française de ISABEL WOLFF-PERRY

HARLEQUIN®
est une marque déposée par le Groupe Harlequin
PRÉLUD'®
est une marque déposée par Harlequin S.A.

Photos de couverture
Visage féminin : © STOCKBYTE PLATINUM / ROYALTY FREE / GETTY IMAGES
Marais : © ALEC PYTLOWANY / MASTERFILE

© 2006, Janice Kay Johnson. © 2007, Harlequin S.A.
83/85 boulevard Vincent Auriol 75646 PARIS CEDEX 13.
Service Lectrices — Tél. : 01 45 82 47 47
ISBN 978-2-2801-5717-9

Chapitre 1

Il fallut à Suzanne Chauvin une bonne dose de courage pour se décider à faire rechercher sa sœur.

D'ailleurs, elle avait fait tout son possible pour éviter d'en venir un jour à louer les services d'une agence spécialisée… Mais il devenait évident, hélas, que, sans l'aide d'un professionnel, elle n'aboutirait jamais. Jamais elle ne tiendrait la promesse qu'elle s'était faite, enfant : retrouver le frère et la sœur dont elle avait été séparée.

Acculée, Sue s'était donc renseignée : la discrète et efficace agence Kincaid lui avait été recommandée à plusieurs reprises. D'après ce qu'on lui avait dit, ils étaient spécialisés dans la recherche de personnes disparues. On pouvait se fier à eux.

Malgré tout, Sue hésitait. L'idée de raconter sa vie privée à un parfait inconnu la mettait extrêmement mal à l'aise. Quant à faire confiance… elle ne pouvait plus.

Plus maintenant.

Alors, elle continuait à tergiverser, à remettre la

décision au lendemain. Qui sait ? Peut-être son frère et sa sœur finiraient-ils par venir vers elle ?… Elle avait fait ce qu'il fallait pour cela et, si jamais ils la cherchaient eux aussi, ils n'auraient aucune difficulté à la retrouver.

Mais il fallait être lucide : cela faisait déjà trois ans qu'elle essayait de se mettre en rapport avec eux — en vain. Ni l'un ni l'autre ne l'avait jamais contactée.

C'est à l'issue d'une matinée particulièrement difficile qu'elle se décida enfin. Parce qu'elle se sentait nulle et totalement désespérée, elle chercha le numéro de téléphone qu'elle avait noté trois mois auparavant et appela aussitôt.

— Je voudrais prendre rendez-vous, déclara-t-elle.

Lorsque son assistante lui annonça par Interphone que sa nouvelle cliente venait d'arriver, Mark Kincaid referma le logiciel sur lequel il travaillait, jeta un coup d'œil à son agenda pour vérifier le nom de la jeune femme et se leva pour aller l'accueillir.

Suzanne Chauvin… Très certainement une petite Française — plutôt piquante, portant un tailleur chic et des hauts talons, ses cheveux soyeux remontés en chignon, de splendides yeux noirs et les lèvres rehaussées par un rouge à lèvres écarlate.

Il secoua la tête d'un air désabusé. Quel fantasme idiot ! Il avait au moins autant de chances de se retrouver face à une blonde peroxydée, un peu courtaude et vêtue d'un pantalon de polyester troué.

Mlle Chauvin n'avait pas précisé la raison pour laquelle elle souhaitait louer ses services. Tout ce qu'il savait, c'est qu'elle recherchait une personne disparue. Cela pouvait être n'importe qui : un ex-mari indigne qui n'avait pas versé de pension alimentaire depuis plus de cinq ans, une mère naturelle si la jeune femme avait été adoptée… Ces derniers temps, on lui soumettait souvent ce genre d'affaires. Ça ou l'inverse : des parents, généralement des mères, recherchaient les enfants qu'elles avaient abandonnés.

Il longea le petit couloir et gagna la salle d'attente. Le type un peu dégarni qui transpirait abondamment devait attendre son associée. A l'autre bout de la pièce, assise aussi loin de lui que possible, une femme se cachait derrière un magazine.

— Mademoiselle Chauvin ?

— Oui.

Elle laissa tomber le magazine et se leva vivement.

— Je… Merci.

— Mark Kincaid, annonça-t-il en lui tendant la main.

Elle la serra sans rien dire.

— Suivez-moi, dit-il en lui montrant son bureau.

Elle se mordilla nerveusement la lèvre inférieure, tourna la tête vers la porte de sortie, puis, prenant une longue inspiration, hocha la tête, avant de passer devant lui.

Mark en profita pour l'examiner à loisir. Si elle

ne portait ni tailleur chic ni rouge à lèvres écarlate, elle ressemblait néanmoins étonnamment à la femme qu'il s'était représentée. Car Sue Chauvin était plutôt jolie. A défaut d'être coiffés en un élégant chignon, ses cheveux bruns étaient ramassés sur sa nuque. Elle avait la trentaine et son visage était aussi fin et délicat que celui d'une poupée de porcelaine. Elle portait une robe toute simple, une paire d'escarpins d'apparence confortable, et tenait son sac serré contre elle comme si elle redoutait qu'on le lui vole.

Il la regarda se diriger vers une des deux chaises faisant face à son bureau, hésiter et s'asseoir inconfortablement sur l'une d'elles.

— Puis-je vous offrir un café ou un thé ?

Elle refusa d'un hochement de tête, manifestement crispée.

— Que puis-je faire pour vous, mademoiselle Chauvin ? demanda Mark, prenant place dans son fauteuil de cuir.

A présent, elle jouait nerveusement avec les lanières de son sac.

— On vous dit très fort dans votre domaine, commença-t-elle. C'est pourquoi je suis venue vous voir.

— Qui recherchez-vous ?

— Je voudrais retrouver mon frère et ma sœur. Je… Je n'y arrive pas toute seule.

Mark s'enfonça dans son fauteuil. La mission s'annonçait facile. Sauf quand les gens faisaient l'impossible pour rester dans l'anonymat, il n'était pas bien compliqué de les localiser, maintenant qu'on disposait de toute sorte de banques de données sur Internet. Emprunt, mariage, divorce, naissance, vote, immatriculation de voiture ou de bateau... Autant de démarches qui laissaient des traces exploitables. A chaque geste de la vie, on était enregistré sur un fichier quelconque.

Néanmoins, il hocha gravement la tête, se redressa et prit un stylo.

— Depuis combien de temps les avez-vous perdus de vue ?

— Cela fait exactement vingt-cinq ans et quatre mois.

Surpris, Mark repoussa le bloc jaune qu'il venait d'approcher de lui.

— Tant que ça ? Pourtant, vous n'avez pas plus de... disons... vingt-sept, vingt-huit ans ?

— J'ai trente et un ans, monsieur Kincaid.

— Ce qui fait que vous ne les avez pas vus depuis l'âge de six ans...

— Oui. Ce n'est pas une démarche facile pour moi, reprit-elle après une courte hésitation. J'ai toujours considéré que c'était mon affaire personnelle, d'essayer de les retrouver, mon drame intime. Ça me gêne énormément de devoir le soumettre à une tierce personne.

— Une tierce personne qui vous est parfaitement étrangère, acheva-t-il.

Suzanne Chauvin acquiesça.

— Vous êtes la seule à pouvoir prendre la décision de me confier cette mission, mademoiselle. Toutefois, si je peux vous aider en répondant à quelques questions, je le ferai volontiers.

— En fait, je… Vous m'avez été vivement recommandé. Et comme j'ai échoué dans mes recherches…, poursuivit-elle avec un pauvre sourire. C'est peut-être ça que j'ai le plus de mal à admettre, d'ailleurs…

— Et si vous commenciez par le commencement ? Racontez-moi toute l'histoire, suggéra-t-il. Ensuite, vous m'expliquerez la nature de vos démarches.

— Nos parents sont décédés dans un accident de voiture quand j'avais six ans. Je suis l'aînée. Luc, mon petit frère, avait trois ans et Line n'était encore qu'un bébé de six mois. La seule famille qui nous restait était un oncle et une tante qui avaient déjà deux enfants eux-mêmes. Et ils n'avaient ni l'envie ni les moyens d'ajouter trois orphelins à leur famille.

Mark hocha la tête pour l'encourager à continuer.

— Comme j'étais la plus grande et la plus consciente de ce qui venait de nous arriver, ils ont décidé de me garder, moi. Ils pensaient que Line et Luc s'adapteraient plus facilement dans une famille adoptive.

Mark s'imagina la scène avec épouvante. Une assistante sociale venant chercher les deux petits, la jeune Suzanne d'abord incrédule puis comprenant ce qui se passait. Il voyait la voiture s'éloigner, le garçonnet de trois ans appuyant son visage baigné de larmes contre la vitre. Pour un peu, il aurait entendu les hurlements hystériques de la fillette…

— Ça a dû être un moment extrêmement douloureux. Pour vous comme pour votre oncle et votre tante.

Elle le regarda sans le voir.

— Ça a été… déchirant. J'étais la « grande ». Maman m'avait toujours dit que je devais prendre soin des petits. J'étais très fière de sa confiance.

Ce que les gens faisaient à leurs enfants avec les meilleures intentions du monde !… Mark était prêt à parier que si elle avait su ce qui les attendait, cette mère n'aurait jamais demandé une chose pareille à sa petite fille. Hélas, elle ne pouvait pas deviner qu'elle disparaîtrait en même tant que son mari, laissant derrière elle une fillette haute comme trois pommes et convaincue d'être assez grande et assez forte pour s'occuper de ses cadets.

— Line dormait quand ils sont venus la chercher. En revanche, Luc n'arrêtait pas de demander pourquoi je ne partais pas, moi aussi, poursuivit-elle, les yeux remplis de larmes. Et moi… Je ne sais pas. C'était un mélange d'émotions. J'étais à la fois terrorisée et heureuse de ne pas être obligée de suivre de parfaits étrangers. En même temps, je me sentais coupable d'être aussi soulagée que mon oncle et ma tante aient choisi de me garder, moi…

« C'était horrible, conclut-elle simplement, en essuyant ses larmes du bout des doigts. Je me suis juré de les retrouver un jour. Et puis les années ont passé… et je n'ai jamais rien fait. »

— Qu'est-ce qui vous a décidée à agir ?

— J'ai divorcé, il y a trois ans de cela. Je ne suis pas très proche de mon oncle et de ma tante et je me sens terriblement seule. Je sais, ça semble pitoyable… Je ne manque pas d'amis… et pourtant je ressens un vide terrible au fond de moi.

Mark avait repris de la distance en entendant cet aveu. Il se méfiait de ce genre d'espoir, totalement irréaliste. Personne ne pourrait jamais combler le vide qu'éprouvait cette jeune femme.

— Permettez-moi de vous poser quelques questions…, commença-t-il.

— J'ai pris des notes, dit-elle en ouvrant son sac.

— Ce n'est pas le genre de questions auxquelles je pensais. Du moins dans l'immédiat. C'est de vous que je voudrais vous parler.

Elle le dévisagea avec étonnement.

— Je fais ce travail depuis un certain nombre d'années, à présent, continua-t-il, et je pense important que vous sachiez que, dans certains cas, je ne parviens pas à mes fins. La piste se perd dans le passé, tout simplement. Cela dit, la plupart du temps, je retrouve la personne disparue… Et quand je la retrouve, elle ne correspond pas toujours à ce qu'attendait mes clients.

Sue voulut répondre mais il l'en empêcha.

— Laissez-moi terminer, je vous prie. Je vais vous donner quelques exemples. Il y a deux ans, j'ai été engagé par une femme qui avait abandonné son bébé, un petit garçon, quand elle avait seize ans. Son entourage avait réussi à la convaincre qu'il serait mieux dans un environnement stable. J'ai retrouvé la trace de l'enfant. Il avait été violé par son père adoptif et six mois après la signature des papiers d'adoption.

Suzanne Chauvin le considéra avec épouvante.

— J'ai aussi retrouvé des mères naturelles qui refusaient de renouer avec leurs enfants. Des prostituées, par exemple. L'une d'entre elles avait donné cinq enfants à l'adoption en l'espace de huit ans. Lorsque je me suis mis en rapport avec elle pour lui dire qu'une de ses filles désirait la rencontrer, elle m'a demandé de quoi je parlais...

— Pourquoi me racontez-vous tout cela ? demanda Sue Chauvin d'une voix brisée.

— Parce que je veux que vous sachiez exactement ce à quoi vous vous exposez.

Il appuya son propos d'un regard intense et glaçant.

— Qu'attendez-vous exactement, mademoiselle ? demanda-t-il.

— Je... je voudrais revoir mon frère et ma sœur... Pouvoir leur parler.

Il attendit la suite sans rien dire.

— Et puis savoir ce qu'ils sont devenus. M'assurer qu'ils vont bien... Leur dire à quel point je suis désolée, conclut-elle en se mordant la lèvre.

— Vous n'aviez que six ans.

— Je sais bien ! s'écria-t-elle. Et j'ai beau savoir que je ne pouvais rien faire, ça ne change rien.

— En sorte, vous souhaitez soulager votre conscience.

La jeune femme rougit violemment.

— A vous entendre, on dirait que c'est un crime !

— Pas du tout, détrompez-vous. Je m'efforce seulement de comprendre ce qui est le plus important à vos yeux. Est-ce que vous pensez que ces deux inconnus redeviendront votre frère et votre sœur ? Que vous serez les meilleurs amis du monde ?

Il vit son menton trembler, et il commençait à se reprocher son franc-parler lorsqu'elle reprit la parole.

— J'adorerais qu'ils redeviennent mon frère et ma sœur, comme vous dites, déclara-t-elle avec dignité. Nous sommes tous les trois adultes, à présent. Même si nous avions été élevés ensemble, nous pourrions être disséminés dans tout le pays et ne nous voir qu'une fois par an. Je ne m'attends pas à ce que nous… réécrivions l'histoire en prétendant avoir eu une enfance toute différente, au cours de laquelle nous aurions été élevés ensemble, si c'est là que vous voulez en venir. Je veux simplement renouer des liens qui étaient très importants pour moi.

« Par ailleurs, poursuivit-elle d'une voix si basse qu'il dut tendre l'oreille, j'aimerais pouvoir leur parler de nos parents… Leur dire combien ils nous aimaient… »

Mark réfléchit quelques secondes et hocha la tête.

— D'accord. Toutefois, je dois vous mettre en garde contre deux choses. La première est que, si nous les retrouvons, il se peut que l'un ou l'autre — ou même les deux — refuse de se mettre en rapport avec vous, par amertume ou par indifférence. S'ils sont heureux dans leur famille d'adoption, ils n'éprouveront peut-être pas le besoin d'en apprendre davantage sur leur famille d'origine.

— Même pas pour connaître leurs antécédents médicaux ?

— Ils les connaissent probablement déjà par votre oncle et votre tante.

— C'est probable, en effet, murmura-t-elle, les sourcils froncés.

— Nous y reviendrons. La deuxième chose est qu'il importe que vous ne misiez pas trop sur leur affection. Même avec la meilleure volonté du monde, je doute qu'ils comblent le vide dont vous me parlez.

Les joues de Suzanne Chauvin s'empourprèrent de nouveau.

— Ce n'est pas du tout ce que j'attends d'eux ! s'exclama-t-elle, offensée. Je ne voulais pas vous donner cette impression. Je vous expliquais simplement que je traversais une période difficile quand j'ai décidé de les rechercher. Qu'est-ce que vous croyez ? Je suis parfaitement équilibrée, monsieur Kincaid, et je ne manque ni d'amis ni de relations !

La suite se coinça dans sa gorge. Elle s'était exprimée avec une telle véhémence qu'il crut qu'elle allait se lever et lui annoncer qu'elle n'aurait pas besoin de ses services, en fin de compte. A en juger par son expression, elle en mourait d'envie. Mais elle délibéra un moment avec elle-même et mit son orgueil de côté. Comme la jeune femme équilibrée qu'elle disait être.

— Dans ce cas, reprit alors Mark, voyons l'affaire en détail. Qu'avez-vous appris jusqu'à présent et pourquoi pensez-vous avoir échoué ?

Elle lui expliqua en détail les démarches qu'elle avait effectuées. Malgré ses nombreux coups de fil et lettres, elle n'était parvenue à rien. Ses notes étaient d'une pauvreté affligeante. Elle-même avait buté dans ses recherches plus tôt que Mark ne l'avait imaginé.

Il apprit cependant que l'oncle et la tante avaient eu recours à un notaire qui avait placé les enfants dans une voire deux familles d'adoption…

— Ils affirment ne pas savoir si Luc et Line ont été adoptés ensemble ou séparément, expliqua la jeune femme.

— Comment prennent-ils votre décision de les rechercher ?

— Pas très bien, reconnut-elle. Surtout mon oncle !

— S'agit-il de votre oncle par alliance ?

Si cela n'était pas toujours significatif, Mark avait l'intuition que c'était important, en l'occurrence.

— Oui. Ma mère et ma tante étaient sœurs. A mon avis, ma tante a le sentiment de ne pas avoir été à la hauteur de la situation. Elle ne le dit pas, bien sûr. Elle est plutôt bougonne et ne cesse de répéter que son mari et elle ont fait ce qu'ils pouvaient, un point c'est tout. Leur maison était trop petite, ils n'avaient pas d'argent… Pour ma part, je pense que c'est mon oncle qui a fait barrage. Je crois même que ma tante a dû le supplier pour qu'il accepte de me garder. J'ai toujours eu l'impression qu'il m'en voulait d'être là.

Suzanne Chauvin avait eu une bien triste enfance, songea Mark, et il eût peut-être mieux valu que son oncle et sa tante la fassent adopter elle aussi. Si ce n'est, bien sûr, qu'elle aurait dû se faire à l'idée que même ses proches n'avaient pas voulu d'elle…

— Je ne suis même pas parvenue à savoir sous quel nom ils ont été élevés… Le notaire qui s'est occupé de l'affaire est décédé et, depuis longtemps, personne ne semble savoir ce qu'il est advenu de ses archives.

— Est-ce que vous vous êtes inscrite sur le registre international de recherches familiales, pour le cas où Luc ou Line vous chercheraient, eux aussi ?

— C'est la première chose que j'ai faite.

Mark se rembrunit.

— Votre oncle et votre tante ont forcément eu des renseignements sur la ou les familles d'adoption !

— Quand j'aborde le sujet avec eux, ils restent dans le flou. Tout ce que me dit ma tante, c'est qu'il s'agissait de gens « bien » — parce que l'un des pères adoptifs est médecin.

Elle eut un autre sourire triste.

— Et encore… Elle ne m'a révélé ces broutilles qu'à contrecœur, un peu comme on donne un os à un chien.

— Peut-être essaie-t-elle de se rassurer, suggéra-t-il doucement. Comme vous venez de le dire, elle a mauvaise conscience depuis vingt-cinq ans, alors elle doit se raccrocher à l'idée que Luc et Line ont eu une meilleure vie que celle qu'elle aurait pu leur offrir…

— Vous avez sans doute raison, répondit Suzanne Chauvin au bout de quelques instants de sombre réflexion.

— Il faudra sûrement que je rencontre votre tante et votre oncle à un moment donné. Mais d'abord, je vais voir ce que je peux faire avec ce que vous avez découvert.

Sur ce, il sortit un contrat du tiroir de son bureau et le lut attentivement avec elle. Puis il l'informa du montant de ses honoraires en la regardant attentivement, pour s'assurer qu'elle ne se ruinerait pas en les réglant.

Elle signa le contrat et le fit glisser sur le bureau.

— Je peux vous demander comment vous êtes devenu détective ?

Il lui fit la même réponse qu'à tous ses clients.

— Je suis un ex-officier de police. Les horaires n'étaient pas compatibles avec ma vie de famille. Le métier d'enquêteur me plaisait beaucoup, alors…

— Vous êtes marié ? Vous avez des enfants ?

Elle semblait sincèrement intéressée. Sans doute, songea-t-il, parce qu'elle voulait avoir le sentiment de le connaître un tant soit peu et s'assurer qu'il était digne de sa confiance.

— Je suis veuf. Ma femme est morte il y a un peu plus de deux ans. Le cœur…

Encore un arrangement avec la vérité. Mark n'aimait pas se souvenir du choix qu'avait fait Emily. De surcroît, il ne se sentait pas tenu de raconter sa vie à ses clients, même pour qu'ils vivent mieux le fait d'avoir dû se mettre à nu devant lui.

Toutefois, Suzanne Chauvin était plus tenace que la moyenne. Elle hocha la tête en direction de la photo encadrée qui trônait sur son bureau et demanda d'une voix douce :

— C'est votre petit garçon ?

— Oui. Il s'appelle Michaël et il a cinq ans. Il vient d'entrer à la maternelle.

— Il est mignon comme tout.

Elle s'arracha à sa contemplation à contrecœur.

Mark se leva pour donner le signal du départ.

— Je vous tiendrai au courant de toutes mes démarches, mademoiselle Chauvin. Je vous le promets. Et c'est à vous qu'il appartiendra de décider de ce que vous ferez des informations que j'aurai réussi à rassembler.

Elle se leva à son tour.

— Vous voulez dire que c'est moi qui devrai les contacter, quand vous les aurez trouvés ?

— A vous de voir. Si vous préférez que le premier contact se fasse par l'intermédiaire d'une tierce personne, je m'en chargerai. Enfin... Nous aviserons le moment venu.

— Ça doit faire un choc de répondre au téléphone et d'entendre une femme vous annoncer qu'elle est votre sœur...

« Certes, songea alors Mark en regardant la photo de son fils. Tout comme d'entendre : Je suis la mère naturelle de votre enfant. »

Sur ce, il prit congé de Suzanne Chauvin.

Chapitre 2

Carrie Saint-John se gara dans l'allée, face à la maison de ses parents. Bien qu'elle ait grandi là, dans le quartier résidentiel de Magnolia, l'un des plus chic de Seattle, elle en était partie depuis suffisamment longtemps pour ne plus considérer l'élégante demeure comme la sienne.

La porte d'entrée s'ouvrit au moment où elle montait les marches, et sa mère — comme toujours tirée à quatre épingles — l'accueillit en souriant.

— Bonjour, ma chérie. Je suis contente de te voir ! s'exclama-t-elle.

— Bonjour, maman.

Sa mère lui tendit la joue. Elle y déposa un baiser avant de s'extasier sur les jonquilles.

— Elles sont belles, n'est-ce pas ? renchérit Mme Saint-John.

Son regard se porta ensuite sur la roseraie délimitée par une haie impeccablement taillée. Des sentiers de pierre séparaient les parterres de fleurs plantés de roses thé. Les allées étaient dans l'alignement parfait de la vue sur le fjord Puget Sound et le centre de Seattle. Des jonquilles jaunes et crème débordaient littéralement de pots en terre cuite. Bientôt, des tulipes leur succéderaient.

— La maison est classique, répétait sa mère. Elle doit être entourée d'un jardin à la française.

En vérité, Katrina Saint-John aimait l'ordre, partout, jusque dans les jardins.

« Chacun ses goûts », songea Carrie avec indulgence. Et si sa mère déplorait indubitablement son départ de la maison familiale, elle devait aussi, parfois, être soulagée de ne plus trouver son évier encombré de vaisselle ou de ne plus avoir à supporter les poils du chien de sa fille sur les tapis.

Carrie tenait davantage de son père. Même si celui-ci était devenu un peu plus soigneux au contact de sa femme, il avait tendance à empiler au hasard journaux, livres, notes et revues médicales. Ainsi, il possédait une bonne demi-douzaine de paires de lunettes, ce qui lui permettait d'en retrouver au moins une à l'occasion. Carrie avait aussi coutume de penser que, si Katrina n'était pas passée derrière lui à longueur de journée, il aurait vécu dans un joyeux désordre.

Elle eut une pensée émue pour Dragon, le terrier maigrichon et affamé qu'elle avait trouvé dans la rue, et avait absolument voulu le garder. Il était mort juste avant qu'elle décroche son bac.

— J'aimerais bien reprendre un chien, soupira-t-elle en suivant sa mère à l'intérieur de la maison.

— Il paraît que les caniches ne perdent pas leurs poils.

Au cas où tu te déciderais un jour, tu devrais peut-être opter pour un de ces adorables caniches « toy ».

Carrie grimaça.

— Une de ces petites bêtes que les stars promènent dans leur sac à main ? Tu plaisantes ! Ce ne sont pas des chiens, ce sont des… Je ne sais pas. Des races hybrides. Comme tes roses, tiens ! Ils me font penser à un croisement entre le chien et la figurine de porcelaine.

— Tu préférerais un danois ?

— Non. Un bâtard.

Sa mère eut l'air tellement effarée que Carrie éclata de rire.

— Ne t'inquiète pas, va ! Je n'ai pas l'intention de soumettre un chien à la vie en appartement. Un jour, peut-être… Qu'est-ce qu'on mange ? demanda-t-elle soudain en humant l'air ambiant.

— Rien de bien folichon. Un reste de viande froide et une salade de fruits. Et je confirme… Ce que tu sens est bien l'odeur des biscuits au levain de Ruth. J'ai beau savoir que je ne devrais pas, je ne peux m'empêcher de lui en redemander.

Carrie prit sa mère dans ses bras et l'étreignit affectueusement.

— Arrête, avec ta ligne ! Tu crois vraiment que ce serait la fin du monde si tu prenais quelques kilos ?

— Quelques kilos qui se transformeraient vite en embonpoint, répondit fermement Katrina. Enfin… Toi, au moins, tu n'auras jamais ce genre de problèmes !

Certes, elles ne se ressemblaient guère, toutes les deux. Katrina, une belle femme blonde aux yeux bleus, mesurait presque dix centimètres de plus que sa fille. Quant à Carrie, elle avait les cheveux bruns et bouclés, coupés courts en ce moment, d'immenses yeux marron qui mangeaient son visage de lutin, et un corps menu encore vaguement enfantin.

Sans doute tenait-elle d'un de ses ancêtres, du côté de son père. Ce dernier aussi avait l'ossature fine, et des mains de chirurgien, longues et délicates. La jeune femme lui devait aussi la couleur de ses cheveux. En revanche, il avait les yeux gris.

De caractère, elle se sentait plus proche de sa mère, sociable, extravertie, toujours prête voyager. Son père était plutôt d'un naturel réservé et ne se rendait aux réceptions que si sa fonction à l'hôpital l'exigeait, ou poussé par sa femme. Pour lui, la sortie idéale consistait à aller dîner avec un couple d'amis avant de se rendre au ballet ou au concert.

Bref, elle avait hérité de ses deux parents ce qui les différenciait l'un de l'autre. Comment la nature avait-elle réussi cet exploit ? Mystère. Comment son père, si réservé, et sa mère, sociable mais terriblement ordonnée, avaient-ils pu donner vie et supporter une Carrie dont les colères étaient célèbres à la maternelle, qui était devenue une adolescente un peu brusque et vive, parfaitement incapable de se concentrer, qui avait envahi la maison, y amenant tous ses amis et l'encombrant petit bazar personnel ? Il n'était pas rare de trouver ses boîtes de peinture sur le comptoir de la cuisine, ses poupées Barbie et leurs innombrables accessoires éparpillés dans le bureau. Sans parler des traces de boue sur les tapis persans, pendant sa période équitation…

Carrie s'étonnait que ses parents aient eu un enfant. A contrario, il lui paraissait tout à fait logique qu'elle soit restée fille unique. Au plus fort de sa crise d'adolescence, elle leur avait mainte fois reproché de ne pas l'avoir désirée, et leur réaction embarrassée n'avait fait que la conforter dans ses soupçons de l'époque : elle était une source d'embarras pour eux.

Elle laissa échapper un petit rire, au souvenir de ses propres excès.

— J'ai vraiment été odieuse avec vous, quand j'étais ado, pas vrai, maman ?

Sa mère qui sortait la regarda avec étonnement.

— Pourquoi me dis-tu cela maintenant ? demanda-t-elle.

— Oh… Je ne sais pas, répondit-elle en chipant un grain de raisin dans le saladier. La maison est tellement calme quand je ne suis pas là… J'ai le sentiment d'avoir été une véritable tornade !

— Je te comparais plutôt à un derviche tourneur, déclara Katrina en souriant. Et ne me demande pas ce que c'est, je n'en ai jamais eu la moindre idée. La comparaison me paraissait appropriée, c'est tout.

— Elle l'était ! On mange ici ? demanda-t-elle en s'emparant du saladier.

— Il fait bon. Je pensais déjeuner dans le patio, qu'en penses-tu ?

— Excellente idée !

Elles emportèrent les plats jusqu'à la table de fer

forgé installée sous la tonnelle, derrière les baies vitrées du salon. L'endroit était abrité par un plant de clématites d'un côté. Un rosier était attaché à l'autre pilier, et de mai à octobre, l'air embaumait de leur senteur subtile.

Pendant le repas, Carrie s'enquit de la santé de son père. Il avait subi une angioplastie peu de temps auparavant.

— Il a un peu ralenti la cadence ?

— Tu le connais, répondit Katrina. Cela dit, j'ai commencé à aborder avec lui la question de sa retraite. Il est grand temps qu'il envisage de s'arrêter.

— La retraite ? répéta Carrie, atterrée.

— Il a soixante-dix ans, tu sais ! Nous avons tellement de projets que nous n'avons jamais pu réaliser, à cause de ses horaires infernaux. J'adorerais aller en Europe, par exemple. Et ton père m'a toujours dit qu'il voulait reprendre le piano. Il n'en fait quasiment plus…

Katrina chantait à la chorale de l'église et son mari avait aussi appris le violon, dans sa jeunesse. La maison disposait d'un salon de musique où trônait un piano à queue.

A son grand dam, Carrie n'avait pas hérité de l'oreille musicale de ses parents. Elle avait pris des leçons de piano pendant huit longues années, à l'issue desquelles elle parvenait à jouer quelques concertos de la manière la plus mécanique qui soit, tandis que ses parents souriaient avec bravoure.

— J'adorais l'écouter jouer, déclara Carrie. Je m'asseyais à ses pieds, avec mes crayons de couleur et je l'écoutais… C'était magnifique.

— Pendant que je faisais de la tapisserie. Moi aussi, j'aimais bien ce genre de soirées.

Katrina laissa échapper un petit soupir nostalgique.

— Il a un peu plus d'énergie qu'avant l'opération. Cela dit, quand il rentre, il mange, lit les journaux et va se coucher directement. Il commence à être trop vieux pour travailler douze heures par jour.

— Tu veux que je lui en touche un mot ?

— Tu ferais ça ? rétorqua Katrina avec un tel empressement que sa fille se demanda un instant si ce n'était pas une des raisons pour lesquelles elle avait été invitée à déjeuner ce jour-là.

— Bien sûr, ma petite mère ! J'espérais simplement qu'il était redevenu lui-même…

— C'est le cas, je crois. Le seul problème est qu'il refuse d'admettre qu'il a soixante-dix ans.

— Tout comme tu refuses d'admettre que tu en as soixante-six, répliqua Carrie en souriant. Tu dois bien cacher quelques cheveux blancs, non ?

— Absolument pas ! répondit Katrina avec une dignité offusquée.

L'instant d'après, elle éclata de rire.

— Je plaisante… La vérité est que je frémis d'horreur quand je vois l'état de mes racines. Un jour ou l'autre, il faudra que j'accepte les lois de la nature. Il faut un minimum de cheveux gris, pour entrer dans une maison de retraite, non ?

Elle entreprit de tartiner un biscuit de confiture de framboises.

— Ça fait quelque temps que tu ne m'as pas parlé de Craig. Comment va-t-il ?

C'était le moment ou jamais. Carrie avait une idée derrière la tête en venant, elle aussi, et l'invitation de sa mère était tombée à point nommé.

Elle reprit un biscuit et se jeta à l'eau.

— Nous ne nous voyons plus, déclara-t-elle avec une nonchalance un peu forcée. Il voulait se marier et je ne suis pas prête.

— Carrie ! s'écria Katrina. Il t'a demandée en mariage ?

— Oh, ce n'était pas la première fois ! répondit-elle en agitant une main. Seulement là, il était sérieux. Il m'a donné le choix. Soit je m'engageais, soit c'était terminé. J'ai choisi la deuxième solution.

— Enfin, ma chérie… Tu n'es pas amoureuse de lui ?

La jeune femme s'était déjà posé la question, sans parvenir à y répondre.

— Il faut croire que non, sans quoi j'aurais accepté de me marier. Bien sûr, il me manque un peu, mais…

— J'avoue ne pas comprendre, fit Katrina en secouant la tête. Ton père et moi pensions…

— Que vous auriez un mariage à organiser cet été ? Vous ferez des économies, si ça peut vous consoler !

— Rien ne me ferait plus plaisir que de préparer ton mariage, répondit Katrina en lui jetant un regard réprobateur.

A sa grande surprise, Carrie sentit les larmes lui monter aux yeux.

— Merci, maman. C'est gentil. Ça viendra un jour, je te le promets…

— Nous commençons à nous faire vieux, ton père et moi, tu sais !

Allons bon ! Le coup du chantage affectif à présent… Pourtant, Carrie se rendit soudain compte que c'était l'exacte vérité. Elle avait eu très peur en apprenant que son père devait subir une opération et, pour la première fois de sa vie, elle avait réalisé que ses parents n'étaient plus de première jeunesse. Les parents de ses amies n'étaient encore que quinquagénaires. Ses parents à elle l'avaient eue sur le tard, respectivement à quarante-quatre et quarante ans. La surprise de la dernière heure, en quelque sorte…

Ce serait vraiment terrible, s'ils n'étaient plus là pour l'aider à préparer son mariage, si son père ne pouvait l'amener devant l'autel pendant que sa mère, assise au premier rang de l'église, verserait des larmes de joie. Cela dit, elle ne pouvait pas se marier rien que pour leur faire plaisir !

Elle se pencha en avant et prit la main de sa mère entre les siennes.

— Craig n'est que la partie émergée de l'iceberg, avoua-t-elle. J'ai besoin de changement, ces derniers temps. Je songe à quitter mon travail.

— Quitter ton travail ? répéta Katrina, épouvantée. Tu viens à peine de commencer !

— Pas du tout. Ça fait un an que je suis là-bas et c'est d'un ennui mortel.

Elle rédigeait des articles techniques pour une entreprise de fabrication d'instruments chirurgicaux. Ce n'est pas avec ce genre de prose qu'elle remporterait le prix Pulitzer.

— Carrie ! C'est l'emploi rêvé ! continuait de protester sa mère. Il te permet d'exploiter à la fois ton expérience médicale et tes merveilleux talents d'écriture !

Toute son enfance, Carrie avait clamé haut et fort qu'elle voulait devenir médecin. Malheureusement, ses résultats scolaires n'avaient pas été à la hauteur de ses ambitions et elle n'avait pas pu entrer en fac de médecine. Alors, elle avait passé un diplôme d'infirmière… avant de se rendre compte, très vite, qu'elle n'était pas faite pour ce métier. Cependant, elle avait persévéré, et travaillé ensuite un an au service de pédiatrie d'un hôpital local. Là, elle avait dû lutter contre l'agacement créé par le sentiment constant de n'être qu'une auxiliaire parmi d'autres.

Etape suivante : le laboratoire de génétique dans un hôpital pour enfants. Elle avait commencé à s'y ennuyer à l'instant même où elle avait cessé de s'émerveiller devant le simple fait qu'elle recherchait des empreintes ADN. C'est alors qu'elle avait accepté le poste que lui proposait la société pour laquelle elle travaillait à présent.

— Je ne suis même pas sûre que ce soit le travail en lui-même, ajouta-t-elle à l'égard de sa mère. J'ai besoin

Tu me connais, maman. Je ne
ulièrement stable.

ᴐas pourquoi, rétorqua Katrina,
Tu crois que nous t'avons trop
ne activité à l'autre, quand tu
querait que tu t'en désintéresses
'attrait de la nouveauté ?

ı vif, Carrie s'efforça d'être
e. Etait-il exact qu'elle quittait
ᴢes fiancés, dès que l'excitation
s'évanouissait ?

ısait à croire qu'elle était aussi
ᴐuvait s'empêcher de penser que
ı serait différent, qu'elle finirait
par trouver sa place. Pendant longtemps, elle avait été
convaincue que c'était le cas avec Craig. A moins qu'à
l'inverse elle n'ait essayé de le faire correspondre à ses
attentes parce qu'il était parfait...

Ses parents l'avaient tout de suite apprécié. Il était
interne à la clinique orthopédique pour enfants, et dès
le départ, Carrie avait vu en lui un double de son père.
Non qu'il lui ressemble, loin de là. Toutefois, il était
généreux, patient, d'une intelligence supérieure et très
bien élevé. Jamais elle ne l'avait vu parler la bouche
pleine, rire à gorge déployée ou se mettre vraiment
en colère. Même lors de leur dernière entrevue. Craig
avait été déçu, blessé... mais digne et calme.

Comment aurait-elle pu éprouver de la passion pour
un homme aussi raisonnable ?

Elle se mordilla nerveusement la lèvre.

— Je suis désolée, maman. Je sais que tu l'aimais bien...

— Ce n'est pas ça qui me chagrine, ma chérie ! se récria sa mère en lui serrant la main. Je voudrais que tu sois heureuse, c'est tout... Et que tu te ranges.

Carrie se rebella à cette idée. Sa mère ne s'était donc jamais demandé si c'était ce qu'elle souhaitait ? Et surtout, pourquoi ce sentiment d'étouffement, rien que d'y penser ?

— Je ne suis pas malheureuse, tu sais. Le hic, c'est que je n'ai pas forcément la même vision de l'existence que toi. Du moins pas encore. Je ne te ressemble pas, maman.

Elle se reprocha presque aussitôt la nuance de tristesse avec laquelle elle avait prononcé cette dernière phrase.

Katrina la contempla un instant, les larmes aux yeux.

— Je le sais bien ma chérie, murmura-t-elle d'une voix tremblante. Je le sais bien...

Mark appela Suzanne Chauvin deux jours plus tard. Il avait une mauvaise nouvelle à lui annoncer.

— J'ai retrouvé les dossiers du notaire. Bien qu'il se soit effectivement occupé de quelques rares affaires d'adoption, je n'ai trouvé aucune trace ni de votre frère ni de votre sœur.

Il y eut un long silence à l'autre bout du fil.

— Pourtant…

Quelques secondes supplémentaires s'écoulèrent.

— Pourtant, répéta-t-elle…

Puis, comme il l'avait vue faire dans son bureau, elle se ressaisit.

— Comment avez-vous fait pour retrouver ses dossiers ?

Elle semblait un peu agacée par le fait qu'il ait réussi aussi vite là où elle avait échoué, ce qu'il pouvait comprendre.

— Je me suis servi de mes relations. A force de poser des questions à droite et à gauche, j'ai fini par tomber sur la personne qui a racheté le cabinet de Me Cavanagh. Il s'est associé avec un confrère, ce qui ne l'a pas empêché de conserver tous les dossiers de son prédécesseur.

— Il est possible que certains d'entre eux se soient perdus dans le déménagement, non ?

— Certes, concéda-t-il. Cela dit, mon contact semble sûr de son fait et, à moins que Cavanagh ait emporté les dossiers en question chez lui, ils devraient être avec les autres.

— Mon oncle et ma tante ont dû insister pour que les termes de l'adoption restent confidentiels et…

— Il en allait de même pour les autres. Cavanagh ne s'occupait que d'adoptions privées. Je ne vois pas ce que celle de Line et Luc aurait pu avoir de particulier !

— Non… Moi non plus.

— Ecoutez, commença-t-il prudemment. Je commence

à penser que votre oncle et votre tante ne vous ont pas dit toute la vérité. Ils ont effectivement eu affaire à Henry Cavanagh, pour une plainte mineure contre votre oncle, dans le cadre de son travail. Par conséquent, ils connaissaient son nom, savaient qu'il avait pris sa retraite et peut-être même qu'il était décédé.

— Et ils se sont dit que je m'arrêterais là, enchaînat-elle, une nuance de colère dans la voix. Oui... Ils en sont tout à fait capables !

— J'aimerais les rencontrer. Et ce serait plus facile si nous allions les voir ensemble.

La plupart du temps, ses clients reculaient devant ce genre de démarches. Les enfants adoptés redoutaient souvent de mettre à mal les liens qui les rattachaient à leurs parents adoptifs, et quel que soit leur besoin de connaître leur famille d'origine, ils ne voulaient pas perdre ce qu'ils avaient déjà.

Suzanne fit exception à cette règle.

— C'est évident ! Quand voulez-vous que nous y allions ?

Ils décidèrent qu'elle téléphonerait à son oncle et sa tante et qu'ils se rendraient à Bellingham ensemble. C'était là qu'ils vivaient et là qu'elle avait grandi.

— Je peux me déplacer même dans la soirée, spécifia Mark. J'ai toujours eu des horaires irréguliers et je paye quelqu'un pour s'occuper de Michaël.

Elle le rappela deux heures plus tard pour lui annoncer que son oncle et sa tante avaient accepté, bien qu'à contrecœur, de les recevoir le lendemain soir.

— Miles ne va pas apprécier, poursuivit la jeune

femme. Mais s'il fait obstruction, il aura l'air de vouloir cacher quelque chose. Et comme il est convaincu de ne jamais avoir fait une seule erreur dans sa vie, il ne devrait avoir à rougir de rien, qu'en pensez-vous ?

— Dois-je en déduire qu'il ne reconnaît jamais ses torts ?

— Pas que je me souvienne, dit-elle avec une aigreur dans la voix qui lui fit reconsidérer ce qu'il avait pensé d'elle, jusqu'à présent.

Elle vivait à Edmonds, une petite commune plutôt coquette, accrochée à une colline qui descendait vers le Pudget Sound. La route qui y menait était encombrée de véhicules prenant le ferry et les bouchons étaient nombreux en été, lorsque les vacanciers faisaient une escapade vers le canal Hood ou sur la côte. Le centre de la petite ville fourmillait de restaurants et de boutiques chic, tous situés à moins de cent mètres du port et de la plage.

La maison de Suzanne était la plus modeste de la rue. On aurait dit un pavillon d'été tout simple, avec ses façades grises rehaussées d'un liseré blanc.

Son jardinet défiait toutes les normes et jurait quelque peu dans cet environnement. La pelouse était mangée par les pissenlits et criblée de trous, ce que le voisin, dont le gazon était irréprochable, ne devait guère apprécier. Des arbustes poussaient sauvagement, et un vieux lilas menaçait d'obstruer une des fenêtres de la maison. Et si quelques parterres de fleurs avaient été retournés dans un effort évident d'entretenir l'ensemble, les autres étaient envahis par les mauvaises herbes.

Suzanne sortit immédiatement, de sorte qu'il n'eut pas l'opportunité de voir à quoi ressemblait son intérieur. Elle était resplendissante. Elle monta en voiture.

— Prête ?

— Oui. Un peu tendue, peut-être. Mon oncle et ma tante m'aiment à leur façon, et je déteste l'idée de les bousculer.

— C'est votre initiative, répondit Mark, imperturbable.

— Oui. C'est moi qui ai mis le feu aux poudres et j'ai bien l'intention d'aller jusqu'au bout. Sans compter que je leur en veux vraiment de m'avoir menti.

Ils discutèrent de choses et d'autres, jusqu'à ce que Mark lui suggère de lui parler un peu de son oncle et de sa tante.

Miles Fulton avait monté sa propre entreprise de plomberie et son épouse avait toujours travaillé dans un pressing. La voix de Suzanne se faisait plus douce lorsqu'elle parlait de sa tante Jeanne. C'était une brave femme, semblait-il, qui ne voulait pas faire de vagues.

Suzanne était beaucoup plus circonspecte quand elle évoquait son oncle qui, de manière évidente, lui avait nettement préféré ses deux fils.

— Je pense sincèrement qu'il ne savait pas comment s'y prendre avec une fille, dit-elle en regardant droit devant elle. Si j'avais été fan de football par exemple, les choses auraient peut-être été différentes, seulement ça ne m'a jamais intéressée. Du coup, il a passé la plupart du temps à m'ignorer. Il aurait sans doute mieux valu qu'ils gardent Luc, ajouta-t-elle.

— Vous regrettez…, demanda Mark en lui jetant un coup d'œil rapide.

— Qu'ils aient fait ce choix ?

Elle eut un petit rire triste.

— Ça m'arrive. C'est idiot, vous ne pensez pas ? Quand on a été adopté, on se demande souvent à quoi ressemblaient ses « vrais » parents. Moi, j'ai passé mon enfance à me demander sur quel genre de famille adoptive j'aurais pu tomber… Et à imaginer l'existence que j'aurais eue alors.

— Une famille riche ?

— Oh, bien sûr, dit-elle.

Elle était souriante, à présent, et totalement détendue.

— J'aurais été leur petite princesse. J'aurais eu un cheval et une voiture neuve pour mes seize ans… Je n'aurais pas été obligée d'emprunter les vieilles bagnoles que mes cousins conduisaient à l'époque… Je me suis même rêvée en fille adoptive d'un producteur ou d'un metteur en scène hollywoodien. Comme ça, je serais devenue star avant même d'avoir dix-huit ans…

— Vous faites du théâtre ?

— Non ! Il faudrait me traîner par les cheveux pour me faire monter sur une scène, dit-elle en riant avec bonne humeur. Je vous parle de mes fantasmes de petite fille. En résumé, dans ces rêves, j'étais quelqu'un de différent parce que j'avais eu des… parents plus glamour et qui m'avaient donné de meilleures perspectives d'avenir.

Elle avait légèrement hésité avant de prononcer le mot « parents ». Si légèrement qu'un autre que lui n'y aurait pas pris garde. Mais rien n'échappait jamais à l'attention de Mark.

Sa cliente n'avait probablement jamais considéré les Fulton comme ses propres parents. La raison était qu'elle avait connu ses vrais parents dont elle déplorait toujours la perte.

Miles et Jeanne Fulton possédaient un de ces mobile homes en vogue dans les années soixante-dix. Mark nota avec intérêt que la pelouse était taillée au cordeau, délimitée par une haie basse, et que l'allée était plus nette que le sol de la cuisine du commun des mortels.

Jeanne Fulton était le portrait craché de sa nièce, en plus âgé, bien sûr. Elle les accueillit sur le seuil.

— Je ne vois vraiment pas ce que nous pouvons te dire de plus, lança-t-elle, visiblement en proie à une grande agitation. Ton oncle est très contrarié de te voir remuer de nouveau cette vieille histoire.

— Nous espérons que vous avez eu le temps de repenser aux termes de l'adoption, expliqua Mark d'une voix apaisante. Notre mémoire nous joue parfois des tours, et il n'est pas rare que certains détails enfouis dans les méandres de nos cerveaux nous reviennent soudain à l'esprit.

Jeanne Fulton se tordit nerveusement les mains.

— Certes, certes, cependant…

Elle entra à reculons dans une cuisine minuscule.

— Ton oncle est dans le salon, précisa-t-elle, malgré le son qui s'échappait du poste de télévision. Allez-y ! Vous voulez un café ?

Tous deux acceptèrent, plus pour lui faire plaisir qu'autre chose.

La maison était exiguë. Suzanne lui avait dit qu'il n'y avait que trois chambres et une salle de bains, au fond du couloir, en plus du salon et de la cuisine. Il fallait bien reconnaître que c'était un peu juste pour élever trois enfants. Quant à en élever cinq…

D'un autre côté, Mark avait déjà vu des gens transformer leur garage en chambre à coucher, ajouter une petite dépendance à leur habitation ou bien tout simplement déménager quand la famille s'agrandissait.

Miles Fulton se leva pour les saluer et serra furtivement la main de sa nièce. Il mesurait environ un mètre soixante. Bien qu'il soit plutôt sec, une certaine force émanait de lui. Un tatouage semblant attester d'un séjour dans la marine, apparaissait sur son biceps, sous la manche de son maillot de corps. Ses cheveux coupés en brosse commençaient à grisonner. Son front était sillonné de rides profondes.

— Alors ? Qu'est-ce que c'est encore que cette histoire ? Un détective privé, à présent ? demandat-il en hochant la tête vers Mark. Tu as vraiment de l'argent à fiche en l'air… Embaucher quelqu'un pour retrouver deux personnes qui ne savent même pas qui tu es…

Mark sentit Suzanne se raidir.

— Peu importe qu'ils se souviennent de moi ou non. Il s'agit de mon frère et de ma sœur.

— C'est vraiment de la foutaise, si vous voulez mon avis, rétorqua-t-il avec mépris.

Miles Fulton se rassit sur son siège inclinable qui prenait quasiment toute la place dans la pièce lambrissée de bois sombre.

Suzanne jeta à Mark un regard dans lequel il crut lire à la fois des excuses, du désarroi et surtout une question : Et maintenant ?

Il la poussa doucement vers la causeuse et tous deux s'installèrent côte à côte, face à leur hôte.

Jeanne apparut bientôt avec un plateau.

— Bon sang, Miles ! Eteins-moi cette télévision ! s'exclama-t-elle.

Ainsi, elle n'était pas complètement soumise… Son mari la foudroya du regard mais s'exécuta.

Elle déposa le plateau sur la table basse et les laissa se servir et ajouter du sucre ou du lait. Mark avala son café d'un trait. C'était de l'instantané. Pas même un de ces breuvages costauds qu'on trouvait encore dans les cafés de campagne et encore moins de l'expresso qu'il se préparait chez lui.

Il posa sa tasse puis ouvrit la serviette qu'il avait apportée dans le seul but de paraître plus sérieux, avant d'en tirer un bloc-notes et un stylo.

— Tout d'abord, j'aimerais vous remercier d'avoir bien voulu nous recevoir, commença-t-il. Votre nièce, Mlle Chauvin, m'a engagé pour retrouver son frère et sa sœur. Mon agence est spécialisée dans ce genre d'affaires et cela ne devrait pas présenter trop de difficultés.

Silence de mort.

La tante le fixait comme s'il avait été en train de jouer avec la goupille d'une grenade ; l'oncle bouillait visiblement de rage, s'agitant sur son siège, les doigts crispés sur les appuie-bras. De toute évidence, ni l'un ni l'autre n'était ravi d'apprendre que Mark pensait être en mesure de retrouver des enfants qu'ils n'avaient pas vus depuis si longtemps.

— Il apparaît cependant que ma cliente dispose d'informations erronées, reprit Mark après s'être éclairci la gorge. Elle semblait convaincue qu'un certain Henry Cavanagh, notaire de son état, s'était occupé de l'adoption. Or, j'ai réussi à retrouver ses dossiers et j'ai constaté qu'il n'avait fait adopter que quelques rares enfants. Ni votre neveu ni votre nièce ne faisaient partie du lot.

— Oh ! s'exclama Jeanne, choquée. Je croyais… Miles, ce n'est pas à lui que nous avons confié l'affaire ?

— Nous n'avons jamais dit cela, rugit Miles. Nous lui avons seulement demandé conseil. Les gamins ont été placés par une agence. Et ils étaient plutôt ravis, crois-moi. La responsable a même déclaré que les gens s'arracheraient ces deux adorables bambins. Toi, Suzanne, tu étais trop vieille pour intéresser quiconque.

43

Jeanne laissa échapper un cri de protestation.

Miles fit marche arrière.

— Jeanne avait toujours rêvé d'avoir une fille, lança-t-il d'un ton bougon. L'agence t'aurait sûrement acceptée, toi aussi. La question ne s'est pas posée, voilà tout.

— De quelle agence s'agissait-il ? demanda Mark innocemment.

Les Fulton se regardèrent avec effarement.

— Je… Je ne sais plus, balbutia Jeanne, portant une main à sa poitrine comme pour apaiser des palpitations. Miles ? Tu te rappelles, toi ?

Miles foudroya ses visiteurs du regard.

— Et si je refusais, purement et simplement, de collaborer ? C'est perdu d'avance !

— Je suis très doué pour ce genre d'affaires, répondit Mark. Que vous le vouliez ou non, je retrouverai Luc et Line.

Il marqua délibérément une pause.

— Et une chose est sûre : quand je les aurai trouvés, ils demanderont à vous rencontrer. N'oubliez pas que vous êtes toute la famille qui leur reste. Ils voudront renouer les liens et comprendre pourquoi vous n'avez pu les accueillir. Je pense que l'opinion qu'ils se feront de vous dépendra beaucoup de l'aide que vous aurez bien voulu apporter à leur sœur.

Miles déglutit péniblement et sa femme étouffa un sanglot. Ils avaient compris le message.

— Allons, ajouta Mark. Vous n'êtes donc pas curieux de savoir ce qu'ils sont devenus ?

— C'était l'agence pour l'adoption et la famille, lâcha

enfin Miles, d'une voix courroucée. L'AAF dont les bureaux se trouvent quelque part à Everett.

Mark avait déjà travaillé avec cette agence. Le personnel lui avait apporté son aide sans rechigner, dans les limites légales, bien entendu.

— Tu es contente ? reprit Miles, à l'intention de sa nièce.

Elle affronta son regard furieux avec une dignité que Mark ne manqua pas d'admirer.

— Je le serai quand tu m'auras signé une décharge, pour qu'ils puissent rouvrir le dossier.

C'était commode d'avoir une cliente au fait des pratiques en usage, songea Mark. Sans mot dire, il tira de sa serviette le formulaire qu'il avait préparé et le tendit, ainsi qu'un stylo, à leur hôte. Celui-ci le signa de mauvaise grâce, le passa à sa femme, et sortit de la pièce en claquant la porte.

Chapitre 3

C'était le genre de coup de fil qui lui apportait les plus grandes satisfactions, dans sa vie professionnelle. Pas de complications, pas de mauvaises nouvelles à annoncer. De la joie pure et simple.

Il fit pivoter son fauteuil, de manière à pouvoir contempler le lac Union et le pont Frémont, par la baie vitrée. Le pont était présentement relevé pour laisser passer un voilier.

Mark composa le numéro de Suzanne Chauvin.

— J'ai du nouveau, lança-t-il sans préambule. Vous êtes prête ?

— Vous les avez retrouvés ? s'écria la jeune femme, dans un mélange de crainte et d'admiration.

— Avec le nom de l'agence et l'autorisation de votre oncle et de votre tante, cela n'a pas été bien difficile.

— Sans vous, je n'aurais jamais obtenu ni l'un ni l'autre.

Elle garda le silence pendant quelques instants.

— Ils ont grandi ensemble ? demanda-t-elle enfin.

— Non.

Elle attendit encore puis se lança.

— Alors ? Comment s'appellent-ils ?

— Luc a été adopté par des dénommés Lindstrom. Je ne sais pas encore sous quel prénom. Votre sœur, elle, a grandi sous le nom de Carrie Saint-John.

Il lui laissa le temps d'assimiler l'information avant de reprendre doucement.

— Elle a toujours vécu ici, à Seattle. J'ai cherché l'adresse de ses parents adoptifs. Ils vivent dans le quartier de Magnolia. Le père est médecin… Chirurgien, pour être précis. Spécialiste des opérations à cœur ouvert.

Magnolia, une colline située sur une presqu'île, sur le Puget Sound, n'était reliée à la ville que par deux ponts. C'était le quartier le plus huppé de Seattle, et on n'y trouvait pratiquement que de splendides demeures avec vue sur le fjord, le front de mer et l'île de Vashon.

Manifestement, Suzanne ne se souciait guère de tout cela. Tout ce qui lui importait était sa sœur.

— Vous l'avez vraiment retrouvée, balbutia-t-elle.

— Je ne dispose pas encore de son adresse ou de son numéro de téléphone. Je peux contacter ses parents, si vous voulez, mais il me faut votre autorisation.

— Elle était tout près de moi, murmura Suzanne d'une voix étouffée.

Soudain, elle se mit à pleurer ouvertement.

— Si j'avais su… Il m'aurait suffi de descendre à Seattle…

— Oui. Elle a toujours été là. Ses parents ont la même adresse qu'il y a vingt-cinq ans.

— Je... Je vous rappelle.

Ce qu'elle fit un petit quart d'heure plus tard.

— Pardonnez-moi. Il me fallait le temps d'absorber tout ça. Je commençais à croire que je ne la reverrais jamais... Carrie, c'est bien ça ?

— Oui. Carrie Saint-John.

— Et vous dites que son père est médecin ?

— Un chirurgien. Votre sœur a grandi dans un certain luxe.

— Et... Et maintenant ?

— A vous de voir. Soit j'essaye de contacter Carrie sans passer par ses parents adoptifs, soit je vais les trouver pour leur demander où elle vit. A moins que vous ne préfériez leur parler vous-même, bien entendu.

— Vous voulez dire aller sonner à leur porte, comme ça, sans prévenir, pour leur annoncer que je suis la sœur de Carrie ?

— C'est cela même.

— Ouh là ! fit-elle avec un petit rire craintif. C'était mon vœu le plus cher et voilà que ça me fait peur... C'est bizarre, vous ne trouvez pas ?

Ils discutèrent un instant de son état d'esprit. Mark trouvait parfaitement normal qu'elle soit quelque peu intimidée, à présent qu'elle était si près du but.

— Vous accepteriez de vous charger de cette démarche ? demanda-t-elle pour finir.

— Aller voir ses parents, vous voulez dire ?

— Vous semblez penser que c'est préférable.

— En effet. Cela ne leur fera peut-être pas plaisir, mais on peut toujours espérer qu'ils trouveront la démarche positive pour leur fille. Et puis, dans tous les cas, ce sont les meilleurs intermédiaires. Sans compter que si nous ne passons pas par eux, ils risquent de se montrer carrément hostiles à votre apparition dans l'existence de Carrie.

Il l'entendit prendre une longue inspiration.

— O.K. Allez-y.

Mark appela deux fois dans l'après-midi. Chaque fois, il tomba sur le répondeur et décida de ne pas laisser de message. A 17 h 30, il rentra chez lui.

Il avait inscrit Michaël à la maternelle, à mi-temps. L'enfant rentrait chez lui à midi et demi, puis une jeune femme prenait le relais. Elle passait l'après-midi avec le petit, préparait le dîner et faisait un peu de ménage. Mieux encore, Heidi, qui étudiait à mi-temps à l'université de Washington, ne voyait aucun inconvénient à rester le soir, quand Mark avait besoin d'elle.

Lorsqu'il ouvrit la porte de sa maison, située dans le quartier de Wallingford, à dix minutes seulement de son bureau, son fils se précipita vers lui, Daisy, leur petite chienne sur les talons.

Elle dérapa sur le parquet et s'immobilisa à ses pieds, la queue battant contre ses jambes, visiblement ravie de le voir.

— Papa, papa ! cria Michaël en lui sautant dans les

bras avec la certitude qu'il serait rattrapé au vol. Je sais lire ! J'ai appris deux mots aujourd'hui : « chat » et puis « chien », après.

— Super, mon gars !

Mark le serra contre lui, l'embrassa sur le front et le reposa sur ses pieds. Puis il se pencha et gratta doucement la petite chienne derrière les oreilles. Daisy faisait partie de la maisonnée depuis bientôt deux ans. Ils l'avaient adoptée après le décès d'Emily. Le silence s'était fait pesant, et Mark avait soudain eu l'idée de prendre un chiot. C'était toujours bon pour un garçonnet, d'avoir un animal domestique et, à ce moment-là, l'enfant avait autant besoin de compagnie que de l'amour inconditionnel que vous apportent les animaux.

Aussi s'étaient-ils tous deux rendus dans un chenil. Dès qu'il avait vu Daisy, un épagneul d'âge moyen et croisé avec Dieu sait quelle autre espèce, Michaël était tombé sous le charme. De toute évidence, les chiots grassouillets et somnolents ne présentaient pas le même attrait et, au lieu de prendre peur lorsqu'elle lui avait léché le visage, il s'était mis à rire aux éclats.

Le premier rire que Mark ait entendu depuis des mois.

Comme d'habitude, un fumet appétissant s'échappait de la cuisine. Heidi restait souvent pour dîner avec eux. Ce soir-là, cependant, elle avait déjà son sac sur les épaules et semblait sur le point de s'en aller.

— Heu… Mark ? Je peux te parler un instant ?

Surpris, Mark se tourna vers elle et repoussa gentiment son fils.

— Va chercher un livre. Tu me feras la lecture, avant de manger, dit-il.

— D'accord ! répondit l'enfant en fonçant vers sa chambre.

— Que se passe-t-il ?

Heidi était petite et légèrement replète. Ses cheveux châtains étaient plutôt ternes et ses lunettes épaisses et ses oreilles en pointe la faisaient ressembler à un elfe. Lorsqu'elle riait, c'était d'aussi bon cœur que Michaël et elle se prêtait volontiers aux exigences de l'enfant quand il demandait à jouer. A croire que rien ne pouvait lui faire plus plaisir que de construire une navette spatiale en Lego.

— Tu te souviens de Peter ? Eh bien... Il m'a demandée en mariage, dit-elle en montrant sa main.

Un diamant brillait à son annulaire. Mark releva la tête. La jeune femme rayonnait de bonheur et, malgré son propre désarroi, il la gratifia d'un grand sourire et la prit dans ses bras.

— Félicitations, Heidi. C'est pour quand, exactement ?

— Peter voulait qu'on se marie dès le mois de juin mais je l'ai persuadé d'attendre jusqu'à septembre, histoire que Michaël soit à la grande école. Je pourrai continuer à venir m'occuper de lui, mais peut-être pas au même rythme. Quand il sera à l'école toute la journée, peut-être pourra-t-il rester à l'étude, après la classe, quand je serai occupée et...

Elle ne termina pas sa phrase. Elle ne paraissait plus aussi radieuse, subitement.

— A moins bien sûr... que tu ne préfères chercher quelqu'un d'autre...

— Certainement pas. Tu es irremplaçable, Heidi. Tu es une sainte. Si tu peux passer quelques journées ici pendant l'été, nous aviserons ensuite. Et remercie Peter de ma part d'être aussi patient.

Heidi sourit et ouvrit la porte.

— Eh bien, à demain alors !

Une fois qu'elle fut partie, Mark fut envahi par un mélange d'émotions. Il avait appris à apprécier Heidi et était sincèrement content pour elle. D'un autre côté, il ne s'était pas rendu compte à quel point Michaël et lui dépendaient d'elle, et il lui en voulait un tout petit peu de cet état de fait.

Alors, subitement, lui qui s'était convaincu d'avoir enterré toute sa hargne envers Emily, il se surprit à bouillir de rage. C'était sa faute à elle, s'ils en étaient là ! Elle les avait laissés choir tous les deux. Elle avait cédé à un désir plus fort et Mark n'arrivait pas à le lui pardonner.

Il repoussa ces pensées négatives, et se dirigea vers la cuisine pour jeter un coup d'œil dans le four. Puis il entendit Michaël lire non seulement *chat* et *chien*, mais aussi *chou* et *chaud*.

— Est-ce que tout le monde sait lire dans ta classe ? demanda-t-il.

— Annie sait déjà lire. Kayla aussi. Et elles croient qu'elles savent mieux que tous les autres enfants... C'est vrai qu'elles se débouillent mieux que moi, ajouta le bambin à contrecœur. Mais il y en a beaucoup qui ne se souviennent jamais des sons. Moi, j'ai lu le *ch* puis le *a* tout seul. Mlle Hooper était drôlement fière de moi !

Mark se détendit légèrement. Qu'est-ce qui lui avait pris de poser une question pareille ? Si son fils n'était pas le plus brillant de sa classe, il se débrouillait mieux que la plupart de ses petits camarades. De plus, il avait lu quelque part que les filles apprennent à lire plus tôt que les garçons. Le temps qu'ils passent leurs tests d'entrée en université, Michaël aurait rattrapé la petite Kayla !

Pendant le repas, ils évoquèrent le mariage de Heidi. Le sujet semblait vaguement inquiéter l'enfant.

— Elle va avoir des enfants ? demanda-t-il.

— Sans doute… Dans quelques années… Ce sera une super maman, tu ne crois pas ?

— Mm… oui…

Michaël resta quelques instants la tête baissée vers son assiette.

— J'aimerais bien que ce soit elle, ma maman, des fois, déclara-t-il enfin d'une toute petite voix.

Mark sentit son cœur se serrer.

— Elle l'est déjà un peu, dans un sens, non ? Sauf que c'est comme si on l'avait empruntée. Comme les livres, à la bibliothèque, expliqua-t-il. Nous savons tous les deux que nous ne pourrons pas la garder avec nous pour toujours et que nous devons en profiter tant qu'elle est là.

Michaël releva la tête et fronça les sourcils.

— Elle s'en ira, un jour, hein ? Comme maman ?

— Hé, bonhomme ! Viens ici.

L'enfant se laissa glisser de sa chaise et alla vers Mark qui le prit sur ses genoux.

— Non. Heidi ne s'en ira pas comme maman. Elle va se marier et, un jour, Peter et elle auront des enfants. D'ici là, tu seras tellement grand que tu n'auras plus besoin qu'on s'occupe de toi après l'école… Et puis, je suis sûr que Heidi sera toujours notre amie.

— Alors elle ne va pas mourir ? demanda l'enfant, levant une frimousse soucieuse vers lui.

— J'espère bien que non ! Pas avant qu'elle soit devenue une très vieille dame !

Le petit garçon sembla réfléchir à la question.

— Je te crois, dit-il. Seulement… ce n'est pas grave si de temps en temps, je fais comme si elle était ma maman ?

Mark se fustigea. Il aurait dû deviner qu'un enfant de cinq ans ne pouvait qu'éprouver ce genre de sentiments. Il n'avait pas encore songé à se remarier, et ne se souvenait pas être sorti avec une femme depuis la mort d'Emily. Or, de toute évidence, Michaël rêvait d'avoir une maman.

— Non, répondit-il dans un souffle. Ce n'est pas grave du tout. J'ai une idée ! Nous allons lui offrir un très beau cadeau pour son mariage. Tu m'aideras à le choisir ?

— D'accord !

Michaël se tortilla pour descendre des genoux de son père.

— Je peux avoir mon dessert ?

Mark le laissa regarder un dessin animé en mangeant ses cookies. Resté dans la cuisine, il composa une nouvelle fois le numéro des Saint-John. Cette fois-ci, une voix de femme lui répondit.

— Allô !

— Madame Saint-John ?

— Qui est à l'appareil ? s'enquit-elle avec méfiance.

— Mark Kincaid. Je suis détective privé, madame Saint-John. Je recherche votre fille Carrie. Je sais que vous l'avez adoptée et…

— En quoi cela vous regarde-t-il ? Et qu'est-ce que vous voulez à ma fille ? demanda-t-elle avec une franche hostilité.

— Sa sœur aimerait la voir…

— Sa sœur ? Carrie n'a pas de sœur. Et je vous prierai de ne pas rappeler, conclut-elle avant de raccrocher.

Super…

Il raccrocha à son tour en secouant la tête. Carrie Saint-John avait vingt-cinq ans. Ce n'était plus une enfant. Pourquoi sa mère redoutait-elle tellement que sa famille d'origine essaye de la contacter ?

Quand les parents adoptifs élevaient un enfant encore en bas âge, Mark ne comprenait que trop bien leurs sentiments et leurs angoisses : ils craignaient de perdre l'affection de l'enfant. C'était tout naturel. Les liens du sang risquaient de l'emporter, l'enfant qu'ils élevaient risquait de voir en eux des imposteurs. Des imposteurs qui avaient prétendu être le vrai papa ou la maman.

Mais dans le cas des Saint-John… Ils avaient eu leur fille bien à eux. C'étaient eux qui s'étaient occupés d'elle lorsqu'elle était bébé, eux qui l'avaient aidée à faire ses devoirs et à préparer ses exposés, eux encore qui avaient rencontré son premier petit ami et avaient été émus aux larmes à la cérémonie de remise des diplômes… Dès lors, que craignaient-ils ? Pas de la perdre, tout de même !

Et pourtant, si. Mark avait retourné le problème dans tous les sens et savait que des parents adoptifs se sentaient rarement sûrs de l'amour inconditionnel de leur enfant.

Il eut un sourire amer. Lui-même devait bien l'avouer : en tant que père adoptif, il avait tout autant l'impression d'être un imposteur. Et plus souvent qu'à son tour. Seule différence avec les autres parents : l'ironie du sort avait voulu qu'il passe le plus clair de son temps à aider des familles naturelles à se retrouver.

Il jeta un coup d'œil à l'horloge. C'était l'heure du bain.

Dès demain, il appellerait le Dr Saint-John à l'hôpital. Peut-être réagirait-il tout différemment de sa femme, après tout… ? Au pire, Mark espérait qu'il le laisserait lui exposer les raisons pour lesquelles Suzanne Chauvin souhaitait revoir sa sœur.

— J'ignore qui vous êtes, monsieur, déclara Julian Saint-John. On nous avait promis une adoption parfaitement anonyme. Carrie est notre fille, nous sommes ses parents. C'est clair ?

— Carrie est une adulte à présent. Elle doit se poser des questions sur ses origines. Comme vous le savez, son père et sa mère sont décédés. Toutefois, elle a une sœur et un frère et…

— Ça ne l'intéresse pas et je ne vous permettrai en aucune façon d'importuner ma femme et ma fille. Laissez ma famille tranquille, monsieur Kincaid. Sinon, je n'hésiterai pas à avoir recours aux autorités, conclut-il d'une voix plus dure.

Là-dessus, Saint-John lui raccrocha au nez. Une habitude familiale, sans doute.

Mark appela alors Suzanne pour lui annoncer qu'il leur faudrait trouver un autre moyen de contacter Carrie.

— Les Saint-John semblent avoir peur, expliqua-t-il. La mère de Carrie a complètement paniqué quand je lui ai annoncé la raison de mon appel.

— Je ne comprends pas… Je ne vois pas en quoi je peux représenter une menace quelconque !

— Vous leur rappelez que Carrie a eu une autre famille. Une autre vie, si vous voulez. Par votre existence même, vous mettez en danger la leur telle qu'elle est. Ils veulent que Carrie soit leur fille, et leur fille à eux seuls. Ce sont eux qui l'ont élevée et ils n'aiment pas penser que d'autres gens ont pu jouer un rôle dans l'épanouissement de sa personnalité. Bref, ils ne veulent pas partager son affection, seulement être comme tous les autres parents.

— Vous semblez les comprendre à merveille.

Mark eut un petit sourire amer.

— Ce n'est pas la première fois que j'affronte ce genre de situation, vous savez... Cela dit, il y a une autre explication possible à leur angoisse, reprit-il après une légère hésitation.

— Laquelle ?

— Il se peut que votre sœur ignore totalement qu'elle n'est pas la fille naturelle des Saint-John.

Un long silence s'ensuivit.

— Je croyais qu'on ne cachait plus ce genre de choses, de nos jours, dit-elle enfin.

— Je dois reconnaître que c'est très improbable.

D'autant que les Saint-John n'avaient jamais déménagé, et donc jamais cherché à brouiller les pistes ou à justifier une grossesse, par exemple. Ils avaient ramené chez eux un bébé déjà âgé de presque un an : comment auraient-ils pu prétendre devant les voisins ou la famille que l'enfant était leur fille naturelle ?

— Vous pensez pouvoir la retrouver ?

— Maintenant que nous avons son nom, ça ne devrait pas être bien compliqué.

Il fit pivoter sa chaise et se mit à pianoter sur son ordinateur.

Dix minutes plus tard, il avait une adresse et un numéro de téléphone.

Carrie était furieuse contre elle-même. Elle n'avait toujours pas donné son préavis.

Elle s'avança à grands pas vers sa petite Miata bleu cobalt, un cadeau de ses parents pour ses vingt-cinq ans, en remplacement de la Nissan qu'elle conduisait depuis l'âge de seize ans.

Elle ouvrit la portière et se calma quelque peu. Elle avait une chance folle d'avoir des parents comme les siens. Contrairement à ceux de son amie Laura, ils ne lui avaient jamais proposé de subvenir à ses besoins à cent pour cent : ils pensaient qu'elle devait trouver sa voie par elle-même. D'un autre côté, ils étaient incroyablement généreux et elle n'avait jamais eu de véritables soucis. Enfin, ils faisaient preuve d'une patience exemplaire face à son instabilité chronique et à son incapacité à trouver son but dans la vie.

En chemin, elle repensa à sa préoccupation du moment. Elle aurait dû donner sa démission aujourd'hui, comme elle se l'était promis. Le problème était qu'elle ne savait trop ce qu'elle ferait ensuite. Peut-être fallait-il qu'elle s'essaye à quelque chose de complètement différent ?... Elle avait commis une erreur en s'acharnant à travailler dans le domaine médical. Bien que ses parents ne lui aient pas dicté sa conduite, elle avait choisi de suivre leurs traces et n'avait jamais vraiment envisagé de faire autre chose.

Franchement, elle aurait sans doute mieux fait de suivre une toute autre voie. Cela lui aurait peut-être évité de se retrouver, à vingt-six ans, aussi perplexe qu'un collégien à qui on demande ce qu'il souhaite faire plus tard.

Elle s'arrêta pour faire quelques courses. Elle vivait à Bellevue, à quelques kilomètres seulement de son travail, mais au fond elle préférait Seattle, dont les divers quartiers avaient davantage de caractère. Quand elle aurait démissionné, songea-t-elle, elle en profiterait aussi pour déménager.

— Mademoiselle Saint-John ?

Absorbée dans ses pensées, la clé déjà dans la serrure, Carrie n'avait pas remarqué l'homme qui se tenait au pied de l'immeuble, tout près d'elle. Bien trop près.

Elle frémit, et se tourna vers lui… avant de se souvenir qu'elle aurait dû prendre la précaution d'ouvrir la porte au préalable. Enfin, si jamais il l'agressait, elle pouvait toujours se mettre à crier. Il devait y avoir quelqu'un dans l'immeuble, à cette heure-ci.

— Qui êtes-vous ?

Et comment connaissait-il son nom ?

Il était grand et de carrure puissante mais, malgré ses cheveux trop longs et son blouson de cuir, il ne ressemblait guère à un agresseur. D'un autre côté, il n'avait rien en commun non plus avec les médecins et les chercheurs qu'elle fréquentait d'habitude. Ni avec les hommes d'affaires ou de loi qu'elle croisait parfois en ville. Elle attendit sa réponse, le cœur battant.

— Je m'appelle Mark Kincaid. Je suis détective privé.

« C'est drôle, pensa-t-elle. Il a exactement le physique de l'emploi ». Oui, il ressemblait à un de ces détectives directement issus des romans policiers qu'elle dévorait à longueur d'année. En fait, elle aurait dû le situer immédiatement.

Son soulagement fut de courte durée, cependant. Que lui voulait ce type ?

— Vous souhaitez me poser des questions sur un de mes amis ?

Il eut un petit sourire qui adoucit un peu son expression.

— J'ai bien peur que non, mademoiselle Saint-John. C'est vous que je cherche depuis quelque temps. Permettez-moi de vous expliquer ce qui m'amène.

Elle tenait toujours sa clé serrée dans sa main. Ses sacs de provisions gisaient à ses pieds.

— Je ne sais même pas qui vous êtes !

— Et je ne vous demande pas de me laisser entrer, répondit-il d'un ton ferme. Rangez tranquillement vos courses et, ensuite, retrouvons-nous quelque part, si vous voulez bien. Il y a bien un café, dans les environs, non ?

— Oui, bien sûr. Un salon de thé, dans la galerie Crossroad ?

— Bien vu, dit-il en hochant la tête. L'endroit doit fourmiller de monde. Je vous y attends dans une demi-heure ?

— Entendu.

Il s'éloigna sans se retourner. Carrie ouvrit sa porte d'une main tremblante et la verrouilla derrière elle. Elle était un peu déconcertée par cette rencontre inopportune. Pourtant, son visiteur n'avait pas été menaçant.

En même temps, elle devait bien reconnaître qu'il ne lui arrivait pas souvent de se trouver nez à nez avec un parfait inconnu qui l'accostait sur le seuil même de son appartement. Il avait dû attendre son retour avant de la suivre à l'intérieur du bâtiment.

Elle rangea ses provisions en surveillant l'heure, et envisagea d'appeler son père pour lui dire où elle allait et avec qui. Mais non… C'était inutile. Mark Kincaid ne lui faisait pas peur. Et puis, le salon de thé était un endroit on ne peut plus sûr. Par ailleurs, elle voulait savoir de quoi il retournait avant de parler de cette visite à ses parents. Parce qu'elle trouvait tout de même curieux qu'un détective souhaite lui parler, à elle…

Lorsqu'elle entendit rentrer ses voisins, un couple de Pakistanais, elle profita de ce qu'ils étaient sur le palier pour sortir de chez elle. Une fois dehors, elle fut tout aussi soulagée de voir un autre résident sortir de voiture, et elle se précipita vers sa Miata avant qu'il ne soit rentré dans le bâtiment. Bref, elle n'était pas tranquille. Pourtant Kincaid ne rôdait pas sur le parking et elle gagna le centre commercial sans incident notable. Si elle avait été suivie, elle n'avait rien remarqué.

Crossroad était une petite galerie de restaurants et de salons de thé dont la clientèle était bien plus modeste que celle du square Bellevue, où les milliardaires de l'informatique faisaient leurs achats et dont le parking abritait plus de coûteuses BMW que de Ford.

Carrie pénétra à l'intérieur de la galerie commerciale et repéra immédiatement Mark Kincaid, assis à une des terrasses, devant une petite table. S'il semblait parfaitement à l'aise, les jambes allongées devant lui, sa tasse de café à la main, Carrie comprit tout de suite qu'il était aux aguets. Seuls les autres clients semblaient perdus dans leurs pensées, lisaient un journal ou regardaient dans le vide. Les hommes admiraient les jolies filles, certains semblaient attendre quelqu'un — sans toutefois étudier la foule comme si un terroriste quelconque s'y était mêlé. Mark Kincaid, pour sa part, étudiait chaque visage, le jaugeant avant de passer au suivant. Aucun de ceux qui entrèrent dans son champ de vision n'échappa à cette inspection.

D'ailleurs, il ne tarda pas à la voir. Leurs regards se croisèrent et elle en fut étrangement troublée. Ce fut comme un signal d'alarme. Pour la prévenir de quoi ? Impossible de le deviner. Et lorsque Mark Kincaid lui sourit, elle se reprocha sa stupide méfiance.

Elle alla se chercher un café noisette avant de se frayer un chemin jusqu'à sa table où elle prit place, face à lui.

— Eh bien, je vous écoute, monsieur Kincaid. Expliquez-moi la raison pour laquelle vous me... cherchiez, comme vous dites.

— Votre sœur m'a engagé pour vous retrouver.

— Alors je ne suis pas celle que vous cherchez, répliqua-t-elle.

Malgré elle, Carrie était déçue. Kincaid avait piqué sa curiosité. Secrètement, elle avait espéré être vraiment la personne qu'il recherchait. Manifestement, il ne s'agissait pas d'elle.

— Je n'ai pas de sœur, ajouta-t-elle.

Son interlocuteur se rembrunit.

— Alors, cela signifie que vos parents ont gardé le secret.

Qu'est-ce qu'il racontait ? Quel secret ?

— Excusez-moi…, dit-elle. Je ne comprends rien à ce que vous me dites.

— Vous avez aussi un frère. Que je recherche également.

— Un frère ?…

Elle secoua la tête avec véhémence.

— Non. Vous faites erreur. Je ne suis pas la Carrie Saint-John que vous recherchez. Sincèrement, monsieur Kincaid. Je n'ai ni frère ni sœur. Mes parents le sauraient ! Je le saurais, aussi, non ?

Kincaid fronça les sourcils.

— Il semble en effet qu'il y ait un malentendu quelque part.

Carrie aurait dû se réjouir de cet apparent retrait, et pourtant… non. C'était trop rapide. Elle vit le détective repousser sa chaise en arrière. Il avait eu l'air tellement sûr de son fait, tellement convaincu qu'elle était bien celle qu'il recherchait… Et voilà qu'il faisait marche arrière ? Comme ça… ?

C'était trop facile.

— Attendez !

Il suspendit son geste et se rassit.

— J'ai le sentiment que vous me cachez quelque

chose, dit-elle. Et si je reste convaincue que je ne suis pas la Carrie Saint-John que vous recherchez, j'ai fait la démarche de venir jusqu'ici et il me semble que vous me devez des explications.

— Et à moi, il m'apparaît que c'est avec vos parents que vous devriez vous entretenir de cette affaire.

— Et de quoi suis-je censée leur parler, au juste ? demanda-t-elle, les nerfs à vif. De vous ?

— Racontez-leur notre entrevue. Vous verrez bien ce qu'ils vous disent...

— Je sais très bien ce qu'ils diront ! Ils me confirmeront que vous vous êtes mélangé les pinceaux et que vous faites erreur ! Je refuse catégoriquement de leur parler de cette farce. Ce que je veux, c'est que vous m'expliquiez... Je ne sais pas...

Elle agita une main devant elle.

— Que vous me disiez à quoi vous pensiez en demandant à me voir.

— Je ne suis pas certain d'être la personne adéquate...

— Parlez, je vous en prie, lui ordonna-t-elle.

Kincaid soupira longuement.

— Très bien, mademoiselle Saint-John. Je n'ai qu'une question à vous poser : savez-vous ou pas que vos parents vous ont adoptée ?

Elle le dévisagea un instant avant de secouer la tête.

— Vous vous trompez. Non, non et mille fois non. Je ne sais pas d'où vous tenez cette idée farfelue...

— Vos parents m'ont menacé d'avoir recours à la loi si

j'essayais de vous contacter. J'aurais dû comprendre qu'ils ne pouvaient pas faire autrement, vu les circonstances. Pourtant, j'ai réussi à me convaincre… Je suis désolé que vous l'appreniez de cette façon, conclut-il.

Il y avait une compassion indéniable dans sa voix et son expression.

Carrie repoussa sa chaise, remarquant à peine qu'elle venait de renverser sa tasse. Le café se répandit sur la table et se mit à couler sur le sol. Mark se leva en même temps qu'elle, mais elle recula d'un bond.

— Vous racontez n'importe quoi ! Vous êtes complètement fou ! Ça ne m'étonne pas qu'ils vous aient menacé de prévenir la police. Je regrette seulement, ajouta-t-elle avec hargne, qu'ils ne m'aient pas prévenue, moi aussi. Comme ça, j'aurais pu me méfier !

La compassion du détective devint de la pitié.

— S'ils ne vous ont rien dit, c'est parce que cela les aurait obligés à vous expliquer la raison pour laquelle je souhaitais vous rencontrer… Avec toutes les questions que cela aurait entraînées. A mon avis, vos parents espéraient que je ne vous retrouve pas.

— Vous ne les connaissez pas ! Jamais ils ne m'auraient caché une chose pareille.

Elle le détestait.

De toutes ses forces.

— Disparaissez, monsieur Kincaid. Et n'essayez plus jamais de me contacter, sinon je préviens la police.

Là-dessus, elle sortit en toute hâte de la petite galerie, non sans avoir jeté un coup d'œil derrière elle, pour s'assurer que Kincaid n'était pas sur ses talons.

Une fois dans sa voiture, Carrie eut le sentiment de flotter à l'extérieur de son corps, et c'est avec détachement qu'elle se vit tourner la clé de contact d'une main tremblante, faire marche arrière, puis démarrer dans un crissement de pneus.

Elle ne pouvait pas habiter son propre corps, elle ne voulait pas être obligée de réfléchir... de se souvenir du chagrin qu'elle avait décelé sur le visage de sa mère, la veille, par exemple.

« Je ne suis pas comme toi, maman », avait-elle dit.

Et sa mère lui avait répondu : « Je le sais bien ». Avec des larmes plein les yeux. Avec une voix étouffée par le remord ou les regrets. « Je le sais bien, ma chérie »...

Pire, elle serait forcée de se demander pourquoi elle avait le sentiment que sa vie ne lui allait pas, un peu comme des vêtements mal coupés, malgré toutes les retouches qu'on peut leur apporter.

Mieux valait rester à l'extérieur, du moins dans l'immédiat.

Elle se gara sur son emplacement et grimpa l'escalier en courant. Kincaid savait où elle vivait. Ce soir, elle coincerait une chaise sous la poignée de la porte pour que personne ne puisse pénétrer chez elle. Et puis, elle mettrait le téléphone près de son lit au cas où elle aurait besoin de passer un appel en urgence.

Elle s'enferma à clé, avant de pousser un soupir de soulagement. Enfin chez elle, à l'abri... A présent, elle regrettait de ne pas avoir appelé son père avant d'aller retrouver ce détective. Cela lui aurait épargné bien des tracas. D'ailleurs, elle ne se rappelait même plus ce qui l'en avait empêchée.

Elle étouffa un sanglot et ses mains s'ouvrirent soudain malgré elle, laissant échapper son sac à main qui s'écrasa mollement sur le plancher du salon.

— Ils n'ont quand même pas pu me mentir ! s'exclama-t-elle, désemparée, encore debout au milieu de la pièce.

Pourquoi était-elle aussi bouleversée ? Pourquoi avait-elle si peur, subitement ? Elle faisait totalement confiance à ses parents, et pourtant ce type avait réussi à insinuer le doute en elle.

A l'autre bout de la pièce, elle vit clignoter le voyant du répondeur. Le cœur battant, elle s'avança vers l'appareil et appuya sur le bouton de lecture.

— Mark Kincaid à l'appareil. Je vous laisse mon numéro de téléphone. Appelez-moi, quand vous serez prête à entendre ce que j'ai à vous dire…

Carrie poussa un cri de terreur et effaça rageusement le message.

Chapitre 4

Carrie s'interrogeait. Elle ne pouvait tout de même pas débarquer chez ses parents et leur dire de front : « On vient de m'apprendre que vous m'avez menti. Autant dire à l'homme de sa vie : Je sais que tu me trompes. »

Elle pouvait essayer d'y aller doucement, de dire d'un ton enjoué quelque chose comme « Je sais que vous m'auriez prévenue, si vous m'aviez adoptée. Et je me sens un peu idiote de vous poser la question... Pourtant... Je suis bien votre fille, non ? Légalement *et* biologiquement ? »

Non. Elle ne leur poserait pas la question. Elle n'avait pas besoin de la leur poser. Maintenant qu'elle y pensait, elle se demandait même pourquoi elle autorisait ce type, qu'elle ne connaissait ni d'Eve ni d'Adam, à l'ébranler ainsi dans ses certitudes.

Carrie se retourna dans son lit, tirant vers elle un oreiller qu'elle posa sur sa tête. Si elle continuait ainsi, elle serait incapable d'aller travailler le lendemain matin.

« Essaye d'analyser la situation avec logique », se dit-elle, l'oreiller pressé contre son visage.

Ce Mark Kincaid, tout d'abord. Qu'est-ce qui lui disait qu'il était bien détective privé ? Il pouvait tout aussi bien s'agir d'un escroc ou d'un pervers qui avait utilisé ce prétexte pour pouvoir l'approcher.

Elle repoussa l'oreiller et fixa le plafond. Ces deux éventualités la terrifiaient. Car c'était proprement terrifiant, que d'être la cible d'un escroc et encore plus celle d'un maniaque en puissance.

Bien sûr, s'il était fiable, elle n'avait pas à craindre pour sa vie.

Mais d'un autre côté, cette dernière hypothèse était la plus bouleversante de toutes.

Carrie soupira, ralluma sa lampe de chevet et s'assit dans son lit, cherchant ses mules du bout des pieds. Elle aurait dû chercher à se renseigner avant d'aller se coucher. Puisque, de toute évidence, le sommeil ne viendrait pas, autant s'y mettre tout de suite. Ça lui éviterait de passer la nuit à gamberger.

Elle mit son ordinateur en route et profita de ce qu'il chargeait pour faire chauffer de l'eau. Une tisane la calmerait. De la camomille. Elle emporta sa tasse jusqu'à son bureau, se connecta à Internet et tapa : *Mark Kincaid, Détective privé.*

Plusieurs sites lui apparurent aussitôt, avec des références à des articles parus dans le *Seattle Times*, le *Post-Intelligencer* et le *Everett Herald*. Carrie dut se rendre à l'évidence : Kincaid avait effectivement une licence de détective. Son agence avait même son propre site.

Elle cliqua deux fois et apprit que Kincaid et son associée, une dénommée Gwendolyn Mayer, proposaient toute une gamme de services allant des affaires d'adultère à la surveillance rapprochée, en passant par les abus de confiance. La recherche de parents naturels ou d'enfants donnés à l'adoption était la spécialité de l'agence.

Il n'y avait aucune photo des deux associés, ce qui s'expliquait facilement : les filatures et les planques étant leur lot quotidien, les détectives préféraient rester discrets.

Mark Kincaid avait été inspecteur à la brigade criminelle de la police de Seattle et son associée avait passé dix ans dans la police de Baltimore avant de venir travailler sur la côte Ouest.

Carrie imprima la page, ainsi que celle consacrée aux recherches consécutives à une adoption.

Elle se renversa ensuite sur sa chaise, pour réfléchir calmement. De toute évidence, Kincaid était bien celui qu'il disait être. A moins, bien entendu, que l'homme qu'elle avait rencontré ne se serve de son nom à son insu. Cela dit, c'était peu probable : elle l'avait vu dévisager les passants, sur la terrasse de la galerie commerciale. La manière dont il avait passé la foule en revue était bien celle d'un ancien flic.

Donc, il était détective. Ce qui ne l'empêchait pas de se tromper. Cela arrivait à tout le monde, même aux meilleurs, paraît-il. Carrie se demanda vaguement comment on s'y prenait, pour déterminer qu'un gamin né Jack Brown avait grandi sous le nom... disons de

Ronald Smith. Les dossiers étaient censés être scellés, non ? En fait, elle ignorait quasiment tout sur la question puisqu'elle ne connaissait aucun enfant adopté.

Elle se connecta à un des sites consacrés à ce type de recherches et lut plusieurs courts articles, ainsi que la liste des démarches à effectuer pour une telle recherche.

« Commencez par retrouver votre certificat de naissance modifié. »

Et comment saurait-elle s'il avait été corrigé ? Elle était presque certaine d'avoir le sien, quelque part. Elle en avait eu besoin quand elle s'était fait faire un passeport pour aller en Espagne en voyage scolaire et, plus tard, pour se rendre avec ses parents à Londres, où son père devait participer à une conférence.

« Demandez ensuite votre dossier médical à l'hôpital où vous êtes né(e). »

Dans quel hôpital avait-elle vu le jour ? Soudain prise de panique, elle s'efforça de se souvenir si sa mère lui avait jamais parlé de sa naissance, de l'accouchement ou même de sa grossesse…

« Troisièmement, faites une demande officielle auprès du tribunal, afin que votre dossier d'adoption soit rouvert. »

Elle n'aurait pas besoin d'en passer par là. Si elle était bien la Carrie Saint-John que Kincaid recherchait, une tierce personne s'était déjà chargée de cette étape pour elle.

Une tierce personne censée être sa sœur…

Son cœur se serra d'anxiété. Tout cela était parfaitement ridicule ! Kincaid avait fait fausse route, un point c'est tout. Il ne pouvait pas en être autrement ! Peut-être l'appellerait-elle le lendemain, pour écouter sa version des faits et tâcher de comprendre d'où provenait l'erreur.

Elle éteignit l'ordinateur, mit sa tasse dans le lave-vaisselle, éteignit toutes les lumières et retourna se coucher.

Elle avait presque réussi à se sortir cette histoire de l'esprit en se concentrant sur le genre de travail qu'elle allait chercher, sur ses projets de déménagement, sur sa rupture avec Craig… quand, juste au moment où elle allait sombrer dans le sommeil, une idée lui revint brusquement à l'esprit : il était indéniable qu'elle ne ressemblait ni à son père ni à sa mère…

Lorsqu'elle s'endormit enfin, ce fut d'un sommeil agité, fait de rêves où des gens venaient lui annoncer qu'ils étaient ses parents, son frère, sa sœur. Un homme prétendait même être son mari. Les visages ne cessaient de changer et dans son désarroi, elle abordait des femmes à qui elle demandait si elles étaient sa mère.

Au réveil, elle était tellement désorientée qu'il lui fallut une bonne minute pour se souvenir de l'endroit où elle était, et comprendre qu'il était l'heure de se lever.

Bien que totalement épuisée, elle n'avait pas la

moindre envie de rester au lit. Elle alla prendre une douche, s'habilla et se rendit au travail.

Là, elle profita de l'intimité relative de son bureau pour essayer de réfléchir.

En milieu de matinée, son téléphone sonna.

— Carrie ?

C'était Katrina. Etrange, car sa mère ne l'appelait jamais au travail. Aussitôt, Carrie fut en alerte.

— Maman ? Tout va bien ?

Katrina laissa échapper un petit rire forcé.

— Bien sûr ! Pourquoi ça n'irait pas ? Je voulais simplement savoir si tu avais donné ta démission, si tu as revu Craig et...

Elle hésita une seconde puis reprit précipitamment.

— Et si tu avais du nouveau.

— Je n'ai pas encore donné ma démission, non.

Et elle ne le ferait pas aujourd'hui. Soudain, son emploi lui semblait son seul point de repère stable, et l'appel du large avait perdu tout attrait.

— Craig et ton père se sont vus, hier, pour une petite conversation entre hommes. Je me demandais s'il t'avait appelée ensuite...

— Craig n'est pas du genre à quémander, tu sais. Et j'ai été plutôt claire avec lui.

— Tu es sûre que ce n'est pas... disons, un simple moment de panique à l'idée de t'engager définitivement ? Tu ne serais pas la première à qui ça arrive, tu sais !

Carrie commençait à se demander où sa mère voulait en venir. Elle devait être terriblement déçue de la voir éconduire un garçon aussi parfait que Craig, médecin avec qui son père avait tant en commun !

— Je m'inquiète pour toi, toute seule dans cet appartement. Tu es bien sur liste rouge, n'est-ce pas ?

C'était donc ça ! Sa mère craignait qu'un inconnu essaye de la contacter. Un inconnu comme Mark Kincaid, peut-être ?…

— Je suis sur liste rouge, maman, s'entendit-elle répondre machinalement. Ne t'inquiète pas.

Mais elle aurait voulu crier : « Est-ce que je suis bien ta fille ? », sans qu'aucun son réussisse à franchir ses lèvres. Elle ferma les yeux et sentit des larmes se former derrière ses paupières. « Dis-moi la vérité, maman. Je t'en supplie… ! »

— Il faut que je te laisse, dit-elle d'une voix rauque. Un de mes collègues m'attend.

Elle parvint tant bien que mal à terminer sa journée de travail. Le temps qu'elle arrive chez elle, il était 17 heures passé. L'agence de Mark Kincaid ne fermait probablement pas avant 18 heures. Et si elle ne trouvait personne, elle pourrait toujours laisser un message.

Toute la question était de savoir si elle voulait *vraiment* lui parler. Elle s'empara du téléphone et ferma les yeux, essayant de recouvrer son calme. Si seulement elle avait pu rejeter en bloc ce que Kincaid lui avait dit, et ignorer le doute qu'il avait semé en elle ! Mais sa mère lui avait paru tellement… bizarre, ce matin, au téléphone. Et, surtout, Carrie était troublée par ce qu'elle avait toujours su : elle était différente de ses parents, aussi bien physiquement que de tempérament, autant dans ses goûts que dans ses capacités.

Certes, les enfants n'étaient pas les clones de leurs parents. L'être humain était complexe. Toutefois, certains signes, certains sentiments…

Elle composa le numéro qu'elle avait relevé sur le site Internet, écouta le message d'accueil et se lança.

— Monsieur Kincaid, dit-elle précipitamment. Carrie Saint-John à l'appareil… Vous avez réussi à me troubler. Et bien que je sois quasiment certaine de ne pas être la femme que vous recherchez, j'aimerais entendre vos arguments. Je vous laisse donc deux numéros de téléphone, l'un au travail, l'autre ici. Merci de bien vouloir me rappeler.

Elle raccrocha et tenta de se concentrer sur ce qu'elle allait se préparer pour le dîner. Ce ne fut pas facile. Pas plus que de décider de ce qu'elle ferait de sa soirée. Elle était agitée, anxieuse et terriblement nerveuse. Elle éprouvait le besoin de parler à quelqu'un, mais à qui ? Stacy, avec qui elle avait fait l'école d'infirmière et qui connaissait à peine ses parents ? Ou bien Ilène, son amie d'enfance qui, au contraire, les connaissait très bien ?

Finalement, elle ne contacta ni l'une ni l'autre. Cela aurait été déloyal de partager avec elles des doutes sans fondement. Elle ne savait même pas pourquoi elle prenait cette affaire tellement au sérieux, pourquoi tout cela l'avait tant remuée… Mieux valait attendre d'avoir des preuves, si tant est qu'il y en ait.

Incapable de se concentrer, Carrie passa d'une chaîne

à l'autre pour finalement éteindre le poste de télévision. Elle attrapa un magazine, le feuilleta machinalement et le reposa presque aussitôt.

Et soudain, le téléphone sonna, la faisant sursauter. Elle hésita une seconde avant de décrocher. Et si c'était sa mère, la dernière personne à qui elle souhaitait parler ce soir ? Pourtant, elle se décida.

— Mark Kincaid à l'appareil.

— Vous avez donc eu mon message ? demanda-t-elle un peu bêtement.

— Oui. Il m'arrive de les consulter de chez moi. Pardonnez-moi de ne vous appeler qu'à cette heure tardive.

— Je vous en prie. Au contraire, je suis contente de vous avoir au bout du fil. Je n'arrête pas de penser à ce que vous m'avez dit et…

Elle haussa les épaules.

— J'aimerais que vous vous expliquiez, c'est tout.

— Le téléphone ne me paraît pas très adapté, en l'occurrence. Je préférerais vous parler en personne.

— Vous pouvez passer, si vous voulez, dit-elle tout en songeant que c'était de la folie. Je n'ai pas l'intention d'aller me coucher tout de suite.

Il eut la bonne grâce de paraître désolé.

— J'ai bien peur que ce ne soit pas possible. Je viens de mettre mon fils au lit et il est trop tard pour appeler une baby-sitter.

Il avait donc un fils… Il y avait des chances pour qu'il soit aussi marié et Carrie en conçut un curieux mélange d'émotions. Bien qu'elle n'ait jamais envisagé

Kincaid comme un amant possible, elle se sentait légèrement déçue. D'un autre côté, c'était rassurant d'apprendre qu'il était établi dans la vie.

— Nous pourrions nous voir demain, à l'heure du déjeuner, si vous le souhaitez.

— Je travaille à Bellevue…

Elle s'interrompit, soudain vaguement gênée.

— Que je suis bête… Vous devez déjà tout savoir sur moi.

— Non. J'aurais pu chercher à en savoir davantage, mais il se trouve que je me suis limité à votre adresse et à votre numéro de téléphone. J'espérais que vous seriez désireuse de parler plutôt à Suzanne quand vous la rencontreriez…

— Suzanne ? coupa-t-elle. Ma… Je veux dire… Votre cliente ?

— Tout à fait. Suzanne Chauvin.

— C'est un nom français, non ?

— Il se peut que vous soyez française, fit-il remarquer.

Elle sentit son estomac se nouer. Cela se pouvait, effectivement. Sa différence avec ses parents ne se limitait pas au fait que, contrairement à eux, elle avait les yeux bruns. Il y avait aussi le teint mat, une masse épaisse et bouclée de cheveux, elle était plus petite que la moyenne des membres de sa famille… Elle n'avait décidément rien d'une Saint-John, rien de son père ni de sa mère.

— Vous ressemblez étonnamment à votre sœur, en fait, ajouta-t-il d'une voix douce.

Sa sœur...

— Nous parlerons de tout cela demain, répondit-elle, soudain prise de panique.

Ils convinrent alors d'un lieu de rendez-vous et Carrie raccrocha avec la certitude terrifiante d'avoir franchi un point de non retour.

Mark arriva au restaurant en avance. Il agissait toujours ainsi, sans aucun doute par pure précaution. Il aimait bien pouvoir étudier les lieux et choisir la table qui offrait le meilleur poste d'observation.

Quand Carrie Saint-John arriva, une serveuse l'accueillit et l'amena jusqu'à lui.

La ressemblance entre Carrie et sa sœur était effectivement frappante, songea-t-il, même si chacune avait sa personnalité bien à elle.

Toutes deux mesuraient moins d'un mètre soixante-cinq. Suzanne était plus féminine que Carrie, qui, avec son corps filiforme, pouvait probablement se permettre d'entrer dans un 36. Les deux jeunes femmes avaient les yeux et les cheveux bruns, la seule différence étant que ceux de Suzanne étaient raides et ceux de sa sœur très souples.

Et soudain, Mark se rendit compte avec une certaine gêne que, si Suzanne ne l'attirait pas, sa sœur, en revanche, lui plaisait beaucoup. Il n'aurait su dire pourquoi. De toute manière, une chose était sûre : sa position d'intermédiaire lui interdisait toute attirance pour Carrie.

Il se leva à son approche.

— Bonjour, mademoiselle Saint-John.

— Appelez-moi Carrie, je vous en prie, dit-elle en prenant place face à lui.

— Va pour Carrie. La serveuse arrive, je vois. Vous voulez choisir avant que nous ne passions aux choses sérieuses ?

Carrie saisit le menu qu'il lui tendait, le parcourut, puis tous deux passèrent leur commande. Mark regardait attentivement la jeune femme. Il la vit s'armer de courage.

— Alors... Qu'est-ce qui vous fait penser que je suis la sœur de Suzanne Chauvin ?

Il ouvrit le dossier qu'il avait placé à côté de lui et en tira une copie du certificat d'adoption sur lequel il avait surligné le nom de naissance de la jeune femme, ainsi que celui de ses parents adoptifs.

Elle prit le document d'une main tremblante et pâlit en le lisant. Tant et si bien que Mark crut un instant qu'elle allait s'évanouir. Toutefois, elle respira à fond et continua de fixer sans rien dire les noms inscrits sur la feuille.

Quand elle releva enfin les yeux, ses pupilles étaient comme dilatées et elle le regardait sans le voir.

— Si c'est vrai... Pourquoi ne m'ont-ils rien dit ? demanda-t-elle dans un murmure.

— Parce qu'ils avaient désespérément besoin de penser que vous étiez leur fille... A moins qu'ils n'aient d'abord attendu que vous soyez plus grande... sans jamais trouvé le moment propice pour vous dire la vérité. Ou encore, ils ont eu peur, tout simplement.

Elle s'accrocha à cette dernière explication.

— Peur ? répéta-t-elle, d'un ton pitoyable. Peur de quoi ?

— De vous perdre, dit-il sobrement. Les parents adoptifs sont angoissés. Ils vivent avec la crainte que les parents naturels resurgissent, de nulle part, pour reprendre leur enfant.

Il la dévisagea avec compassion, désolé d'être porteur de révélations si dévastatrices.

— Bien entendu, il vaut mieux pour tout le monde que les parents adoptifs acceptent l'idée que leur enfant est aussi l'enfant des parents biologiques, reprit-il. Qu'ils partagent.

— A vous entendre, on croirait que mes parents ont agi par pur égoïsme.

Il s'apprêtait à répondre, quand elle ajouta rageusement :

— C'est d'ailleurs le cas. Ils ont été égoïstes !

— La serveuse arrive, lui dit-il à mi-voix.

Elle eut un petit sourire forcé pour la jeune femme qui posa les assiettes devant eux et leur demanda gentiment s'ils désiraient autre chose.

Lorsqu'elle fut repartie, Mark sortit du dossier une copie du certificat de naissance original de Carrie. Elle le prit et son regard se posa sur le nom de la petite fille qu'elle avait été : Line Marie Chauvin, fille de Charles et Marie Chauvin.

— La date de naissance est exacte.

Mark laissa passer la remarque. Les agences d'adoption n'avaient aucune raison de changer les dates de naissance.

— Line Chauvin, répéta-t-elle faiblement. C'est joli, comme nom.

— Oui. C'est joli.

Elle reprit en main le certificat d'adoption.

— Je… Ce bébé avait neuf mois quand elle a été adoptée. Je croyais que les enfants étaient adoptés à la naissance…

— Oui, si la mère accouche sous X, ce qui n'a pas été votre cas.

— Vous dites que j'ai une sœur, et qu'elle sait que j'existe. Ça signifie qu'elle est plus âgée que moi ?

— De six ans.

— Et mon… Mon frère ?

— C'est le deuxième enfant. Il y a deux années d'écart entre vous.

Elle respirait péniblement, à présent, et ne quittait pas Mark des yeux.

— Et pourquoi ? demanda-t-elle enfin. Je veux dire… Pourquoi est-ce que nous avons été adoptés ?

Pour la première fois depuis le début de leur entrevue, Mark se surprit à hésiter.

— Suzanne serait plus à même de vous expliquer tout cela, je pense. Elle meurt d'envie de vous rencontrer.

— Pas question !

La peur lui avait fait élever le ton. Elle inspira profondément, une fois, puis deux.

— Pas question, répéta-t-elle un peu plus calmement. Je ne suis pas prête. Un jour, peut-être… Pas maintenant.

Mark s'efforça de dissimuler sa déception. Ce genre de réaction n'était pas rare chez les enfants retrouvés par un membre de leur famille naturelle. Il était bouleversant de se trouver confronté, comme ça, tout d'un coup, à un frère ou une sœur. Il fallait compter avec l'effet de miroir. Et puis, que dire, et comment réagir ?

— Pas de problème, dit-il. Je vais vous donner son numéro de téléphone et vous l'appellerez quand vous serez prête.

— Elle a mon numéro ? demanda-t-elle, visiblement prise d'une nouvelle angoisse.

— Non. Cependant, elle sait comment vous vous appelez. Si elle le veut vraiment, elle vous retrouvera sans mal.

Carrie frissonna et referma les bras autour de son corps. Elle semblait vouloir se faire aussi petite que possible.

— Vous pensez qu'elle le fera ?

— Pas si je le lui déconseille. C'est quelqu'un de bien… A mon avis, elle sera patiente… Allez, mangez avant que ce ne soit froid, ajouta-t-il.

Elle baissa les yeux sur son assiette. Elle ne semblait pas s'être aperçue que la serveuse avait déposé son chili devant elle. Au bout de quelques secondes, elle acquiesça et prit sa fourchette. Quant à lui, Mark attaqua son sandwich et la regarda : elle semblait complètement ailleurs.

Du reste, au bout de deux ou trois bouchées, elle reposa son couvert.

— Dans l'intervalle, j'aimerais que vous me parliez de… Charles et Marie, dit-elle.

Elle n'avait pu se résoudre à les appeler ses « parents », nota Mark.

— Ils ont trouvé la mort dans un accident de la circulation. Un chauffard ivre a traversé la glissière de l'autoroute et les a percutés de plein fouet.

— Nous n'étions pas dans la voiture ? demanda-t-elle, les sourcils froncés.

— Non. Ça s'est passé tard le soir. Vos parents étaient allés au théâtre. Ils avaient fait venir une baby-sitter pour s'occuper de vous.

— Nous n'avions aucune famille ?

Elle le regardait d'un air suppliant. « Dites-moi la vérité », semblait-elle dire. « Comment avons-nous pu être séparés, comme ça, comme de vulgaires meubles dont on se débarrasse au détail pendant un vide-greniers ? ».

Ça allait être dur. Terrible, même… Mark n'avait pas prévu de lui porter ce dernier coup.

— Vous avez bien un oncle, une tante et deux cousins. Ils vivent dans un mobile home, à Bellingham. Il leur était difficile d'élever trois enfants en plus de leurs propres fils. Alors, ils ont pensé que Luc et vous pourriez vous adapter à une famille d'accueil. Vous étiez tout petits, vous comprenez… Ils ont cru bien faire.

Carrie laissa échapper un petit cri.

— Mais ils ont gardé l'un de nous trois ?

— C'est une des raisons pour lesquelles Suzanne souhaitait vous retrouver. Elle n'avait que six ans à l'époque, et on ne lui a pas demandé son avis. Néanmoins, elle s'est toujours sentie coupable d'être restée dans sa famille alors que vous aviez été donnés à l'adoption. Elle s'était juré de vous revoir un jour.

— Ce qui explique qu'elle s'appelle toujours Chauvin, murmura Carrie, pour elle-même.

— Oui. Elle n'a jamais été adoptée, elle, voyez-vous. Pas même par votre oncle et votre tante.

Carrie baissa les yeux.

— Ils nous ont… abandonnés, en quelque sorte !

Mark avait remarqué qu'elle s'était mise à parler de manière concernée, à présent. Line Chauvin n'était plus un bébé anonyme, c'était elle. Qu'elle en soit consciente ou non, la jeune femme commençait à accepter l'idée que cette histoire était bien la sienne.

— Ça n'a pas dû être facile, vous savez, fit-il remarquer d'une voix douce.

— Non, murmura-t-elle en froissant nerveusement sa serviette entre ses mains. Bien sûr que non.

De nouveau, elle baissa la tête.

— Vous voulez que je vous parle un peu de votre sœur ? proposa-t-il au bout d'un moment.

Elle le regarda un instant, toujours avec ce regard vide.

— Une autre fois, peut-être. Si ça ne vous fait rien…

Elle s'interrompit. Les mots sortaient difficilement.

— Ça fait beaucoup, dit-elle enfin. Beaucoup de choses à assimiler d'un seul coup.

— Je comprends.

Et c'était vrai. Il venait d'ébranler la jeune femme dans ses repères les mieux ancrés. Elle était sûre de son identité, de ses origines, et, voilà que tout à coup, elle avait un autre nom, un autre héritage génétique. Sans compter que, dorénavant, elle allait devoir vivre avec l'idée que les Saint-John lui avaient menti toute sa vie…

— Je n'ai vraiment pas faim, dit-elle en repoussant sa chaise. Si ça ne vous ennuie pas…

Mark se pencha au-dessus de la table et lui prit la main. Elle était froide et raide.

— Si je puis me permettre une suggestion : je pense que vous devriez contacter un groupe de soutien. Vous n'êtes pas la seule à devoir affronter cette situation, et cela vous aidera, de parler avec des gens qui ont vécu la même chose que vous.

Mais Carrie ne répondit pas. Elle se contenta de rester là, à l'écouter distraitement, prête à s'enfuir, et s'efforçant de ne pas s'effondrer tant qu'elle ne serait pas seule.

— N'hésitez pas à m'appeler, si vous avez besoin de parler, conclut-il. A n'importe quel moment.

Elle l'étudia un instant avec des yeux pleins de larmes.

— Merci. Je peux emporter ça ? demanda-t-elle en effleurant le certificat d'adoption et le certificat de naissance.

— Vous pouvez même emporter le dossier au complet, dit-il tandis qu'il lui remettait les documents. Vous trouverez d'autres renseignements, là-dedans. Le numéro de téléphone de Suzanne, par exemple. Ainsi que ma carte, avec mon numéro personnel. Et n'oubliez pas… Si vous éprouvez le besoin de parler, vous pouvez m'appeler à n'importe quelle heure du jour ou de la nuit.

— Je vous remercie. Vous avez été très gentil avec moi.

Mark se détestait subitement et c'est d'un ton un peu brutal qu'il lui répondit.

— Gentil ? Je ne trouve pas. Je vous ai forcée à entendre une vérité que vous auriez préféré ignorer.

Il était rare qu'il s'interroge ainsi sur l'éthique de son métier. Quand il prenait une nouvelle affaire, il mettait ses clients en garde contre d'éventuelles déceptions, d'éventuelles conséquences, mais ne se demandait jamais si lui-même risquait de blesser quelqu'un.

Or, cette fois, il avait l'impression d'avoir personnellement détruit l'existence de Carrie. Son instinct lui dictait que, avant qu'il la contacte, elle avait été une jeune femme plutôt heureuse…

Et maintenant, en irait-il de même pour Line

Chauvin ? Il était incapable de répondre à cette question et se le reprochait terriblement.

Bon sang, il aurait dû résister aux instances de Suzanne dès l'instant où il avait commencé à soupçonner que Carrie ignorait tout de son adoption ! Oui, il aurait dû retourner voir sa cliente, lui dire qu'il valait mieux laisser dormir le passé ! Carrie allait bien, elle menait une existence paisible : il aurait mieux valu que sa sœur se contente de cet état de fait et ne cherche pas plus loin.

Malheureusement, cela ne lui était même pas venu à l'esprit. On lui avait confié une mission, et il n'avait eu de cesse de la mener à bien.

Carrie Saint-John eut un sourire forcé.

— Au moins, vous ne m'avez pas menti, vous.

Son visage se crispa. Elle se mordit la lèvre pour se contrôler et se leva précipitamment.

— Excusez-moi, bredouilla-t-elle, j'ai besoin d'être seule.

Elle s'empara du dossier, et sortit.

Et Mark resta là, à se demander s'il la reverrait un jour.

Chapitre 5

Cet après-midi-là, Carrie ne se rendit pas au travail. Le lendemain non plus. Elle appela son entreprise et passa la journée enfermée chez elle. Ce fut le seul coup de fil qu'elle donna et elle ne répondit pas au téléphone. Un peu comme un convalescent qui se remet d'une longue maladie, elle baissa les persiennes et évolua dans une semi-pénombre pour se protéger les yeux de la lumière du jour.

Au début, elle fut incapable d'avaler le moindre aliment. Quand la faim se fit sentir, près de quarante-huit heures après son dernier repas, elle procéda comme elle l'aurait fait après une mauvaise grippe : elle commença par se faire chauffer une soupe, pour voir si ça passait. Sa soupe avalée, elle eut envie de glace, puis, prise d'un appétit féroce, fouilla dans son garde-manger et se confectionna un repas élaboré qu'elle ingurgita jusqu'à l'écœurement. Elle attendit alors une petite heure et se gava de nouveau de glace.

Elle regarda en boucle séries, sitcoms, vieux films, suivant la trame avec le même intérêt distrait.

Le troisième jour, elle ne prit même pas la peine de prévenir son employeur. Elle se prépara des crêpes pour le petit déjeuner et les mangea mécaniquement, l'une derrière l'autre, devant la télévision. Le téléphone sonna à plusieurs reprises, ce matin-là. Elle ne décrocha pas, ne s'interrogea même pas sur l'identité de son correspondant.

Lorsque, au quatrième matin, elle se traîna jusqu'à la cuisine, en pyjama et en chaussons, elle s'aperçut qu'il ne lui restait plus de lait. Le réfrigérateur et le garde-manger étaient vides ou presque. Elle aurait pourtant pu jurer qu'elle venait de faire des courses. Avait-elle mangé tant que cela en si peu de temps ?…

Les sourcils froncés, elle procéda à un compte à rebours laborieux et dut se rendre à la raison : il y avait plus d'une semaine qu'elle était allée au supermarché — et encore, elle n'en avait rapporté que quelques bricoles. Elle ne pouvait pas se tromper : c'était le jour où Mark Kincaid l'avait abordée pour la première fois, au moment où elle s'apprêtait à ouvrir la porte de son appartement.

Elle se mordit la lèvre jusqu'au sang. Bon ! Quel jour était-on ?

Et elle, qui était-elle ?

Pas une Saint-John, apparemment.

Elle se laissa tomber sur un tabouret. Elle avait toujours des difficultés à croire aux révélations qui l'avaient assommée.

Et pourtant, ces révélations expliquaient tant de choses… Pourquoi elle n'avait jamais rien trouvé de familier aux visages qu'elle voyait dans les albums photos de sa famille, par exemple. Et pourquoi on ne lui avait parlé que vaguement de sa naissance, de son retour de la maternité, de ses premières coliques ou de son premier sourire.

Eprouvait-elle une véritable curiosité envers Charles et Marie Chauvin, ses parents naturels ? se demandat-elle. Non, pas vraiment. Cela viendrait sans doute plus tard.

Pour l'instant, ils représentaient la petite Line qui vivait en elle et dont la présence lui avait toujours pesé sans qu'elle le sache. C'était leur faute, à ces Chauvin, si elle était si piètre musicienne, si elle n'avait pas pu entrer en fac de médecine, si elle était si émotive… et si inconstante. Tout ce qui n'allait pas chez elle venait d'eux ! Ils l'avaient mise au monde et ils étaient morts presque aussitôt, l'abandonnant à son triste sort de comédienne. Car c'était bien ça, finalement : elle avait passé sa vie à jouer le *rôle* de la fille que Katrina et Julian Saint-John auraient dû avoir.

« Tu es injuste », songea-t-elle. Sans doute. Pourtant, en ce moment, être juste n'avait aucune importance pour elle.

Les larmes se mirent à couler, d'abord tout doucement puis sans frein. Parce que tout ce qu'elle avait toujours plus ou moins *pressenti* venait de lui exploser au visage. Parce qu'elle avait déçu ses parents qui auraient certainement préféré une gamine qui leur ressemble. Et parce que, malgré ses efforts, elle n'avait jamais réussi à être l'enfant rêvé des Saint-John.

Lorsqu'elle eut sangloté tout son soûl, elle reprit ses calculs. Apparemment, on était samedi. Elle s'était absentée de son travail pendant trois jours et demi, et n'avait même pas prévenu le vendredi matin. Ils avaient dû en déduire qu'elle était sérieusement souffrante.

Il y avait de grandes chances pour que son père rentre un peu plus tôt, ce soir et, à moins que Katrina et lui aient prévu une sortie, ils ne manqueraient pas d'être chez eux. Elle aurait pu les appeler pour s'en assurer, mais sa mère aurait tenu à l'inviter à dîner. Et cela, c'était au-dessus de ses forces.

Péniblement, elle alla prendre une douche et s'habilla pour la première fois depuis des jours, avant de sortir faire quelques courses. Une fois son réfrigérateur et ses placards remplis, elle régla quelques factures. Et, pour finir, elle écouta ses messages. Sa mère l'avait appelée à deux reprises, cette semaine, c'est-à-dire plus souvent qu'elle ne l'aurait fait en temps normal. On percevait une certaine tension sous son apparente jovialité.

Le soleil déclinait lorsque Carrie arriva chez les Saint-John. Les montagnes se détachaient, magnifiques, de l'autre côté du fjord, mais elle ne leur accorda pas le moindre coup d'œil.

Elle sonna. Attendit une longue minute sans rien entendre en retour. Au moment où elle allait tourner les talons, des bruits de pas lui parvinrent.

Son père lui ouvrit la porte, lunettes sur le nez et journal à la main.

— Carrie ! Quelle surprise !

Il n'avait pourtant pas l'air si étonné que ça, songea-t-elle. Il la dévisageait, pensant probablement pouvoir deviner à son expression s'il avait réussi à effaroucher le détective qui s'était permis de la rechercher.

— Je voudrais vous parler, à tous les deux, dit-elle de front.

L'espace d'une seconde, elle crut qu'il avait grimacé. Puis elle se demanda si elle n'avait pas rêvé. Avec son impassibilité naturelle, c'était difficile à dire.

— Bien sûr. Entre.

Il replia ses lunettes et les glissa dans la poche de sa chemise.

— Nous étions inquiets, reprit-il. Ta mère a essayé de te joindre toute la semaine.

— Je sais, répliqua-t-elle tandis que son père fermait derrière elle.

— Il s'agit de cet homme, n'est-ce pas ? demanda-t-il plus bas.

— Pourquoi me demandes-tu cela ? Tu veux toujours prévenir la police ? rétorqua-t-elle sur le ton du défi.

Elle vit ses épaules s'affaisser.

— Ainsi, il t'a retrouvée… Carrie, réfléchis bien à ce que tu vas faire. Ta mère est très angoissée. Essaye de ne pas la blesser, mon petit. Je t'en supplie.

— Tu préférerais sans doute que je continue à vivre dans le mensonge ? demanda-t-elle sèchement.

— Carrie, mon petit !

Il s'exprimait difficilement, ce grand homme aux cheveux argentés qu'elle avait toujours appelé « papa ».

— Il est temps que vous me disiez la vérité, l'un comme l'autre. Par ailleurs, je voudrais que tu m'expliques en quoi cela risque de blesser maman.

— Nous t'aimons, Carrie.

La voix de Katrina se fit soudain entendre dans le couloir. Elle devait se trouver dans le salon, à l'arrière de la maison.

— Julian ?

— J'arrive, lança-t-il.

Il se tourna vers sa fille et lui posa une main sur le bras. Puis, avec la même sévérité que celle dont il avait parfois fait preuve pour la réprimander lorsqu'elle était petite, il susurra :

— Je t'interdis…

Carrie sentit la colère se diffuser dans tout son être et se dégagea violemment.

— Tu ne m'interdis rien du tout ! répondit-elle sur le même ton, avant de pivoter sur elle-même pour gagner l'arrière de la maison.

Dès qu'elle l'aperçut, sa mère se leva de son fauteuil préféré, une main crispée sur la poitrine.

— Carrie !

— Je sais tout. J'ai vu mon certificat d'adoption et j'ai une copie de mon véritable certificat de naissance, expliqua-t-elle simplement.

Katrina laissa échapper un petit cri. Julian se précipita

vers sa femme et se tint derrière elle, les deux mains posées sur ses épaules.

— Pourquoi ne m'avez-vous rien dit ?

— Tu es notre fille, Carrie ! En tout point, s'exclama Katrina.

— Pas en tout point, non, fit Carrie, soudain submergée par un chagrin qui menaçait de prendre le pas sur sa colère. Je me suis toujours demandé pourquoi je ne vous ressemblais pas davantage. Au fond de moi, je savais bien que quelque chose clochait. Je ne comprenais pas pourquoi je n'avais ni tes yeux… ni tes mains, maman.

Son regard se porta sur son père.

— Et pourquoi je n'avais pas ton intelligence, papa.

— Tu es loin d'être sotte, répliqua-t-il.

— C'est exactement ça. Pas sotte… D'une intelligence normale, pas supérieure, comme toi. Et nos différences ne s'arrêtent pas là… Je m'esclaffe devant ce qui vous fait à peine sourire et, quand je sanglote, vous vous contentez de serrer les dents. Je ne suis pas à ma place ici. Je ne l'ai jamais été !

— Comment peux-tu dire une chose pareille ? Tu es notre fille, rétorqua Julian d'un ton sec. Bien sûr que tu as ta place ici !

Katrina dévisageait sa fille adoptive, les yeux débordant de larmes qui ruisselaient le long de ses joues. C'était la première fois que Carrie la voyait pleurer et elle dut se faire violence pour ne pas faiblir.

— Vous ne comprenez donc pas que mon existence

aurait été beaucoup plus facile si j'avais su *pourquoi* j'étais différente ?

— Balivernes, répondit Julian. Nous t'avons adoptée pour que tu deviennes notre enfant. La vérité ne pouvait que te perturber. Tu te serais constamment interrogée sur ta famille biologique, sur les raisons pour lesquelles tu as été abandonnée. Pire, tu te serais sûrement demandé si nous avions vraiment le sentiment d'être ton père et ta mère.

— Et la réponse ?

— La réponse à quoi ?

— Vous avez le sentiment d'être mes parents ?

— Oui, déclara Katrina d'un ton qui les surprit tous deux par sa fermeté. Dès l'instant où je t'ai tenue dans mes bras, j'ai eu le sentiment d'être ta mère. Je t'ai tellement désirée, ma chérie…

Carrie sentit les larmes lui monter aux yeux. Elle dut se faire violence pour les contenir.

— Du coup, vous avez jugé préférable de me mentir. Pour me protéger… Pour que je ne sois pas perturbée… *Moi* !

Ils la dévisagèrent sans rien dire, leurs visages exprimant, la même surprise blessée, le même désarroi.

— Vous avez sincèrement pensé que j'aurais été perturbée d'apprendre que mes parents avaient trouvé la mort dans un accident de la route et que, du coup, vous étiez devenus mon papa et ma maman ?

Elle les suppliait presque, à présent. Elle voulait croire qu'ils lui avaient menti pour son bien, pas parce qu'ils avaient besoin de croire et de faire croire au reste du monde qu'ils pouvaient procréer, comme tout le monde.

— Nous t'aimons Carrie, répéta sa mère dans un souffle.

Elle le savait. Jamais elle n'avait douté un seul instant de leur amour pour elle. Malheureusement, cet amour lui semblait… un peu malhonnête. La Carrie qu'ils aimaient était celle de leurs fantasmes, celle qu'ils auraient engendrée et à qui ils auraient transmis leurs gènes.

— Autre chose. Vous saviez que j'avais un frère et une sœur, non ?

Ils continuaient de la dévisager sans rien dire.

— Pourquoi vous n'avez pas adopté mon frère ?

Au moment même où elle posait la question, elle crut comprendre ce qui s'était passé. Elle avait dû être la première à être choisie, elle, un adorable bébé en bonne santé. Son frère, un petit garçon triste, effrayé et déjà âgé de trois ans n'avait pas eu une chance. Les Saint-John auraient pu les prendre tous les deux, pour éviter de démanteler la fratrie. Seulement ils n'en avaient rien fait.

— Nous n'étions pas sûrs de pouvoir élever deux enfants, répliqua Julian d'un ton cassant. On nous a dit que le petit garçon était difficile, qu'il refusait de se lier. Quiconque essayait de le prendre dans ses bras risquait d'être mordu au sang. Nous avons eu peur de ne jamais réussir à l'amadouer.

Carrie le considéra un instant. L'incrédulité qui s'était emparée d'elle la fit frissonner.

— C'était un tout petit garçon. Il était terrifié… et vous, vous lui avez retiré le seul lien qui le rattachait à son environnement ? Vous l'avez laissé là ? Tout seul ?

Katrina étouffa un sanglot.

— La vérité est que si vous l'aviez adopté, tout le monde aurait compris qu'il n'était pas de vous, je me trompe ? Et puis, il se serait souvenu de ses vrais parents, ce qui était ennuyeux, vu que vous aviez décidé de vivre dans le mensonge.

— Ce que tu dis est d'une rare cruauté, rétorqua Julian, la voix tendue par la colère.

— Peut-être, mais c'est vrai, non ?

Ils ne répondirent pas. Ils ne pouvaient répondre à une telle accusation.

— C'est tout ce que je voulais savoir, déclara-t-elle.

Avant de tourner les talons. Et, dans son brouillard, elle entendit à peine l'appel angoissé de sa mère.

Mark tourna la clé de contact et prit le chemin du bureau. On était samedi et sa secrétaire, qui ne venait que le matin ce jour-là, était déjà repartie, laissant le courrier sur son bureau. Il le tria et ouvrit en premier l'enveloppe kraft provenant des services d'adoption d'Everett. S'ils lui avaient obligeamment transmis le dossier de Carrie Saint-John, ils avaient dû lui avouer qu'ils avaient égaré celui de son frère.

Comme il s'y était attendu, l'enveloppe contenait une photocopie du certificat d'adoption de Luc. L'enfant avait été adopté par Harold et Judith Lindstrom, de Bakerfield en Californie, sous le nom de Gary Lindstrom… presque deux ans après le décès des Chauvin.

Mark jura entre ses dents. Le pauvre gosse avait passé un an et demi dans une famille d'accueil, ce qui n'était probablement pas ce que les Fulton avaient eu en tête en refusant de le garder.

A moins que cela ait été le moindre de leurs soucis, évidemment.

Mark se reprocha aussitôt cette pensée bien peu charitable. Jeanne Fulton lui était apparue comme une brave femme. Si cela n'avait tenu qu'à elle, elle aurait élevé les trois enfants, du moins il le supposait. Malheureusement, ce n'était pas elle qui prenait les décisions, dans cette maison.

Il se tourna vers son ordinateur.

Harold Lindstrom figurait toujours dans l'annuaire de Bakerfield et n'avait pas changé d'adresse. C'était presque trop facile : peu de gens restaient au même endroit pendant près d'un quart de siècle. Encore un autre coup de chance, cette semaine.

Il s'empara du téléphone et composa le numéro de Lindstrom. Une voix masculine peu aimable prit l'appel.

— Allô !

— Bonjour, je suis un ancien ami de Gary et j'essaie de le retrouver, lança-t-il en matière d'introduction.

— Vous frappez à la mauvaise porte. Ça fait près de douze ans que je ne l'ai pas vu, gronda l'homme.

— Je parle bien à Harold Lindstrom ? Vous n'êtes pas son père ?

— Je croyais que c'était un ami à vous, ricana l'homme. Ce fichu gamin ne pouvait pas me sentir. Il s'est tiré et je ne lui ai pas couru après. Au revoir, monsieur.

Son interlocuteur disposait visiblement du genre de téléphone qu'on pouvait raccrocher à grand bruit. C'était beaucoup plus gratifiant que d'appuyer sur un bouton pour mettre fin à un appel inopportun.

Mark se renfrogna. Douze ans… Gary avait à peine seize ou dix-sept ans quand il était parti. Et son père adoptif l'avait laissé faire.

Comme ça !

Restait une question vitale. Il n'avait trouvé aucune trace de Judith Lindstrom, ni dans le dossier ni dans l'annuaire.

Il lança une recherche sur les divorces et fini par trouver ce qu'il cherchait. Gary avait environ douze ans quand ses parents s'étaient séparés. Ce n'était pas la période la plus propice pour ce genre de choses, et l'enfant avait peut-être rendu son père responsable de la séparation. Quoi qu'il en soit, il aurait bien voulu savoir pourquoi Judith ne l'avait pas emmené avec elle. Comment avait-elle pu le laisser avec le père, si leur relation était si difficile ?

Mark se passa une main sur le menton. De toute évidence, il allait devoir mériter ses honoraires. Gary

Lindstrom pouvait se trouver n'importe où sur le territoire américain, et même à l'étranger. Et tout ce dont Mark disposait était un nom et une date de naissance.

Soit. Il n'en était pas à son premier défi.

Toutefois, ça pouvait attendre le lendemain. Il était près de 17 heures, la question n'avait aucun caractère d'urgence et Mark avait sa soirée pour lui puisque son père était venu chercher Michaël, tôt ce matin, pour l'emmener voir une exposition de frégates.

Seulement, il n'avait rien prévu pour occuper cette soirée libre…

Ces derniers mois, cédant aux instances de quelques amis, il était sorti avec une ou deux jeunes femmes, mais l'expérience n'avait pas été très concluante et lui avait même causé un certain malaise. Peut-être n'était-il pas prêt, tout simplement.

Pourtant, le joli visage de Carrie Saint-John s'imposa à lui et il laissa échapper un soupir irrité. Bien sûr, la seule femme qui semblait l'attirer se trouvait être aussi la seule qu'il n'était pas question de séduire ! Sans compter qu'elle avait assez de soucis pour le moment. Inutile d'en rajouter en l'invitant à sortir avec lui. D'autant qu'il venait de détruire les fondements même de son existence.

Il essaya de se débarrasser de l'image de la jeune femme et songea qu'il aurait dû inviter un copain à regarder le match ou, mieux encore, s'acheter un billet pour aller au stade. En attendant, il allait dîner en solitaire…

Il mit un steak sur le gril, des patates douces au four et mangea devant le poste. Il avait joué au base-ball, lui-même, quand il était au lycée et attendait avec impatience que Michaël s'y mette à son tour. Il envisageait même de se charger de l'entraînement.

Soudain, le téléphone retentit, l'interrompant dans ses pensées. Il coupa le son du téléviseur et décrocha.

— Allô !

— Monsieur Kincaid ? Hm… Mark ? demanda une voix larmoyante. J'espère que je ne vous dérange pas… Vous m'avez dit que je pouvais vous appeler si j'avais besoin de parler et… Bien sûr, si ce n'est pas le moment, ce n'est pas grave…

— Carrie ? C'est vous ?

— Oui.

— Tout va bien ? Il n'est rien arrivé de grave, j'espère ?

— Je suis allée voir mes parents, ce soir. Enfin… Mes parents *adoptifs*, précisa-t-elle avec amertume.

Mark songea vaguement que les Saint-John devaient lui en vouloir à mort.

— Ça a dû être terrible pour vous, répondit-il. Croyez bien que j'en suis désolé.

— J'y pense ! On est samedi ! Vous avez probablement mieux à faire, avec votre femme et votre petit garçon ! Je suis navrée. Je n'aurais jamais dû vous appeler ce soir.

— Je n'ai pas de femme, et mon fils passe la nuit chez son grand-père.

— Vous êtes divorcé ?

— Mon épouse est décédée il y a deux ans.

— Oh non ! Pardonnez-moi.

— Pas grave.

Il regarda sans le voir un joueur envoyer le ballon dans les airs. Si, c'était grave. Il n'aimait pas évoquer la mort d'Emily. Le sujet était encore trop sensible. Et de toute manière, ce n'était pas le moment. Carrie Saint-John l'avait appelé pour lui demander du soutien, pas pour l'entendre parler de ses problèmes à lui.

— Avec le temps, le chagrin diminue, reprit-il.

— Vous croyez que le temps peut également venir à bout d'un sentiment de trahison ?

Il l'entendit réprimer un sanglot.

— Je n'aurais vraiment pas dû vous appeler, répéta-t-elle. Vous n'êtes pas mon psy et je ne suis même pas votre cliente.

— Certes, cependant c'est moi qui ai mis votre vie sens dessus dessous. Je vous dois bien ça.

— Je ne vois pas en quoi ! Vous ne pouviez pas savoir que j'ignorais tout de mon adoption.

— Je me suis posé la question… Cela dit, même si vous aviez été au courant, le fait de retrouver un membre de votre famille vous aurait fait un choc, vous ne pensez pas ?

— Je n'en sais rien…

Elle se tut quelques instants avant de reprendre.

— Si. Sûrement. Peut-être aussi que si j'avais su que j'avais une sœur, j'aurais essayé de retrouver sa trace.

— Vous l'avez appelée ?

Il y eut un autre silence, un peu plus long.

— Non, murmura-t-elle finalement.

— Vous avez l'intention de l'appeler ?

— Je n'en sais rien.

Elle soupira et Mark se fustigea. Quelle brute il faisait !

— Excusez-moi, reprit-elle. Vous devez penser que je me conduis comme une idiote.

— Pas du tout. La situation n'est pas facile pour vous.

Il hésita un instant. Il savait qu'il était préférable d'avoir cette conversation à distance et qu'il ne devait pas approcher la jeune femme de trop près.

— Vous êtes chez vous ? demanda-t-il néanmoins. Vous voulez que je fasse un saut ? De toute évidence, vous avez besoin de parler et je sais écouter.

— Vous feriez ça pour moi ? demanda-t-elle d'une toute petite voix.

— Quand vous avez appelé, j'étais en train de me dire que la maison me paraissait bien vide, ce soir.

— Ça me ferait le plus grand bien.

Elle semblait à deux doigts de se remettre à pleurer.

— Je serai chez vous d'ici à vingt minutes, promit-il avant de raccrocher.

Il aurait dû renâcler à l'idée de renoncer à sa soirée tranquille, et d'abandonner son fauteuil pour reprendre sa voiture. Pourtant, cela ne le dérangeait pas. Plus grave encore : s'il était honnête avec lui-même, il devait s'avouer qu'il était mu par un empressement qu'il n'avait pas éprouvé depuis bien longtemps.

En clair, il était grand temps qu'il se remette à vivre.

Il traversa les eaux sombres du lac par le pont d'Evergreen Point et emprunta la 405 en direction du sud. Quelques minutes plus tard, il frappait à la porte de l'appartement de Carrie Saint-John.

Elle lui ouvrit presque aussitôt. A croire qu'elle l'attendait de l'autre côté de la porte. Ses cheveux étaient plus bouclés que dans son souvenir. Elle avait les yeux gonflés et le menton tremblant.

— Merci d'être venu.

— Je vous en prie.

Il pénétra dans l'appartement et dut résister à la tentation d'attirer la jeune femme dans ses bras. Si elle avait besoin de réconfort, ce n'était pas à lui de s'en charger. Du moins pas physiquement.

— Vous voulez un thé ? Un café ? Une bière ?

— Comme vous.

— Alors ce sera un thé, dit-elle avec un petit rire forcé. Je pleurniche assez comme ça. Si je bois une bière, je risque de m'effondrer totalement.

— Va pour le thé ! répliqua-t-il en souriant.

Il regarda autour de lui et ce qu'il vit lui plut. L'appartement était accueillant et légèrement décalé, malgré la traditionnelle moquette beige et les murs blancs. Le canapé était lie-de-vin, la table basse recouverte d'un imprimé fleuri et, en matière d'objets d'art, ses collections semblaient aller du surréaliste au baroque. Ses goûts témoignaient d'un humour certain.

Les couleurs vives dominaient jusque dans la cuisine.

La bouilloire était jaune, les tasses violettes, le sucrier vert citron et la boîte à biscuits posée sur le comptoir avait la forme d'un énorme dragon à l'air facétieux.

Mark prit appui sur le chambranle de la porte et regarda Carrie préparer le thé.

— Vous prenez du sucre ou du miel ?

— Une demi-cuiller de sucre.

— C'est vraiment gentil à vous de vous être déplacé, commença-t-elle.

Elle se mordilla la lèvre avant de poursuivre.

— Tout à l'heure, en rentrant, j'ai cherché à qui je pourrais parler de tout ça. Je n'ai encore rien dit à aucun de mes amis, et je dois bien avouer que l'idée d'avoir à tout expliquer depuis le début ne m'enchante pas. Avec vous, c'est autre chose. J'ai l'impression que vous me comprenez.

— Ce n'est pas la première fois que je m'occupe de ce genre d'affaires. C'est toujours très lourd, sur le plan affectif. Par ailleurs, je me suis documenté pour avoir une idée de ce que je risquais de provoquer, en réunissant les gens. Je peux vous donner quelques titres d'ouvrages à lire, si vous voulez.

— J'aimerais bien, oui, dit-elle avec ferveur. Vous me noterez les titres avant de partir ?

— Pas de problème.

La bouilloire se mit à siffler et Carrie versa l'eau dans les tasses.

— Alors, racontez-moi un peu. Qu'est-ce que vous faites, comme métier ?

— En ce moment, je suis rédactrice technique. J'ai

mon diplôme d'infirmière et je travaille pour une entreprise qui fabrique des instruments chirurgicaux. J'envisage d'arrêter, très bientôt.

— Pour faire quoi ?

Elle se passa les mains dans les cheveux.

— Je ne sais pas encore. Ça va vous paraître fou mais je n'ai pas la moindre idée de ce que je veux faire. Tout ce que je sais, c'est que je déteste ce boulot.

— Redevenez infirmière…

— J'ai horreur de ça aussi, dit-elle en grimaçant. Vous allez sans doute me demander pourquoi j'ai opté pour ces études-là si ça ne me plaisait pas…

— Je crois connaître la réponse. Votre père est médecin…

— Et maman était infirmière anesthésiste, termina-t-elle. Et devinez comment mes parents se sont rencontrés ?

— Leurs regards se sont croisés dans un bloc opératoire, c'est ça ?

Elle laissa échapper un petit rire charmant.

— Quelque chose dans ce goût-là.

— Du coup, vous avez pensé que vous deviez suivre la même voie.

— Oui. C'est drôle, non ?

A l'entendre, elle ne trouvait pas ça drôle du tout.

— Si j'avais su que je n'étais pas leur fille, je ne me serais sans doute pas crue destinée à la médecine !

— Vous aviez un penchant pour les sciences, à l'école ?

— Sans plus.

Elle se tourna vers lui et s'esclaffa de nouveau devant son air surpris.

— Je sais, j'ai été idiote. Je le reconnais. Car si la biologie ne me déplaisait pas franchement, ma matière préférée était la littérature. J'adore écrire.

— D'où votre emploi du moment.

— On ne peut pas dire que le genre de phrases que je rédige comble vraiment mon côté créatif.

Elle pressa l'un des sachets de thé au-dessus de la tasse et le jeta à la poubelle, fit de même avec le second et tendit une tasse à Mark.

— Venez. Allons nous asseoir.

Ils regagnèrent la salle de séjour où ils s'installèrent sur le canapé. Carrie retira ses chaussures et s'assit en tailleur.

— Pourquoi m'avez-vous dit que ma situation n'était pas facile ?

— Parce qu'elle ne l'est pas, me semble-t-il. Je me trompe ?

— Non ! rétorqua-t-elle, visiblement agacée. Le hic, c'est que je ne sais pas très bien pourquoi. Je me sens trahie parce que mes parents m'ont menti. D'un autre côté, ça ne me rend pas différente de ce que j'étais la semaine dernière ! J'ai le même vécu, les mêmes amis, je suis douée pour les mêmes choses, et nulle là où j'ai toujours été nulle… Comme avant… Je suis la Carrie que j'étais hier, le mois dernier, il y a dix ans… Alors pourquoi est-ce que, sur le chemin qui me ramenait de chez mes parents, je me suis interrogée sur ma véritable personnalité ?

— Parce que vous êtes aussi Line Chauvin.

— C'est une étrangère, pour moi ! Je ne la connais pas !

— Bien sûr que si. Seulement, jusqu'à aujourd'hui, vous ne vous êtes jamais autorisée à la voir. Donnez-vous cette chance.

— J'ai le choix ?

— Non, reconnut-il. Vous n'avez pas le choix.

Et tout ça, à cause de lui.

Chapitre 6

Carrie s'aperçut vite qu'elle ne pouvait plus se permettre de quitter son travail. Du moins pas sans demander de l'aide à ses parents.

Ses parents *adoptifs*.

Qui avaient laissé une bonne dizaine de messages sur son répondeur cette semaine, et qu'elle n'avait pas rappelés.

Le fait de ne pouvoir se tourner vers eux eut au moins le mérite de lui faire comprendre à quel point elle avait été gâtée. Avec une amertume qui ne lui ressemblait guère, elle songea d'ailleurs que c'était tout à fait normal. Après tout, ils s'étaient acheté une fille. Quand on acquiert un bien de prix, on en prend soin, non ?

Elle avait conscience d'être injuste mais ça lui était égal. Elle avait le droit d'être en colère ! Ils lui avaient menti. Ils l'avaient laissé passer sa vie entière à se demander pourquoi elle était plus brune qu'eux, pourquoi elle n'avait pas hérité de leur oreille musicale, pourquoi elle était plus émotive qu'eux, pourquoi, même en travaillant dur, elle n'avait pas eu le niveau pour faire des études de médecine ! Autant de questions auxquelles elle n'avait jamais pu répondre…

A cause d'eux !

Ils avaient souvent dû être à deux doigts de lui dire qu'il y avait une bonne raison à ces différences entre elle et eux. A moins qu'ils ne soient parvenus à se convaincre que les enfants naturels, eux aussi, constituaient souvent une énigme pour leurs parents. Dès lors, les différences de Carrie n'avaient rien à voir avec le fait qu'elle n'ait pas les mêmes gènes qu'eux, rien à voir non plus avec le fait qu'elle ait été portée par une autre femme — qui, de surcroît, l'avait choyée les six premiers mois de son existence.

Soudain, elle eut un pincement au cœur, une sorte de… oui. De chagrin. Pour la première fois, elle venait de penser à sa mère naturelle comme à une véritable personne. Quelqu'un dont elle avait contemplé le visage, dont la voix lui avait été familière, dont le rire avait sans doute provoqué le sien. Un être humain, de chair et de sang, qu'elle ne verrait plus jamais et dont elle avait à peine le souvenir.

A quoi avait pu ressembler sa mère ? Si elle voulait le savoir, il lui suffisait de contacter cette sœur qui souhaitait tant la rencontrer. Pourquoi n'en avait-elle encore rien fait ? Sans doute parce qu'elle avait un peu le sentiment d'être sur un bateau, au large. Elle avait laissé une terre derrière elle, et l'autre rivage n'était encore qu'une abstraction. Elle était en suspens dans un *no man's land*, elle n'avait sa place nulle part.

D'un autre côté, sa sœur serait en mesure d'apporter une réponse à un bon nombre de questions qu'elle se posait. Mieux, elle lui montrerait probablement des photos de son père et de sa mère.

Alors… Qu'attendait-elle au juste ?

Plusieurs jours plus tard, elle se posait toujours la question. Pourquoi était-elle toujours prise de la même angoisse quand elle songeait au numéro de téléphone qu'elle conservait dans son sac à main ? Elle ne redoutait pas que sa sœur soit quelqu'un de vulgaire ou d'inculte, qui lui aurait fait honte — d'après Mark, Suzanne Chauvin était une fille bien, et Carrie avait confiance en Mark.

Ce n'était donc pas le problème. Alors ? Craignait-elle que sa sœur ne l'aime pas ? Avait-elle peur de la décevoir, d'une manière ou d'une autre ?

A moins, bien sûr, que ce qui l'effraye vraiment soit l'éventualité qu'elle n'éprouve rien pour elle. Ou encore que, en regardant les photos de ses parents naturels, elle ne se reconnaisse pas non plus en eux. Si c'était le cas, elle devrait accepter le fait qu'elle n'avait vraiment sa place nulle part.

Elle laissa échapper un gémissement. Voilà qu'elle donnait dans le mélo, à présent !

Elle déambula dans l'appartement, incapable de s'installer sur le canapé pour regarder la télévision ou même pour lire. Agacée, elle se sermonna. Cette créature tellement centrée sur elle-même qu'elle passait ses loisirs à analyser la moindre de ses pensées, de ses sensations, de ses rêves et de ses craintes lui paraissait méprisable. Autant dépenser des sommes folles pour s'allonger sur un divan et expliquer tout ça à un psychanalyste !

Il y avait une solution, et elle le savait pertinemment : appeler sa sœur !

Sauf que la seule personne qu'elle souhaitait vraiment appeler était Mark Kincaid.

Il était resté un peu moins de deux heures, le samedi précédent, et l'avait écoutée avec une patience d'ange. Il avait su remplir ses silences, avait paru comprendre son désarroi. Et surtout, il n'avait pas eu l'air de la trouver idiote ou nombriliste.

Puis il avait rappelé le lundi pour prendre de ses nouvelles et ils avaient fini par passer plus d'une heure au téléphone. A parler d'elle, bien entendu... Elle aurait aimé en apprendre davantage sur lui, mais elle ne voulait pas lui laisser supposer qu'elle entrevoyait la possibilité d'une relation plus intime. D'ailleurs, ce n'était pas le cas. Le travail de Mark avait été de la retrouver. Peut-être ne le considérerait-il pas terminé tant qu'elle n'aurait pas accepté de rencontrer sa cliente, Suzanne Chauvin ? Si ça se trouve, il la tenait même régulièrement au courant de l'évolution de la situation.

L'idée qu'il puisse répéter à quiconque ce qu'elle lui avait confié la révulsait. D'un autre côté, elle ne pensait pas Mark capable de faire une chose pareille.

Est-ce qu'il lui en voudrait terriblement, si elle le rappelait ce soir ?

Non, il ne fallait pas… Elle ne ferait que lui répéter d'un ton geignard qu'elle n'était pas prête. C'était vrai. Elle n'était pas prête. Mais elle pouvait se forcer un peu… Suzanne aussi avait des sentiments, et avoir enfin retrouvé sa sœur pour constater que cette dernière ne se donnait même pas la peine d'appeler… Oui. Ça devait être à la fois blessant et déconcertant.

Une fois de plus, Carrie se reprocha son attitude. Au moment où ses parents et sa sœur attendaient désespérément un signe de sa part, elle brûlait d'appeler la seule personne qui se fichait éperdument d'avoir de ses nouvelles…

Elle sortit de son sac à main la carte de visite de Mark Kincaid, avec le nom et le numéro de téléphone de sa sœur griffonnés au dos. Puis, avant que le courage lui manque, elle s'empara du combiné.

Une, deux puis trois sonneries se firent entendre. Quatre… Le soulagement commençait à prendre le pas sur l'appréhension. Suzanne n'était pas chez elle.

Elle envisageait de laisser un message ou de rappeler plus tard lorsque…

— Allô ! répondit une femme, de toute évidence hors d'haleine.

Carrie fut tellement surprise qu'il lui fallut quelques instants pour recouvrer l'usage de la parole.

— Suzanne ? demanda-t-elle d'un ton hésitant. Suzanne Chauvin ?

Un petit cri de joie lui parvint.

— Carrie ? Je ne me trompe pas ! C'est bien Carrie, n'est-ce pas ?

— Oui, répondit-elle avec un rire forcé. Je… J'ai été un peu lâche, j'en ai bien peur. J'aurais dû vous… t'appeler plus tôt. Je suis désolée.

— Ce n'est rien ! J'ai appris par Mark que tu ignorais tout de ton adoption.

— Quand il m'a annoncé ça, je… Ça m'a fait un choc. J'ai pris quelques mesures. J'ai parlé à mes parents… Enfin, à mes parents *adoptifs*, rectifia-t-elle. Je pense qu'il m'a fallu accepter l'idée qu'ils n'étaient pas mes vrais parents, avant de te contacter et d'essayer d'en savoir plus sur ma famille naturelle.

— Je t'ai préparé un album photos. Je peux te l'envoyer par la poste, si tu veux. Comme ça, tu verras à quoi je ressemble avant que nous nous rencontrions. Et puis ça te permettra de regarder les photos de papa et maman sans avoir à te demander comment réagir…

Mark avait raison. Suzanne était vraiment gentille.

— Pas la peine. Je crois que j'aimerais bien te voir. D'après Mark, nous nous ressemblons beaucoup.

— C'est aussi ce qu'il m'a dit.

Toutes deux se turent au même moment. Carrie se demandait jusqu'à quel point allait cette ressemblance.

— Tu veux qu'on se rencontre en territoire neutre ou tu préfères venir chez moi ?

— Chez toi, c'est plus sûr… Au cas où je verserais quelques larmes, précisa-t-elle avec un petit rire gêné.

— Moi, je sais déjà que j'aurai du mal à retenir les miennes, murmura Suzanne, la voix larmoyante. Je rêve de ce moment depuis mes six ans.

— Je n'étais encore qu'un bébé, lorsque nous avons été séparées. Je ne devais pas avoir beaucoup de personnalité.

— Détrompe-toi ! Tu avais une manière étonnante de rire aux éclats. Et quand tu me voyais, ton visage s'éclairait. Même quand tu n'avais que quelques semaines ! Tu te mettais à gigoter et tu me faisais un grand sourire... J'étais ta grande sœur, quoi...

Carrie éprouva subitement le besoin de faire marche arrière. Cette femme qu'elle ne connaissait pas semblait éprouver une grande affection pour elle, et si elle la comprenait, elle n'en éprouvait pas moins un léger malaise.

— Apparemment, Mark n'a pas réussi à retrouver... Luc.

Elle n'avait pu se résigner à dire *notre frère*. Le terme lui paraissait encore trop incongru.

— Je sais. Il t'a dit qu'il a grandi sous le nom de Gary Lindstrom ? Mark a réussi à contacter son père... J'en suis encore bouleversée !

— Pourquoi ?

— M. Lindstrom a annoncé à Mark que Gary l'avait toujours détesté. Il est parti à l'âge de seize ans, et son père adoptif n'a plus jamais entendu parler de lui.

— Oh, non !

C'était un parfait étranger, lui aussi, et pourtant il lui paraissait soudain essentiel que Mark parvienne à retrouver sa trace. Ce serait trop dur de ne jamais savoir s'il avait réussi sa vie ou s'il lui était arrivé malheur.

— Je m'efforce de ne pas trop y penser, déclara Suzanne. Pour l'instant, l'important est que Mark ait réussi à te retrouver, toi. J'avais entamé des recherches toute seule, tu sais. Il y a trois ans… Ça n'a rien donné. Alors tu comprendras que, pour moi, tout cela tient du miracle !

— Quand je pense que nous étions si près l'une de l'autre… Nos chemins ont pu se croiser… Tu imagines ? Je sais par Mark que tu vis à Edmonds. Or, crois-moi si tu veux, mais je suis allée au Festival d'Edmonds au moins trois ou quatre fois !

— C'est probablement ce qui s'est passé ! Ouah… Ecoute, dit-elle au bout de quelques secondes. Je sais que tu travailles, alors…, que dirais-tu de samedi ?

— Parfait.

Carrie nota les coordonnées de Suzanne et, après avoir convenu de l'heure du rendez-vous, elles se dirent au revoir comme si elles se connaissaient depuis toujours.

Carrie raccrocha et sentit son cœur s'emballer. Elle l'avait fait !… Elle avait parlé à sa sœur ! Dans deux jours, elle ferait sa connaissance.

Et elle avait un trac fou.

Mark se renversa sur sa chaise, l'annuaire ouvert devant lui.

— Bonjour. Je vous ai commandé du bois et j'aimerais… Oui. Perry Smith, précisa-t-il avant de donner l'adresse.

Son interlocuteur pianota sur son clavier pour trouver trace de la commande.

— Je ne vois rien. Vous avez bien dit Perry Smith ?

— Bon sang, s'exclama Mark. Ma femme m'a pourtant affirmé… Tant pis ! Je vous rappellerai.

Il raccrocha et s'apprêtait à appeler un autre détaillant lorsque son Interphone retentit.

— Suzanne Chauvin sur la 1.

— Je prends, répondit-il en appuyant sur la touche. Bonjour, Suzanne ! Mark à l'appareil.

— Elle m'a appelée ! Elle vient me voir samedi matin. Je vous appelle pour vous remercier. Merci… Merci de tout cœur !

Mark commença par éprouver un sentiment de fierté. Carrie avait fait preuve d'un courage certain. Etrangement, toutefois, au-delà de ça, il se sentait un peu déçu, voire blessé. Il aurait préféré que la jeune femme le rappelle elle-même pour lui annoncer qu'elle avait franchi le pas.

— Voila une excellente nouvelle ! s'exclama-t-il cependant d'une voix chaleureuse. Elle a fait vite, si on prend en compte tout ce qui lui est tombé dessus, ces derniers temps !

Mais Suzanne, tout à sa joie, n'écoutait plus.

— Elle a exactement la voix que je m'étais imaginée, s'émerveilla-t-elle. Etonnant, non ? Vous aviez raison, Mark. Je sens que nous allons bien nous entendre. J'ai eu l'impression qu'elle lisait dans mes pensées.

Mark commençait à s'inquiéter de cet enthousiasme débordant.

— Heu, Suzanne…

— J'ai senti qu'elle se faisait du souci pour Luc, elle aussi. C'est fou ! Même au téléphone, on aurait dit qu'il y avait ce lien entre nous…

— Suzanne, coupa-t-il, un peu plus sèchement cette fois. Je suis ravi d'apprendre que vous l'aimez déjà, seulement n'attendez pas trop de cette première entrevue. Carrie peut très bien se dégonfler au dernier moment. Ou être prise de panique devant votre ressemblance à toutes les deux. Par ailleurs, si ça se passe bien samedi, rien ne dit qu'elle ne se rétractera pas par la suite.

— Vous m'avez déjà expliqué tout ça, protesta Suzanne d'un ton mutin.

— Ce qui ne vous empêche pas de penser que tout marchera comme sur des roulettes…

Un bref silence s'ensuivit, puis il l'entendit s'esclaffer.

— C'est vrai. Cependant, ça m'a paru si… naturel de lui parler !

Mark soupira. Il appréciait également Suzanne et Carrie. Cependant, s'il était presque sûr que les choses se passeraient bien entre elles, chacune à sa manière était vulnérable en ce moment, et il ne voulait pas que leur relation soit gâchée par une demande trop forte de part et d'autre.

— N'oubliez pas qu'elle éprouve des sentiments plus que contradictoires, dans cette affaire. Promis ?

— Promis. Vous avez du nouveau sur Luc ?

— Pour être tout à fait honnête, j'ai été très pris. Je m'occuperai de Gary dès que possible.

— Samedi ! lança-t-elle, et de nouveau il comprit qu'elle ne l'avait pas écouté. Je n'arrive pas à y croire !

Il raccrocha en secouant la tête d'un air désabusé.

Mark passa le reste de l'après-midi à interroger les copines d'une adolescente en fugue.

L'une d'entre elles finit par craquer, sous le regard d'acier de sa mère.

— Le père de Lindsay est un véritable abruti, commença-t-elle. Et sa mère vit dans le Minnesota... Près de Saint-Paul, je crois. Je... Bref... Elle est partie là-bas.

— Tu sais comment elle compte y arriver ? s'enquit Mark.

— Elle a pris un peu d'argent à son père. Ce n'est pas vraiment voler... Il est toujours en train de lui acheter des trucs. Alors cette fois, il lui a payé son billet de car.

Bien qu'il soit soulagé d'apprendre que l'adolescente n'était pas partie en stop, l'idée d'une gamine de 14 ans traversant les Etats-Unis en *Greyhound* le fit frissonner.

Tant qu'elle resterait dans le car, elle ne courrait aucun risque. Par contre, pendant les pauses, elle risquait de faire la proie des petites frappes qui traînent dans les gares routières. Cela arrivait souvent aux voyageuses imprudentes.

Il n'eut pas besoin d'insister beaucoup pour apprendre que le petit ami de Lindsay l'avait accompagnée jusqu'au car.

Mark dut menacer le petit ami en question de poursuites pour qu'il parle.

— Elle a promis de m'appeler dès son arrivée.

— Sa mère l'attendait ?

— Non, dit le gamin en secouant la tête. Lindsay voulait lui faire la surprise.

Mark prévint la compagnie d'autocars, la mère de Lindsay, et décida que cela suffisait pour aujourd'hui.

Lorsqu'il arriva chez lui, Heidi était prête à partir.

— J'aimerais que ce soit Michaël qui porte les alliances, au mariage. Tu n'as rien contre ? demanda-t-elle avant de les quitter.

De l'avis de Mark, le garçonnet aurait bien du mal à garder son sérieux plus de dix minutes, dans son minismoking. Il n'avait pas six ans, après tout ! D'un autre côté, Heidi n'était pas du genre à s'offusquer si Michaël laissait tomber l'alliance ou se mettait à faire l'avion au beau milieu de la cérémonie.

— Absolument rien, au contraire !

Elle le gratifia d'un sourire radieux.

— Super ! Allez… A demain !

Le repas devant encore mijoter une bonne demi-heure, Mark et Michaël se rendirent jusqu'à l'école primaire pour faire une partie de base-ball. En chemin, Michaël trébucha à deux reprises sur les aspérités du trottoir.

La deuxième fois, Mark le rattrapa au vol.

— Ça va, mon gars ? Qu'est-ce qui t'arrive ?

— Ça va. Je n'ai pas pensé à regarder mes pieds. J'oublie tout le temps.

Il n'avait pas pensé à regarder ses pieds ? Quelle drôle d'idée ! Les enfants ne marchent pas en regardant où ils mettent les pieds !

— Bah alors, bonhomme… Tu ne tiens pas debout, en ce moment ?

Michaël haussa les épaules et continua d'avancer, la tête baissée, contournant, avec une prudence excessive la racine d'un érable qui sortait du bitume.

Après le dîner, il demanda à regarder la télévision. Mark alla se chercher un livre. Quand il revint dans la salle de séjour, il trouva son fils étendu sur le sol, le nez pratiquement collé contre l'écran. C'était une éternelle bataille entre eux.

— Pas si près, Michaël.

L'enfant commençait à protester lorsque Mark eut une illumination.

— Viens voir un peu ici, dit-il en tapotant le canapé. Juste une minute.

Le garçonnet s'exécuta.

— Dis-moi un peu… Qu'est-ce qu'elle tient dans sa bouche, la grenouille ?

— Je ne sais pas ! répondit l'enfant d'un ton maussade. C'est pour ça que j'aime bien m'asseoir devant la télévision.

— Tu vois flou, d'ici, c'est ça ?

Michaël hocha la tête.

— Compris. Installe-toi comme tu veux.

Bon sang ! On aurait tout de même pu s'en rendre compte, à l'école ! D'accord, Michaël était toujours à la maternelle et la maîtresse n'écrivait sans doute pas grand-chose au tableau, puisque les enfants ne savaient pas encore lire. Une ou deux fois, il était passé dans la classe et avait vu les petits élèves assis en demi-cercle sur la moquette. Il était possible que Michaël voie à peu près correctement de sa place.

Mark s'en voulut. Il aurait pu s'en apercevoir lui-même. A sa décharge, ni lui ni Emily n'étaient myopes, ce qui expliquait qu'il n'ait pas été attentif à ce genre de problème. C'était un des aléas de l'adoption. Le plus souvent, les parents adoptifs n'obtenaient qu'un minimum d'informations. Si on les informait de l'existence de maladies cardiaques, de cancers ou de problèmes de schizophrénie dans la famille, en revanche, on n'abordait guère les petits problèmes de la vie courante. La mère et le père de Michaël étaient peut-être myopes ? Mark n'en avait aucune idée et cela l'irritait au plus haut point. En des moments pareils, il avait une meilleure idée de la confusion que devaient ressentir Carrie et les Saint-John, par exemple.

La sonnerie du téléphone l'interrompit dans ses pensées.

— Mark ? C'est encore moi… Carrie.

— Bonsoir ! lança-t-il, soudain heureux.

— Vous devez en avoir assez de m'entendre, reprit-elle avec un rire forcé qui ne parvint pas à dissimuler son angoisse.

Il prit une chaise et envisagea un instant d'avouer à Carrie qu'il était justement en train de penser à elle, puis se ravisa.

— Pas du tout. Je suis content d'avoir de vos nouvelles. Alors… Il paraît que vous avez appelé Suzanne ?

— Oui. Je n'arrêtais pas de me dire que je n'étais pas prête et puis, soudain, j'ai pensé qu'elle devait se sentir complètement rejetée… Du coup… Bref… Ça n'a pas été si dur que ça, finalement. Et vous aviez raison. Elle est adorable.

— Je sais. Et elle est ravie que vous l'ayez contactée.

— Elle vous a dit que nous devons nous voir samedi ? Je dois avouer que cette perspective me rend un peu nerveuse.

— Pourquoi ça ?

— J'ai l'air idiote, non ? Je suppose que je…

— Arrêtez ça, dit-il un peu plus sèchement qu'il n'en avait eu l'intention.

Un silence s'ensuivit.

— Quoi ?

— De vous rabaisser. De sous-entendre que vous n'êtes pas à la hauteur de la situation, que vous me dérangez ou que vous devriez réagir différemment.

— Je… Je ne m'étais pas aperçue que je me rabaissais

tout le temps, répondit-elle avec dignité. Simplement, je… j'ai l'impression de me servir de vous comme d'une béquille et j'éprouve le besoin de m'excuser quand je vous appelle.

Une béquille… Ça avait au moins le mérite d'être clair. Il ne pouvait même plus espérer qu'elle se servait de son problème comme prétexte pour l'appeler parce qu'elle avait tout simplement envie de le connaître…

D'un autre côté, elle ne lui avait jamais posé la moindre question sur lui. Ça aurait dû lui mettre la puce à l'oreille…

Mais il n'avait aucune raison d'être déçu, après tout. Alors, il poursuivit la conversation d'un ton léger.

— J'ai vécu pire, vous savez ! Par ailleurs, comme je vous l'ai déjà dit, ça ne me dérange pas. Si vous appelez et que je suis occupé, je vous le dirai. Autrement, dites-vous bien que je suis toujours ravi de vous avoir au bout du fil.

— C'est vrai ?

— Tout ce qu'il y a de plus vrai !

Elle hésita quelques secondes. Sans doute s'apprêtait-elle à lui demander quelque chose de délicat.

— Dans ce cas… Vous voulez bien m'accompagner, samedi ?

Il aurait dû s'en douter. Carrie devait trouver que les événements se précipitaient. La présence d'un tiers détournerait un peu l'intérêt que sa sœur lui portait.

— Vous en avez parlé avec Suzanne ? Elle sait que vous serez avec un étranger ?

— Parce que vous vous considérez comme un

étranger ? demanda-t-elle, de toute évidence perplexe. Mark, je ne demande pas la présence de n'importe qui ! C'est *vous* que je veux !

Ce n'était pas tout à fait la manière dont il aurait aimé l'entendre prononcer ces mots magiques, pourtant, il se sentit étrangement fier.

— Entendu. Je me charge de prévenir Suzanne. On se retrouve là-bas ou vous préférez que je passe vous prendre ?

— Vous feriez ça pour moi ?

Il y avait une telle nuance d'espoir dans la voix de Carrie qu'il regretta de ne pouvoir la serrer dans ses bras.

— Bien sûr ! 10 h 30, ça vous va ?

— Parfait.

Il raccrocha en se traitant d'idiot. Qu'avait-il donc espéré ? Carrie ne lui avait donné aucune raison de penser que c'était l'homme qu'elle voyait en lui. Au contraire, elle avait reconnu qu'elle le considérait comme une « béquille », un simple appui. Et aussi délicate que soit sa présence durant l'entrevue de samedi, c'est exactement le rôle qu'il tiendrait.

Chapitre 7

Carrie se pencha en avant et, comme une petite fille, demanda, pour la énième fois s'ils étaient bientôt arrivés.

— Au prochain croisement, si ma mémoire est bonne, répondit Mark.

Mark se montrait si patient, si gentil… Elle aurait bien aimé savoir ce qu'il pensait vraiment d'elle.

Edmonds était une petite commune très coquette, familiale, mêlant villas, mobile homes et pavillons, tous entretenus avec amour et entourés de charmants jardins. Les tulipes, déjà en fleur, formaient des massifs colorés ou remplissaient pots et bacs. Tout le monde semblait jardiner, à Edmonds.

Pourtant…

— Nous y voilà ! annonça Mark en s'arrêtant devant une maisonnette grise et blanche doté d'un jardin sauvageon.

Ainsi, le carré de pelouse était irrégulier, des arbustes poussaient dans tous les sens. Les parterres de fleurs n'étaient qu'en partie désherbés et néanmoins semés de plantes en bourgeons. Une mangeoire pour les oiseaux pendait aux branches d'un arbre, un carillon était suspendu à un autre…

Contrairement à sa mère, Carrie aimait bien le désordre et l'éclectisme. Rien ne lui plaisait tant, par exemple, que les brocantes, où la marchandise envahissait l'espace, où l'on tombait sur des trésors cachés entre un vase bon marché et un vieux cabas, où les vitrines regorgeaient d'objets minuscules et les tiroirs des commodes de draps jaunis par le temps. Elle aimait le mystère, la surprise, les mélanges osés.

Elle avait toujours pensé que son attirance pour le désordre était sa manière de se révolter. A présent, elle savait : c'était un trait de famille ; elle le partageait avec sa sœur.

Mark se tourna vers elle et la dévisagea avec compassion.

— Vous avez le trac ? demanda-t-il en souriant.

Elle secoua la tête, acquiesça, secoua de nouveau la tête et éclata de rire, les yeux toujours embués de larmes.

— J'ai besoin de me moucher, marmonna-t-elle.

Il attrapa une boîte de mouchoirs, sous le tableau de bord, et la lui tendit.

— Servez-vous.

Carrie en prit deux ou trois.

— C'est rare, un homme qui pense à tout ! fit-elle remarquer.

— C'est surtout utile, quand on a un gamin.

— Michaël, c'est bien ça ?

Il lui jeta un coup d'œil. Il avait l'air surpris qu'elle se souvienne du prénom de son fils. Ça n'avait pourtant rien de bien étonnant !

Elle n'eut pas le loisir de s'attarder plus longtemps sur la question, néanmoins. La porte de la maison venait de s'ouvrir et une jeune femme apparut.

Carrie laissa échapper un petit cri de stupeur.

— Elle… C'est moi ! murmura-t-elle.

— Non. Vous vous ressemblez beaucoup, c'est tout.

Sa sœur… Jusqu'à présent, l'idée ne lui avait pas semblé réelle. Mais, soudain, Carrie se sentit envahie par mille émotions qu'elle n'aurait su nommer — jusqu'à ce qu'il en émerge une pensée très claire : désormais, elle aussi, elle ressemblait à quelqu'un ! Désormais, il y avait dans sa famille, quelqu'un à qui les gens l'associeraient au premier coup d'œil.

Elle sortit de la voiture comme dans un rêve et remonta l'allée sous les yeux ronds de Suzanne Chauvin.

— Mon Dieu ! s'exclama celle-ci.

Elle laissa échapper un petit cri et pressa la main contre sa bouche. Puis, ne réprimant plus ses sanglots, elle se précipita à la rencontre de Carrie, et les deux femmes tombèrent dans les bras l'une de l'autre.

Lorsqu'elles se dégagèrent pour se contempler, elles souriaient à travers leurs larmes.

— Line… Carrie… Je ne sais pas comment t'appeler.

— Carrie, s'il te plaît. Je ne me suis pas encore

habituée à mon prénom de naissance. Il va me falloir du temps.

Le sourire de Suzanne vacilla et elle s'essuya les joues.

— Je dois avoir une de ces têtes…

Elle sourit de nouveau et se tourna vers Mark qui se tenait en retrait.

— Mark… Je ne vous remercierai jamais assez !

Il s'avança et enroula un bras autour de l'épaule de chacune des sœurs, les regardant tour à tour.

— C'est fou, dit-il. J'avais remarqué la ressemblance, mais là…

Et là, soudain, Carrie prit conscience de la chaleur de Mark, de son odeur et de la façon dont leurs corps s'épousaient naturellement. Troublée, elle chassa ces pensées et étudia de nouveau le visage de sa sœur.

Suzanne se différenciait d'elle par sa chevelure longue et fine. En revanche, leurs visages étaient étonnamment semblables, de la courbe des sourcils à la couleur de leurs yeux. Certes, il y avait quelques différences. Le nez de Suzanne était plus long que le sien, ses lèvres, plus pleines. Par ailleurs, les quelques années qui les séparaient se voyaient. De petites rides commençaient à apparaître au coin des yeux de Suzanne, ses pommettes semblaient plus saillantes. Pour le reste…

Elle s'essaya à prononcer le nom de sa sœur, un peu comme on goûte un plat inconnu. Aussitôt, le visage de Suzanne s'illumina d'un sourire chaleureux.

— Nos parents étaient français. Papa est venu faire ses études ici et il n'est jamais reparti. Les parents de maman, eux, étaient québécois. Nous avons un oncle et des cousins en France. Malheureusement, je n'ai jamais pu me payer le voyage. Nous nous envoyons une carte tous les ans à Noël. On pourra aller les voir ensemble, si tu veux…

— Ce serait fantastique, répondit Carrie, se voyant déjà à la terrasse d'un café parisien.

— En attendant, entrez donc, tous les deux ! reprit Suzanne.

Posant une main sur les reins de Carrie, Mark la poussa doucement vers la porte. La jeune femme était en proie au doute, à une multitude d'émotions. Elle lui jeta un regard interrogateur. Et, à son grand étonnement, elle trouva tout ce dont elle avait besoin dans le sourire qu'il lui adressa en retour et dans la lueur bienveillante qui brillait dans ses yeux. La nostalgie qui s'empara aussitôt d'elle la surprit terriblement. Maintenant qu'il les avait réunies, elle et Suzanne, elle risquait de ne plus jamais le revoir. Quel prétexte pourrait-elle invoquer pour garder le contact, pour ne pas le perdre ?

Le souffle court, elle s'avança vers la terrasse. De nouveau, elle sentit la main de Mark, chaude et rassurante, posée sur ses reins.

— Vous vous en sortez comme un chef, lui dit-il doucement.

Heureusement qu'il ne pouvait deviner ses pensées… Enfin, tout cela était peut-être dû à l'émotion du moment. Tant de choses bouillaient en elle…

Elle inspira longuement et sourit.

— Tout va bien, ne vous en faites pas pour moi, lui répondit-elle.

— Tant mieux ! répliqua-t-il, laissant retomber sa main.

L'intérieur de la maison était à l'image du jardin et Carrie s'y sentit tout de suite à l'aise. Les meubles, trop nombreux, encombraient la pièce. Forcément, il fallait bien que Suzanne puisse ranger tous ses livres et son étrange collection de pierres taillées ! Un vaisselier était entièrement rempli d'écheveaux de laine de toutes les couleurs. Un panier posé au pied d'un des fauteuils usés contenait d'autres pelotes, de laine angora, cette fois.

— Comme c'est joli ! s'extasia Carrie.

— Tu sais tricoter ? s'enquit aussitôt Suzanne.

Elle secoua la tête.

— Je n'ai jamais appris, ni à broder ni à tricoter. Mais quand je vois toutes ces couleurs, j'ai envie d'essayer.

— Le tricot est mon passe-temps favori, commença Suzanne. C'est même pire que ça…, ajouta-t-elle en levant les yeux au plafond. La maison est envahie par la laine. Je travaille actuellement à la réalisation d'un catalogue de tricot. Certains de mes modèles devraient plaire aux ados…

Elle s'interrompit et eut un petit rire gêné.

— Pour tout vous avouer, j'adorerais ouvrir un magasin. Comme si je pouvais me le permettre…

— Pourquoi ne pas demander un prêt ? intervint Mark.

— J'y ai pensé, seulement je crains d'avoir du mal à

payer mes factures ! Bien… Vous voulez boire quelque chose ? A moins que tu sois prête à regarder l'album photos, Carrie ?

— Tu ne veux pas me faire visiter le reste ta maison, d'abord ? demanda Carrie d'un ton suppliant.

Mark resta dans le salon, sans doute par tact, tandis que la maîtresse de maison entraînait sa sœur sous une porte voûtée.

La maison était plus grande qu'elle ne le paraissait. La cuisine était immense et disposait d'un coin repas. Au bout d'un couloir, il y avait trois chambres et deux salles de bains.

L'une des chambres était de toute évidence réservée aux invités. Carrie repéra immédiatement le jeté de lit le plus somptueux qu'elle ait jamais vu.

Elle s'avança et passa une main sur le mohair rouge vif.

— C'est toi qui as fait ça ?

— Oui. Il y a des années.

— Il est magnifique.

— Merci.

Carrie fut un instant déstabilisée tant ce sourire ravi lui rappelait le sien.

— Je me demande…, commença-t-elle en se mordillant la lèvre.

Suzanne perçut son hésitation et se tourna vers elle, sur le seuil de la chambre suivante.

— … Si Luc nous ressemble autant que ça, lui aussi ? acheva-t-elle.

— Ce n'est pas possible ! Tu lis dans mes pensées ! s'exclama Carrie, avec un rire incrédule.

— Une chose est sûre : tu ressembles encore plus à maman que moi... C'est drôle, poursuivit-elle en hochant la tête d'un air désabusé, je continue de les appeler comme ça... Papa et maman... Quand je pense qu'ils n'étaient plus là quand j'ai atteint l'âge ou normalement on casse les pieds de ses parents, genre : Vous ne me laissez jamais rien faire, alors que toutes mes copines ont la permission de minuit !

Carrie éclata de rire devant cette imitation parfaite mais les mots « papa » et « maman » résonnaient douloureusement dans sa tête. Les Chauvin étaient bien ses parents ; cependant, les Saint-John l'étaient au moins autant — même si elle était toujours très en colère après eux.

— Ta salle de tricot, devina-t-elle après avoir jeté un coup d'œil par-dessus l'épaule de sa sœur, une fois à hauteur de la pièce suivante.

— Tu vois ? Il est grand temps que j'ouvre une boutique !

La pièce était l'atelier d'une véritable professionnelle. Les étagères croulaient sous les écheveaux classés par couleur. On aurait dit un arc-en-ciel. D'abord le blanc et le crème, puis les tons de jaune, d'orange et de rouge et, au-dessus, les différentes nuances de mauve, de bleu, de vert... Toutes les qualités de laine étaient aussi représentées, du fil fin au fil épais, du mohair à l'angora. Des catalogues et une infinité de fiches tricot recouvraient un autre pan d'étagères. Et sur ce bureau, songea Carrie, Suzanne devait concevoir ses propres modèles.

— A présent que je connais ta taille, je vais pouvoir te tricoter un pull, promit Suzanne.

— Tu peux deviner ma taille, comme ça, au jugé ?

— C'est la même que la mienne, répondit Suzanne, comme si c'était la logique même.

— Tu es légèrement plus grande que moi, non ?

— Tu crois ? Ah oui… Possible. D'un centimètre ou deux. Il y a un miroir dans ma chambre, dit-elle, entraînant sa sœur dans le couloir.

Arrivée sur le seuil, elle parut hésiter.

— Elle est un peu en désordre. Je n'avais pas prévu de te la montrer aujourd'hui !

Carrie eut un petit rire joyeux et, se mettant sur la pointe des pieds, jeta un coup d'œil par-dessus l'épaule de Suzanne.

— Je crois m'entendre parler…, murmura-t-elle.

De fait, la chambre à coucher était semblable à la sienne, avec des vêtements jetés çà et là sur les fauteuils, le panier à linge qui débordait, le dessus de la coiffeuse encombré par des notes, des photos et de petits souvenirs épinglés tout autour du miroir.

Elles se dirigèrent vers la psyché, et là, côte à côte, leurs bras se touchant presque, examinèrent leur reflet.

Suzanne portait un pantalon ample, retenu à la taille par un cordon, un T-shirt orange et des sandales. Carrie était vêtue d'une jupe et d'un twin-set. Elle avait enfilé des sandales, elle aussi. Toutes deux avaient de minuscules boules d'or aux oreilles et Carrie leur avait assorti une petite chaîne de cheville. Ses cheveux étaient légèrement ébouriffés et on aurait pu penser qu'elle s'était contentée de les coiffer du bout des doigts, ce matin-là. Ceux de Suzanne, en revanche, tombaient sur son dos en une somptueuse cascade.

En dépit de ces petites différences, il n'y avait pas à dire : elles étaient bel et bien sœurs. Pas jumelles, certes, mais si semblables qu'elles se seraient probablement reconnues si elles s'étaient rencontrées par hasard.

Elles restèrent là, sans rien dire, chacune étudiant avec intensité le visage de l'autre.

— C'est incroyable, murmura enfin Suzanne.

— Nous devions déjà nous ressembler beaucoup quand nous étions bébé, non ?

— C'est probable, encore que…

Elle eut un petit rire mal assuré.

— Je me souviens surtout de tes cheveux. Ils étaient déjà tout bouclés. Tu es venue au monde avec une énorme quantité de cheveux et, en quelques semaines, il est devenu évident que tu allais boucler. J'étais hyper jalouse…

Carrie sentit un nœud se former dans sa gorge.

— C'est la première fois qu'on me parle de ma naissance. Je n'avais jamais remarqué que maman… ma mère adoptive, je veux dire, n'évoquait jamais ma petite enfance. Je n'ai jamais su combien je pesais, par exemple…

— Trois kilos deux cent cinquante.

Carrie fondit en larmes.

— Excuse-moi, murmura-t-elle.

Suzanne avait les yeux humides, elle aussi. Elle fit face à sa sœur.

— Je t'en prie. Moi non plus, je… je n'arrive pas à croire que tu sois ici. Oh, Carrie ! Si seulement j'avais eu quelques années de plus…

— Tu n'aurais pas pu faire grand-chose, tu sais… Les enfants et les ados sont plutôt démunis, dans ce genre de situation.

Suzanne eut un sourire forcé.

— Quand ils vous ont emmenés, Luc et toi, je me suis sentie tellement… impuissante. Je n'ai jamais oublié ce moment, ajouta-t-elle en se mordant la lèvre. Et je ne l'oublierai jamais.

Carrie la prit dans ses bras.

— Ça n'a pas été si dur que ça pour moi. Si seulement…

— Nous savions ce qu'est devenu Luc ?… Je sais.

Elle serra les mains de Carrie entre les siennes.

— Viens, allons nous asseoir dans le salon pour discuter un peu. Je veux tout savoir de toi.

Lorsqu'elles entrèrent, Mark chercha immédiatement Carrie du regard. La jeune femme répondit à sa question muette par un léger hochement de tête et, de nouveau, se sentit réconfortée par sa sollicitude. Il avait été engagé par Suzanne et, en toute logique, c'est de sa cliente qu'il aurait dû se soucier. Pourtant, elle avait le sentiment que elle aussi, la petite Carrie, elle comptait un peu aux yeux du beau détective…

Suzanne leur servit un café et ils s'assirent — les deux

sœurs sur le canapé, Mark dans l'un des fauteuils. Sur les instances de sa sœur, Carrie commença à parler d'elle. Elle leur raconta son enfance privilégiée, avec les cours de danse et de tennis, le ski et l'équitation…

— J'avais, et j'ai toujours, d'ailleurs, une collection invraisemblable de poupées de porcelaine. Bien sûr, je ne pouvais pas jouer avec… Elles étaient bien trop fragiles ! La plupart d'entre elles sont toujours dans ma chambre, chez mes parents. Je n'en ai emporté qu'une ou deux avec moi.

Elle laissa échapper un rire un peu triste.

— Depuis que je ne vis plus chez mes parents, ma chambre ressemble davantage à l'idée que ma mère se fait d'une chambre de jeune fille modèle, avec de la dentelle, des peluches sur le lit et des poupées sur des étagères. En réalité, j'étais vraiment désordonnée et, au grand dam de maman, j'avais couvert les murs de posters. A part ça, j'ai toujours eu un côté fille à son papa et à sa maman… Qui essaie de bien faire ce qu'on attend d'elle… Insupportable, si vous voyez ce que je veux dire. Malgré tout, je ne correspondais jamais à ce que ma mère voulait que je sois et… Bref, ma chambre est bien plus agréable à présent que je ne l'habite plus.

— Depuis quand les adolescentes se comportent-elles ou s'habillent-elles comme leurs mères le souhaitent ? demanda Suzanne en riant.

— C'est encore pire pour les garçons ! fit remarquer Mark. A la puberté, ils deviennent une véritable énigme pour leurs mères. Je me souviens que je ne communiquais avec la mienne que par borborygmes, surtout quand elle me demandait, jour après jour, comment ça s'était passé à l'école. J'étais incapable de faire autrement… A ses yeux, c'était un inconnu costaud, vaguement crado et tenant des propos incohérents, qui se terrait dans la chambre de son amour de petit garçon…

Les deux jeunes femmes éclatèrent de rire.

— Ils étaient gentils avec toi ? demanda Suzanne. Les Saint-John, je veux dire.

Carrie sentit sa gorge se serrer. Momentanément, l'émotion l'empêcha de répondre. Elle finit par hocher la tête.

— Oui. Ils se sont montrés infiniment bons.

— Tant mieux.

Mark décroisa les jambes et se leva.

— Je crois que je vais vous laisser seules, maintenant, mesdames. Vous n'avez plus besoin de moi, ni l'une ni l'autre.

— J'aurais dû venir en voiture, moi aussi. Ça vous aurait permis de rentrer plus vite chez vous, nota Carrie, gênée. Je suis désolée.

— Ne vous en faites pas. Je vais aller déjeuner quelque part et puis j'irai faire le tour des antiquaires. Je reviendrai vous prendre… Disons, dans deux heures ?

— Merci infiniment, lança Carrie.

Elle avait de nouveau les larmes aux yeux. Une vraie fontaine, aujourd'hui, décidément !

— Il est adorable, tu ne trouves pas ? demanda Suzanne, quand la porte se fut refermée sur lui. J'étais morte de peur à l'idée d'engager un détective. J'ai eu une chance folle de tomber sur lui.

— De quoi avais-tu peur ?

— Oh… Je m'imaginais que tous les détectives étaient des types sordides.

— Moi aussi, il m'a fait peur, déclara Carrie. Mais justement parce que j'ai tout de suite deviné quel était son métier.

— Dis-moi pourquoi…, demanda Suzanne.

— Il m'a paru…

« Séduisant… Dangereux », songea-t-elle.

— Sexy ? suggéra Suzanne.

— Euh… Oui… Exactement.

Toutes deux pouffèrent de rire.

— Tu te sens… attirée par lui, toi ? reprit alors prudemment Carrie.

— Non. Et ne me demande pas pourquoi, je serais bien en peine de te le dire. Et toi, Carrie ?

— Je crois, oui, reconnut Carrie. Seulement, je vois aussi que je ne l'intéresse pas du tout, alors j'évite de me poser des questions sur mon attirance pour lui.

— Allons ! Ça m'étonnerait qu'il t'ait accompagnée jusqu'ici par pure conscience professionnelle, ou bien juste pour mes beaux yeux, rétorqua Suzanne un peu sèchement. Bien que ce soit moi qui l'ai engagé…

— Il a été très gentil, bien sûr. Seulement…

Seulement, il n'était pas allé au-delà de la simple

courtoisie, ne lui avait pas proposé de sortir avec lui…
En un mot, il n'avait pas tenté de la séduire.

D'un autre côté, songea-t-elle, il avait écouté ses
jérémiades et accepté sans la moindre hésitation de
venir la soutenir pour cette première entrevue avec
sa sœur.

Alors ? Etait-il possible qu'il s'intéresse un tant soit
peu à elle ?

Ce n'était pas le moment de penser à ça néanmoins,
et Carrie tapa énergiquement dans ses mains.

— Oublions Mark ! A ton tour, maintenant. Parle-
moi de toi.

Suzanne lui résuma d'un ton léger les années passées
avec leur oncle et leur tante. Malgré tout, Carrie
eut l'impression que ce temps-là n'avait pas été très
heureux.

— Il faudra que tu fasses la connaissance de nos
cousins. Rodney, que j'ai toujours appelé Roddie, est
poseur de lignes ferroviaires, dans le comté de Skagit.
Il a trente-trois ans. Son frère aîné, Ray, est entrepre-
neur. Je crois qu'il gagne bien sa vie.

— Ils sont mariés ?

— Oui. Tous les deux.

Suzanne lui donna toute une foule de détails qu'elle
oublia aussitôt. Apparemment, leurs enfants étaient
tout petits, la femme de Rodney était enceinte du
deuxième… C'est à peu près tout ce qu'elle retint.

— Vous êtes proches ?

— Avec Roddie et Ray ? demanda Suzanne, visiblement mal à l'aise. Pas vraiment, non. Je les vois surtout

pour Thanksgiving et à Noël. Même si nous sommes tous adultes, à présent, ils ont été obligés de partager une chambre, à mon arrivée. Ça ne leur a pas plu et… ils n'étaient pas très sympas avec moi. Bien sûr, c'était peut-être lié à nos âges respectifs, seulement…

— Seulement tu n'y crois pas trop.

Suzanne secoua la tête.

Carrie hésitait à aborder le sujet de l'oncle et de la tante. C'était tout de même eux qui avaient pris la décision de ne pas s'encombrer d'elle. La seule chose dont elle était certaine, c'était qu'elle ne tenait pas à les rencontrer — du moins dans l'immédiat.

Aussi fut-elle reconnaissante à Suzanne de ne pas lui en dire plus sur le sujet. La jeune femme commença à parler d'un ton plus joyeux quand elle en arriva au moment de sa vie où elle avait quitté la maison.

— Je suis entrée à l'université la plus proche, c'est-à-dire à Bellingham, là où j'avais été élevée. Ça ne m'a pas empêchée de prendre une chambre à la cité universitaire, et je ne suis jamais retournée à la maison, après ça. Dès le premier été, ma colocataire m'a invitée chez son grand-père, à Tacoma, et j'ai trouvé un petit boulot dans un cabinet d'avocats. Du classement, des choses dans ce genre-là…

— Et maintenant ? Qu'est-ce que tu fais comme métier ?

— J'établis des titres juridiques. Fascinant, non ? Cela dit, c'est plutôt bien payé et je m'entends à merveille avec mes collègues.

— Tu n'as jamais eu envie de…

— Démissionner ? Tous les jours, dit-elle en grima-çant. Comme je te l'ai dit, je rêve d'avoir ma boutique… Le hic, c'est que ce n'est pas très réaliste.

— Avant toute cette histoire, j'avais décidé de changer de travail, avoua Carrie. Depuis, je me suis dit qu'un bouleversement à la fois était largement suffisant.

— Qu'est-ce que tu as envie de faire ?

— Je n'en ai aucune idée. C'est terrible, non ?

Elle lui répéta ce qu'elle avait déjà expliqué à Mark : qu'elle s'était efforcée par tous les moyens d'exercer une profession en rapport avec la médecine, pour faire comme ses parents.

— Ça ne se serait peut-être pas passé ainsi si j'avais été plus rebelle. Seulement je ne l'étais pas. A croire que j'ai essayé par tous les moyens de prouver — ou de me prouver — que je tenais de mes parents.

— Et maintenant, tu comprends pourquoi ce n'était pas le cas, murmura Suzanne, compatissante.

Carrie eut un sourire forcé.

— Oui. A présent, je comprends.

— Tu veux regarder quelques photos ?

— Avec plaisir !

Tout le temps de leur conversation, Carrie avait eu conscience que l'album photos trônait sur la table basse. Elle avait l'impression que le simple fait d'apprendre qu'elle était une enfant adoptée l'avait déjà changée, mais, maintenant qu'elle avait fait la connaissance de cette sœur qui lui ressemblait tellement et avec qui elle avait tant en commun, elle sentait plein d'autres choses bouger en elle.

Des choses profondes et… oui… dérangeantes. Qui créaient des failles, des crevasses. Aussi s'interrogeait-elle : quel effet cela allait-il lui faire de découvrir le visage de sa vraie mère, la femme qui lui avait donné le jour, l'avait nourrie, lui avait souri ?

Elle retint son souffle tandis que Suzanne s'installait sur le coussin à côté du sien. Suzanne posa la main sur la couverture de cuir bordeaux, jeta un coup d'œil à Carrie puis ouvrit l'album.

La première page contenait une photo de mariage et Carrie sut tout de suite qu'il s'agissait de celui de leurs parents. Elle tendit machinalement la main pour effleurer le papier et, comme elle s'y était attendue, elle éprouva un petit choc.

Le couple, qui devait avoir à peu près son âge actuel, se souriait plus qu'il ne souriait au photographe, avec le ravissement propre aux jeunes mariés. Carrie les étudia avec une avide curiosité. Son père portait un smoking et sa mère une petite robe de satin toute simple. Sa chevelure brune et bouclée était retenue par une pince et un minuscule bouquet de fleur d'oranger. Ses deux filles avaient hérité d'elle la forme du visage, la courbure de la bouche et la finesse du nez, songea Carrie. En ce qui concernait les yeux, en revanche, elles tenaient plutôt de leur père.

Suzanne la regarda de nouveau et tourna la page.

Encore des photos du mariage. Cette femme aux cheveux grisonnants et qui ressemblait tant à la mariée devait être sa grand-mère. La demoiselle d'honneur, sur laquelle Carrie essaya de ne pas s'attarder, devait être sa misérable tante.

Suzanne continuait de l'observer à la dérobée avant de tourner les pages. Elle ne disait rien, sentant sans doute que, pour l'instant au moins, les mots étaient inutiles.

Le jeune couple leur apparut ensuite devant une coccinelle Volkswagen jaune vif qui devait être leur première voiture. Il y avait ensuite la photo d'une maison, minuscule, sur une parcelle de terrain tout aussi modeste. D'autres clichés montraient les façades de la maison repeintes en jaune pâle, avec des liserés blancs sur le toit et des géraniums aux fenêtres.

Leur premier enfant, la petite Suzanne, encore tout bébé… Les Chauvin étaient toujours aussi épanouis, en extase devant leur première née… Sur les pages suivantes, Suzanne, fillette rigolarde, puis vraie petite fille, avec d'immenses yeux noirs et des couettes… Un autre bébé apparaissait ensuite, un garçon cette fois-ci, qui ressemblait fortement à sa sœur.

Il devait avoir deux ou trois ans quand la famille avait déménagé. Carrie eut un pincement de cœur en constatant que la raison de ce déménagement était que sa mère était de nouveau enceinte.

D'elle.

Emerveillée, elle effleura le cliché. Elle était là, dans le ventre de cette femme, déjà membre à part entière de la famille.

Ses doigts se crispèrent et, de nouveau, elle retira sa main. Suzanne se remit à tourner les pages.

Si leur nouvelle demeure était plus grande que la précédente, elle était tout aussi ancienne, et les Chauvin avaient dû se remettre à faire des travaux. Ils avaient été plus audacieux, cette fois, et avaient repeint les façades dans des dégradés de bleu, et planté des fleurs dans le jardin. Un rosier poussait sur la rambarde de la terrasse, donnant finalement naissance à de magnifiques roses blanches. Des delphiniums roses, mauve et bleu clair avaient éclos derrière la masse d'autres plantes vivaces.

Etrangement, les Chauvin semblaient avoir eu en commun avec les Saint-John un véritable amour pour le jardinage.

Quelques pages plus loin, elle se vit, nouveau-né, le visage rouge et fripé, le crâne recouvert de cheveux noirs.

— Je te trouvais magnifique, fit remarquer Suzanne d'une voix douce.

— Il n'y a qu'une grande sœur, pour être aussi charitable, rétorqua Carrie en riant.

Cela dit, elle avait embelli au cours des semaines et des mois qui avaient suivi sa naissance. Ainsi, elle était vraiment mignonne, dans cette robe de velours, les cheveux retenus par un petit bandeau de la même couleur, allongée sur le ventre et souriant au photographe du studio.

Arrivée là, elle se rendit compte avec effroi qu'il ne restait plus que quelques pages, avec tout ce que cela impliquait — l'accident, la mort des parents, la séparation, l'adoption… Il lui sembla que Suzanne tournait plus lentement ces dernières pages, comme si elle aussi répugnait à devoir fermer l'album.

Carrie se vit en train de commencer à marcher à quatre pattes. Les trois enfants apparaissaient souvent ensemble. De toute évidence, Suzanne menait la danse, leur montrant des images sur un livre, agitant des jouets devant leurs yeux ou maintenant debout son frère ou sa sœur avec l'aide de sa mère, dont on apercevait la main, presque hors champ.

La dernière page ne contenait que deux clichés. Sur le premier, Charles Chauvin était assis dans un fauteuil, Carrie sur les épaules. Il avait levé la tête vers elle et elle lui souriait d'un air radieux. Sur l'autre cliché, Carrie était assise dans sa chaise haute et sa mère la faisait manger avec une tendresse amusée.

Elle sentit sa gorge se serrer.

— Ça s'est passé combien de temps avant…, chuchota-t-elle.

— Avant l'accident ? acheva sa sœur en se penchant à son tour sur le cliché. Une semaine ou deux. Tu avais tout juste commencé à manger à la cuiller quand…

Elle s'interrompit, la tête baissée, et referma l'album. Au bout de quelques instants, elle le déposa sur les genoux de Carrie.

— C'est pour toi. Emporte-le. J'ai fait refaire toutes les photos exprès.

Les yeux brouillés de larmes, Carrie lui prit la main.

— Merci, chuchota-t-elle. De tout mon cœur.

Suzanne, qui pleurait aussi, à présent, lui serra la main.

— Il faut bien que ça serve à quelque chose, d'avoir une sœur, tu ne crois pas ?

Chapitre 8

— Elle est formidable ! s'exclama Carrie en tournant la tête une dernière fois vers la maison de sa sœur. Vraiment ! Vous auriez dû me le dire !

Mark la considéra avec amusement.

— Je croyais pourtant vous avoir dit qu'elle vous plairait !

— Exactement. Vous m'avez dit qu'elle me *plairait*, répéta-t-elle d'un ton méprisant. C'est un peu terne, comme mot, vous ne trouvez pas ? Et puis, je ne pensais pas qu'elle me ressemblait à ce point ! Vous auriez pu me prévenir.

Cette fois-ci, son intonation était franchement agressive.

— Je vous ai prévenue…

— Nous nous sommes mises côte à côte devant la psyché, dans sa chambre, pour regarder notre reflet, poursuivit la jeune femme, sans tenir compte de sa remarque. C'en est presque inquiétant. Vous imaginez, si nous nous étions croisées par hasard ? Le choc ?

Il voulut répondre mais Carrie ne pouvait plus s'arrêter.

— Elle est plus grande que moi, bien sûr. Maman…

L'espace d'un instant, sa voix s'enroua.

— … Maman a beau me dire le contraire, j'ai toujours trouvé que j'étais ridiculement petite. J'aurais été jalouse si j'avais grandi auprès de ma sœur sans jamais parvenir à la rattraper en taille ! Si ça se trouve, nous n'aurions pas cessé de nous disputer !

Elle paraissait émerveillée.

— Quand j'étais petite, poursuivit-elle, je rêvais d'avoir un frère ou une sœur avec qui me chamailler. Maintenant, nous sommes trop grandes et trop bien élevées pour ça. J'adore ce mot… Se chamailler… Pas vous ?

Mark s'arrêta à un feu et se tourna vers elle avec un grand sourire.

— Je n'ai jamais réfléchi à la question. Tout ce que je sais, c'est que vous êtes sacrément excitée !

— Oui, n'est-ce pas ? Il faut me comprendre… Je l'ai trouvée tellement sympa, ma sœur ! *Ma sœur.* Ouah ! Ça fait tout drôle. C'est génial mais ça fait drôle, conclut-elle en se passant la main dans les cheveux.

— J'en déduis que cette entrevue a été un succès total…

— Total, oui.

Elle considéra un instant l'album photos posé sur ses genoux.

— Elle m'a donné ça, dit-elle plus calmement. Ce sont des photos de… de mes parents et de Suzanne, Luc et moi. Il y en a même une de moi âgée de quelques heures à peine.

Percevant son émotion, Mark lui prit la main. Elle la serra en retour.

— Vous savez, dit-il, la première fois que j'ai fait ce genre de recherche, je me suis longuement interrogé sur le bien-fondé de ma démarche. Il s'agissait d'une femme qui était tombée enceinte à l'âge de seize ans et qui, sous la pression de sa famille, avait donné le bébé à l'adoption. Quand sa fille et elle se sont retrouvées, j'ai vu sur leurs visages que j'avais bien fait de les réunir. Eh bien… Vous avez exactement la même expression, au moment où je vous parle.

— Quelle expression, au juste ? De l'étonnement ? Un certain vertige ? De l'épanouissement ?

— Tout ça à la fois… Encore que pour l'épanouisse-ment, je ne peux pas encore me prononcer, précisa-t-il après une seconde de réflexion. Votre sœur et vous avez encore du chemin à faire !

— Qu'entendez-vous par là ? demanda-t-elle en le dévisageant de ses immenses yeux marron.

— Que personne n'est parfait, répondit-il calmement, et que vous pourriez être déçues l'une par l'autre.

— Vous ne pensez pas que certaines personnes se complètent vraiment ? demanda-t-elle avec agressi-vité.

Bien sûr, par le passé, il avait pensé comme Carrie. Le jour de son mariage, par exemple, il avait regardé sa jeune épouse dans les yeux, et s'était dit, avec émer-veillement, qu'elle était tout simplement parfaite.

— Je vous demande juste de me croire, Carrie. Un jour ou l'autre, vous trouverez Suzanne trop… envahissante. Ou bien, au contraire, vous lui en voudrez de ne pas se soucier suffisamment de vous. Et, à ce moment-là, vous vous demanderez bien pourquoi elle s'est donné autant de peine pour vous retrouver… Ça pourrait aussi se traduire autrement. Qui sait, vous n'avez peut-être pas les mêmes valeurs ? Exemple, vous adorez les animaux et elle pas. Elle ne donnera jamais un coup de volant pour éviter un lapin au beau milieu de la route…

Carrie ouvrit la bouche pour protester.

— Bon… Si vous voulez, dit-il avec un grand sourire. Je pense qu'elle le donnerait, ce coup de volant. Comme je vous l'ai dit, c'est une fille bien. Néanmoins, ne perdez pas de vue que vous avez été élevées différemment, par des gens qui n'avaient pas forcément les mêmes priorités ni les mêmes perspectives. En temps normal, les sœurs grandissent ensemble, ce qui leur donne un socle commun sur lequel s'entendre et retomber en cas de tiraillements. Il en va autrement dans votre cas, à Suzanne et vous.

— Les sœurs dont vous parlez n'ont pas la joie de la découverte, s'obstina Carrie.

— C'est vrai, dit-il en s'engageant sur la nationale.

— Pourquoi est-ce que vous me cassez ma baraque ?

— Je… ne vous casse pas votre baraque, comme vous dites, je…

— Si ! Ecoutez-vous parler !

Mark garda momentanément le silence. Elle avait raison, après tout. Pourquoi était-il aussi négatif ? Il aurait dû la laisser savourer ces premiers moments, au lieu d'essayer de la faire redescendre de son petit nuage !

Il n'était tout de même pas jaloux ?

Il laissa échapper un soupir. Non. Il n'était pas du genre mesquin. Au contraire, il était heureux que ces deux jeunes femmes qu'il appréciait aient été mises en rapport l'une avec l'autre. Qui plus est par ses soins.

Seulement, soudain, il éprouvait un sentiment de vide qui l'obligea à affronter la vérité. En fait, la vérité, c'est qu'il redoutait que Carrie n'ait plus besoin de lui.

— Vous avez raison, dit-il à regret. A trop vouloir vous avertir de ce qui risque de se produire, je vous empêche de vous réjouir de ce qui s'est effectivement passé.

Elle le gratifia d'un sourire radieux.

— Merci, Mark. Si vous saviez à quel point je suis heureuse que vous m'ayez retrouvée, que vous m'ayez aidée à trouver le courage d'aller voir Suzanne. Sans vous...

Il l'interrompit d'un ton sec.

— Ne me mettez pas en avant. Vous auriez fini par l'appeler, de toute façon. Elle m'a payé pour faire un travail. Je l'ai fait : je vous ai mise en relation avec votre sœur. Terminé.

Carrie le dévisagea, stupéfaite par ce revirement de ton. Il regardait obstinément devant lui.

— Terminé ?

— Je n'ai pas que de bons côtés, dans cette affaire, dit-il, la mâchoire serrée. Vous vous êtes brouillée avec vos parents. Car vous ne les avez pas rappelés, n'est-ce pas ?

Elle lui répondit par une moue boudeuse.

— C'est bien ce que je pensais, conclut-il. Du coup, vous comprendrez que votre reconnaissance me soit pénible. D'un côté, vous vous êtes découvert une sœur, certes, mais de l'autre, vous rejetez maintenant les gens qui vous chérissaient depuis votre plus tendre enfance. Alors ne me traitez pas comme si j'avais fait ma BA.

« Imbécile ! songea-t-il. Elle te regarde avec admiration et gratitude, et toi, tu te montres franchement désagréable ! » Ça ne tournait décidément pas rond, chez lui, depuis qu'il avait rencontré Carrie Saint-John.

A présent, elle s'était détournée et regardait par la vitre. Ils arrivèrent à Northgate. Encore quelques kilomètres et il s'engagerait sur la 520 pour prendre le pont qui les ramènerait à Bellevue.

« Elle ne me rappellera jamais », pensa-t-il encore.

Brusquement, elle tourna la tête vers lui.

— Tout le temps que vous avez passé avec moi…, dit-elle. Vous savez, quand vous êtes venu me voir, l'autre soir… Et les heures que nous avons passées au téléphone… Vous les avez facturées à Suzanne ?

C'était bien la dernière question à laquelle il s'attendait et il eut l'impression qu'on venait de le frapper au visage.

— Facturé ? Non, bien sûr que non.

— Alors pourquoi vous présentez-vous sous un mauvais jour ? Ça vous dérange, d'avoir l'air gentil ?

Gentil. Elle n'aurait pas pu trouver de mot plus passe-partout, songea Mark avec amertume.

— Je ne me présente pas sous un mauvais jour. Votre bonne opinion compte beaucoup pour moi, seulement… Seulement, j'aimerais l'avoir pour les bonnes raisons.

— Quelles bonnes raisons ? Qu'est-ce que vous racontez, Mark ?

— Je veux dire que, pour l'instant, vous éprouvez pour moi de la reconnaissance mais rien que cela.

A ces mots, elle s'était redressée et se tenait raide.

— Et alors ?

— Vous rayonnez et je suis à l'origine de ce qui vous rend si heureuse.

— Et alors ? répéta Carrie, d'un ton encore plus sec. Allez au bout de votre pensée !

Décidément, ils ne se comprenaient pas…

— Je ne mélange pas le travail et la vie privée.

— Et j'empiète sur votre vie privée en disant que vous êtes gentil, intelligent, généreux ? demanda-t-elle, visiblement abasourdie. Vous êtes exactement l'ami que j'aimerais avoir.

— Moi, votre ami ? C'est hors de question.

Il hésita une seconde puis dut se concentrer sur la route. Ils arrivaient à la sortie qu'il devait emprunter pour prendre le pont flottant.

— Je vais être clair, déclara-t-il enfin. Dans d'autres

circonstances, je vous aurais invitée à sortir avec moi.

Elle cligna des yeux.

— En quoi les circonstances vous en empêchent-elles ? Mark ! Ce n'est pas moi qui vous ai engagé, répondit-elle en riant. C'est ma sœur. Je serais ravie de sortir avec vous. Que diriez-vous du week-end prochain ?

Il secoua la tête, médusé.

— Vous avez écouté ce que je viens de vous dire ?

— Quoi ? demanda-t-elle en souriant. A propos du rayonnement que vous m'avez rendu ?

Ses yeux brillaient d'un éclat malicieux.

— Oui.

— Parce qu'une femme qui désire sortir avec vous ne doit pas rayonner ? J'aurais pourtant pensé le contraire !

Elle ne voulait vraiment rien entendre. Il n'avait plus qu'à jouer franc-jeu.

— Carrie, je ne veux *pas* que vous vous imaginiez que vous avez un faible pour moi, alors que, en réalité, vous m'êtes simplement reconnaissante de ce que j'ai fait.

— Ecoutez, Mark. La première fois que je vous ai vu, je me suis dit...

— Que j'allais vous agresser ?

Elle partit d'un rire charmant.

— Oui. Bon, d'accord, j'ai eu peur. Mais cela ne m'a pas empêchée de vous trouver très séduisant.

Carrie reprit avec sérieux.

— Jusqu'à aujourd'hui, je n'avais pas compris que

vous vous intéressiez à moi, dit-elle, vaguement hésitante. Je croyais que vous me preniez un peu en pitié,
que vous vous sentiez coupable d'avoir contribué à me
mettre dans cette situation délicate.

— Et c'est le cas, admit-il. Cela dit, même si vous
ne m'aviez pas plu, je vous aurais écoutée pendant ces
moments difficiles. La différence, c'est que je n'aurais
éprouvé aucune amertume à l'idée que mon affaire se
termine, que vous n'ayez plus besoin de moi.

Elle lui parut très vulnérable, tout d'un coup.

— Et vous voulez que j'aie besoin de vous ? demanda-
t-elle.

— Ce que je veux, répondit-il, c'est vous revoir.

Elle lui adressa un grand sourire.

— Ça, c'est gentil…

Cette fois, l'expression parut beaucoup plus sensuelle
à Mark.

— J'aimerais bien vous voir avant le week-end
prochain, poursuivit-il alors, doucement. Ça vous dirait
de venir dîner chez moi, disons… Lundi soir ?

C'était assez osé, mais il voulait qu'elle sache d'emblée jusqu'où il était prêt à aller avec elle. Et puis, il
valait mieux qu'elle rencontre tout de suite Michaël.
Le petit faisait partie du lot.

— Volontiers, dit-elle sans la moindre hésitation.

Alors, tout d'un coup, sa méfiance légendaire, son
cynisme et la sensation de solitude si enracinée en lui
s'évanouirent. Le visage d'Emily lui apparut, brièvement et sans provoquer en lui la réaction habituelle.
Et s'il était sans doute prématuré de penser qu'il était

prêt à l'oublier, Mark se laissa tout de même aller à le croire, pendant ces quelques instants magiques.

Il raccompagna Carrie jusqu'à la porte de son appartement et résista à la tentation d'entrer prendre le café qu'elle lui proposait.

— Heidi attend mon retour pour rentrer chez elle, expliqua-t-il.

Carrie tira un morceau de papier de son sac et il y nota son adresse.

— Vous pouvez venir à 18 heures ? Nous dînerons de bonne heure pour que Michaël se couche tôt et, ensuite, nous aurons toute la soirée pour nous.

— Sans problème. Je viendrai directement en sortant du travail. Finalement, ce n'est pas si mal que vous ayez été aussi amer, ajouta-t-elle en souriant.

— C'est aussi ce que je pense…

Mark avait perdu l'habitude de courtiser une femme. Il hésita un instant puis se décida. Se penchant vers Carrie, il l'embrassa tout doucement, lui effleurant à peine la bouche. Il sentit alors les lèvres de la jeune femme frémir sous les siennes, et un petit soupir lui échapper. Bon sang, soudain, il la désirait du plus profond de son être. De toute évidence, il y avait trop longtemps qu'il n'avait plus touché une femme.

Il repoussa lentement une des boucles de Carrie et se redressa.

— A lundi ? demanda-t-il d'une voix rauque.

Elle eut un petit sourire tremblant, acquiesça et rentra chez elle.

— Merci de m'avoir accompagnée, ce matin, lança-t-elle depuis le seuil.

C'était le moment de prendre congé. Malheureusement, Mark sentait que tout son corps refusait de bouger.

— Il n'est pas trop tard pour entrer prendre ce café, vous savez, déclara alors doucement Carrie en ouvrant plus grand la porte.

Mark baissa la tête. Soudain, les choses allaient trop vite pour lui.

— Non, non, c'est trop tôt, répondit-il. A lundi, Carrie, bonne nuit.

Elle le contemplait avec un sourire d'une douceur incroyable.

— A lundi, lui dit-elle à son tour.

Là-dessus, elle referma doucement la porte.

Alors, brusquement, Mark sentit qu'une irrépressible excitation s'était emparée de lui. Incroyable ! Il avait rendez-vous avec Carrie Saint-John !

Lorsque le téléphone retentit, Carrie décrocha sans se demander une seule seconde d'où provenait l'appel. Quelque chose en elle — ce fameux rayonnement, cette joie que lui avait rendus Mark ? — lui avait fait souhaiter que ses parents cherchent de nouveau à la joindre, et justement…

— Carrie ? demanda Katrina d'une voix anxieuse. C'est maman.

La jeune femme sentit son cœur battre plus vite.

— Maman, ma petite maman ! murmura-t-elle.

— Je t'ai laissé des messages.

C'était le moins qu'on puisse dire… Il y avait eu une bonne demi-douzaine d'appels. Carrie se mordit la lèvre de honte.

— Je sais… Et je n'ai pas répondu.

— Tu as toutes les raisons d'être en colère.

Ils étaient donc prêts à reconnaître qu'elle avait des raisons de leur en vouloir ? C'était plutôt réconfortant de les savoir mal à l'aise avec leur mensonge… Mais ce n'était pas suffisant pour qu'elle les pardonne.

— Ça y est, j'ai fait la connaissance de ma sœur, annonça-t-elle, se demandant vaguement si elle essayait de blesser sa mère.

A l'autre bout du fil, la respiration de Katrina se fit plus rapide. Toutefois, elle ne fit aucun commentaire.

Carrie sentit alors monter son agressivité.

— Il faudra bien que tu te fasses à l'idée que j'ai une sœur. Elle existe, tu comprends ? Et elle a un nom. Suzanne.

— Suzanne…, répéta Katrina, avec une certaine raideur. C'est un joli nom.

— C'est français. Comme Line… Et Luc, ajouta Carrie après une courte pause. Tu vois de qui je parle ?

— Cesse d'être aussi cruelle, Carrie. Ça ne te ressemble pas.

— Tu sembles oublier que ni toi ni moi ne savons qui je suis vraiment !

Elle perçut la froideur de son propre ton et fut prise de panique. Sa mère avait raison. Cela ne lui ressemblait pas de blesser volontairement les autres. Pourtant, les paroles venaient bien d'elle.

Un long silence s'ensuivit.

— Je ne peux pas te parler dans ces conditions, reprit bientôt sa mère. Je t'appelais pour te dire que tu nous manques. Plus tard, j'espère... Quand tu seras prête à nous écouter et pas seulement à nous accuser... Je t'aime énormément, ajouta-t-elle d'une voix brisée.

Puis elle raccrocha, sans attendre la réponse.

Carrie reposa l'appareil à son tour. La tête lui tournait.

— Moi aussi, je t'aime, maman, chuchota-t-elle dans la pièce vide. Mais pas en ce moment.

Carrie fut immédiatement séduite par la maison de Mark. Avec sa façade de brique ocre, elle lui évoqua celle d'Hansel et Gretel. La toiture, fortement inclinée, descendait vers une aile surplombant la lourde porte d'entrée pour s'arrêter au-dessus d'un muret ouvrant sur un jardinet. Une rampe de fer forgé séparait le jardin du trottoir. La rue était calme et si étroite que, une fois les résidents garés, les voitures ne pouvaient plus se croiser.

Carrie avait eu la chance de trouver une place à une centaine de mètres de chez lui et avait fait le reste à pied, sous de grands arbres au feuillage vert tendre, en ce début de printemps.

Elle cogna à la porte à l'aide du heurtoir et entendit

un chien aboyer à l'intérieur, le cliquetis de pattes sur un parquet, des bruits de pas se précipitant, puis plus rien. Au bout d'une bonne minute, la porte finit par s'ouvrir.

Elle vit d'abord Mark puis, baissant les yeux, un garçonnet aux cheveux blond filasse, le nez couvert de taches de rousseur et dont les yeux noisette pétillaient de malice, sous des cils immenses. A ses pieds, sautillait un petit chien au poil noir et soyeux, la langue pendante et le regard curieux.

— Bonjour tout le monde ! lança-t-elle.

Elle sourit successivement au père et à son fils avant de tendre la main vers le chien.

— Vous ne m'aviez pas parlé de lui !

— Elle, corrigea le bambin. Elle s'appelle Daisy.

— Daisy…, répéta Carrie en lui grattant le crâne. Excuse-moi, ma belle. Je ne voulais pas t'offenser !

L'animal lui lécha le poignet.

— Vous aimez bien les chiens ? demanda solennellement Michaël.

— Je les adore ! J'en avais un quand j'étais petite. Il s'appelait Dragon. Je l'avais trouvé dans la rue. Il était tout maigre et avait peur de tout. Pendant des années, dès que quelqu'un d'autre que moi le regardait, il se mettait sur le dos et faisait pipi. Mes parents…

A ces mots, et pour son plus grand désarroi, elle se rendit compte que le simple fait d'évoquer ses parents lui serrait le cœur.

— Il y a des parquets et des tapis partout, dans la maison de mes parents, reprit-elle. Ma mère frisait l'hystérie dès qu'elle voyait ce pauvre Dragon se rouler sur le dos.

L'enfant fronça les sourcils.

— Est-ce qu'elle l'aimait bien quand même ?

« Non, songea Carrie. En revanche, elle m'aimait suffisamment, moi, pour supporter la présence de ce petit animal ». Mais elle choisit plutôt de répondre :

— Il lui tenait compagnie quand elle faisait le jardin et je sais qu'elle aimait bien ça.

Elle sourit, en dépit du chagrin que ces souvenirs avaient éveillé en elle.

— Alors ? Vous ne m'invitez pas à entrer ?

Mark sourit à son tour et s'effaça.

— Nous en avions bien l'intention, mais avant cela, il fallait que vous passiez le test !

— C'est fait, on dirait… Tu t'appelles Michaël, si je ne m'abuse ? demanda-t-elle. Comment vas-tu, bonhomme ?

Il lui serra la main qu'elle lui tendait, comme le petit garçon bien élevé qu'il était.

— Content de te… vous connaître, dit-il.

— Tu peux me tutoyer, tu sais !

— Moi aussi ? demanda Mark d'un air faussement innocent.

— Vous… Toi aussi, répondit simplement Carrie.

A ses pieds, Daisy se mit à sauter dans tous les sens.

Puis Carrie pénétra dans la maison et tomba immédiatement sous le charme.

L'intérieur était chaleureux, simple et, de toute

évidence, habité par un enfant. La salle de séjour ne lui était pas interdite et, s'il y avait du parquet au sol, les tapis ne venaient pas de Perse comme chez ses parents. Ils étaient de couleur vive, et modernes. Des étagères encastrées dans le mur et fermées par des vitres se dressaient de part et d'autre de la cheminée. Deux fauteuils et un canapé faisaient face à une solide table basse. Un jeu de Lego était posé dessus, ainsi que quelques livres — ceux de Mark et ceux de son fils. Un peu plus loin, il y avait d'autres étagères encastrées et une table déjà dressée pour le dîner et égayée d'un bouquet de tulipes rouges.

— Nous avons acheté ces fleurs en ton honneur, commenta Mark de sa belle voix grave. Et c'est Michaël qui a mis la table !

Ses yeux brillaient d'une lueur chaleureuse.

— Tu as drôlement bien travaillé, dis moi ! dit-elle au bambin qui les avait suivis, le chien sur les talons.

Drôle de chien, d'ailleurs. Des pattes trop courtes, un corps long et fin…

— A quelle race de chien appartiens-tu, Daisy ?

— Papa pense que c'est un épagneul.

— Pour une part de ses gènes, du moins, ajouta Mark. Pour le reste… Dieu seul le sait !

Carrie s'esclaffa.

— Ça n'a pas beaucoup d'importance ! Ma mère…

Ma mère… Une fois de plus, ce mot venait de provoquer chez elle un pincement au cœur. Plus fort, cette fois-ci.

— Ma mère, reprit-elle avec effort, m'a conseillé, dernièrement, de m'acheter un caniche, si jamais je songeais à reprendre un chien. Vous savez, un de ces toutous de poche… Il paraît qu'ils ne perdent pas leurs poils.

Mark ne fit rien pour dissimuler son étonnement.

— Ils sont adorables ! assura-t-elle. Cela dit, je préfère Daisy.

— Papa aussi, s'écria Michaël, voulait que je prenne un tout petit chien à la place.

Mark leva les yeux au ciel.

— A mon avis, tu as eu raison de camper sur tes positions, répliqua Carrie, dissimulant son amusement. Quand on est choisi par un animal, on ne peut pas envisager une seule seconde d'en rapporter un autre chez soi, pas vrai ?

L'enfant se mit à genoux et serra la chienne dans ses bras. Celle-ci en profita pour lui lécher copieusement le bout du nez.

— Oui. Et elle m'a choisi, hein, papa ?

— Ça ne fait aucun doute, répondit Mark en lui ébouriffant les cheveux. Maintenant, va te laver les mains et passe-toi un coup d'eau sur le visage. Nous passons à table.

— Pas la peine ! répondit l'enfant en riant. Daisy vient juste de me débarbouiller.

— Lave-toi le visage, j'ai dit !

L'enfant soupira bruyamment et partit comme une flèche dans le couloir, Daisy sur les talons.

— Il est mignon, fit remarquer Carrie.

— Merci, répliqua Mark, visiblement ravi.

— Je peux t'aider à faire quelque chose ? Qu'est-ce que tu nous as préparé de bon ?

— Rien de bien extraordinaire. Des hamburgers et une salade de pommes de terre. Michaël n'a pas encore des goûts très élaborés.

— Moi non plus, très honnêtement.

— Si tu veux, tu peux verser un verre de lait pour le petit et te servir à boire.

Michaël papota sans aucune timidité tout le long du repas. Mark semblait penser que cela ne la dérangeait pas et, à aucun moment, il n'essaya de faire taire l'enfant ou d'amener la conversation sur des sujets plus sérieux, qui l'auraient exclu. Carrie apprécia.

Michaël lui parla de sa maîtresse d'école, et de Heidi qui avait « le pouvoir extraordinaire de faire bouger ses oreilles et son nez, sans les toucher ». Sa mine s'assombrit légèrement quand il lui annonça que la jeune femme était sur le point de se marier.

— Elle aura sûrement des enfants, un jour. A ce moment-là, elle sera très occupée, et tout ça... Enfin... Papa dit que je serai beaucoup plus grand et que ça me sera égal.

— Je pense qu'il a raison. D'ici là, tu seras probablement à l'âge où les garçons pensent que les filles sont bêtes comme leurs pieds...

Le garçonnet parut ravi de la tournure.

— Tu as de mauvais souvenirs de cette époque-là ? demanda Mark.

— Pas du tout. Seulement, quand j'étais étudiante, j'ai donné quelques cours de soutien à l'école primaire du coin. J'ai trouvé ça très instructif.

C'était vrai. Elle avait pris un plaisir énorme à transmettre son savoir. Elle adorait les enfants de cet âge-là. Ils en savaient juste assez pour commencer à s'éveiller aux mystères du monde.

— Tu ferais certainement une enseignante hors pair et…

Il s'interrompit pour regarder son fils d'un air réprobateur.

— Dis donc, Michaël… Ce n'est pas une bouchée de viande que je viens de voir disparaître sous la table ?

— Mais, papa…

— Daisy aura les restes quand nous aurons fini. Pas avant. Et en petite quantité. Je te rappelle que ce que nous mangeons n'est pas toujours bon pour elle.

— Et si j'en fais tomber un morceau, par accident, elle n'a pas le droit de le manger ?

— J'aurai du mal à l'en empêcher, admit Mark. A moins que je ne la mette dans le jardin pendant les repas. Et c'est ce que je ferai si tu as trop « d'accidents », comme tu dis.

— Bourreau d'enfant ! murmura Carrie.

Il la fusilla du regard et vit aussitôt qu'elle plaisantait.

— Tiens-toi comme il faut.

— Je me tiens comme il faut ! protesta l'enfant, indigné.

— C'est à Carrie que je m'adressais.

— Pourquoi ? Elle a fait tomber un morceau de viande, elle aussi ?

— C'est bien possible, avoua la jeune femme.

Elle avait bel et bien glissé un morceau de viande ou deux au chien, sous la table.

Mark leva de nouveau les yeux au ciel.

— Vous craquez pour ses beaux yeux, l'un comme l'autre. C'est tout !

— Je ne les vois même pas. En revanche, je la sens, là, à mes pieds, aux aguets.

— Moi aussi ! renchérit Michaël.

Il se tortilla sur son siège pour pouvoir soulever un coin de la nappe et regarder ce qui se passait sous la table.

— Et des fois, je la regarde…, ajouta-t-il.

— Redresse-toi, ordonna Mark.

Michaël s'exécuta et repoussa la salade de pommes de terre à laquelle il n'avait presque pas touché.

— On peut manger la tarte ?

— Une tarte ? répéta Carrie.

— Une tarte aux pommes, oui. Heidi a passé la journée dans la cuisine pour nous préparer ce repas.

— Vous la remercierez de ma part, tous les deux. Je dois dire que l'idée d'une tarte aux pommes faite maison me semble plus qu'alléchante.

— Papa a même acheté de la glace, en plus !

D'habitude, il n'en achète pas, mais ce soir, il a décidé de nous gâter. Pas vrai, p'pa ?

— J'ai drôlement bien fait de venir, dites-moi.

— Moi, en tout cas, je suis ravi que tu sois venue, murmura Mark d'un ton plein de sous-entendus et à mi-voix, pour que son fils ne l'entende pas.

Carrie le gratifia d'un large sourire.

— Alors, elle est où, cette glace ? demanda-t-elle.

— A la rentrée prochaine, Michaël ira à l'école toute la journée. Du coup, Heidi travaillera moins pour nous, expliqua Mark tandis qu'ils terminaient goulûment leur dessert. Ce qui me fait le plus peur, c'est que je vais devoir me remettre à faire la cuisine… Et qu'ensuite, je devrai la manger, ajouta-t-il avec une petite grimace.

— A moins qu'elle te prépare de plus grosses quantités que tu pourras congeler.

Il réfléchit à la question.

— C'est une idée. Je pourrais même la payer pour ne faire que ça toute la journée, une fois par semaine !

— Par exemple…

Tous trois débarrassèrent la table, rincèrent les assiettes et chargèrent le lave-vaisselle, après quoi Mark autorisa son fils à regarder un dessin animé avant d'aller se coucher.

Carrie et Mark prirent leur café dans la salle de séjour. Le son lointain du téléviseur leur parvenait d'une petite pièce située derrière la cuisine et qui contenait la télé, un canapé et une table de jeux.

— Il est vraiment fantastique, ton petit bonhomme. Tu peux être fier de toi, commenta Carrie.

— Je pense parfois que c'est à Heidi que revient tout le mérite, répondit-il avec un sourire nostalgique. Elle passe plus de temps avec lui que moi.

— C'est normal. Il faut bien que tu ailles travailler !

— Je n'ai pas dit que j'avais le choix, seulement…

— A en croire ce qu'on lit dans les magazines, tous les parents se sentent coupables, pour une raison ou pour une autre, dans ce pays.

Mark se mit à rire.

— Tu as sans doute raison. Et jusqu'à présent, je dois avouer que Michaël ne m'a posé aucun problème. J'ai de la chance.

— Ou bien tu es doué…

— Ou bien je suis doué.

Ils sirotèrent leur café en silence pendant quelques instants.

— J'aime bien la manière dont tu réagis face à lui, dit-il enfin. En général, les gens qui n'ont pas d'enfants ne savent pas trop comment se comporter.

Carrie haussa les épaules.

— J'ai toujours adoré les enfants. Un des maîtres avec lesquels j'ai collaboré, dans l'école dont je te parlais tout à l'heure, m'avait même encouragée à me pencher de plus près sur les sciences de l'éducation.

— Et ?

— N'oublie pas qu'à l'époque, je me destinais à la médecine ! Une ambition ramenée à la baisse à la fin de ma première année de fac, précisa-t-elle en fronçant le nez.

Les yeux gris de Mark étaient rivés sur elle, l'étudiant attentivement.

— Si tu avais fait médecine, tu aurais obtenu ton diplôme à la fin de l'année dernière, c'est bien ça ?

Elle procéda mentalement à un petit calcul.

— C'est ça ! Oh la, la… Le temps file !

— De sorte qu'aujourd'hui, tu serais interne. Tu ne regrettes pas ?

Cela faisait des années qu'elle ne s'était pas posé la question. Pourtant, elle répondit sans aucune hésitation.

— Pas du tout !

— Alors pourquoi ne pas envisager de travailler dans l'éducation ?

Elle le dévisagea, bouche bée. Elle aurait dû y penser plus tôt. Comme elle le lui avait dit, elle adorait les enfants et ne se souvenait pas avoir apprécié un emploi autant que celui qu'elle avait occupé, quelques heures par semaine, dans école primaire.

— Il faudra que j'y réfléchisse.

— Il semblerait que l'université de l'Etat de Washington soit réputée pour son programme de sciences de l'éducation.

— Tu n'es pas en train de rechercher une institutrice pour ton fils, par hasard ? demanda-t-elle en penchant la tête sur le côté.

Une expression étrange passa sur le visage de Mark.

— Une *institutrice* pour Michaël ? Ce n'est pas tout à fait ce que j'avais en tête, répondit-il.

Elle ouvrait la bouche pour répondre lorsqu'il reposa sa tasse et se leva.

— Je vais aller le coucher. Ça ne te dérange pas d'attendre quelques minutes ?

— Pas du tout, murmura-t-elle.

Ils allaient donc se retrouver bientôt seuls... Leurs regards se croisèrent, s'attardant un peu plus que nécessaire. Mark s'éclaircit la gorge.

— Je reviens tout de suite.

Quelques minutes plus tard, Michaël pénétrait dans la pièce en courant, vint lui dire bonsoir et repartit en trombe. Carrie entendit s'éloigner des bruits de pas dans l'escalier et des voix, celle du petit garçon et celle de son père. Lorsque Mark reviendrait, qu'allait-il se passer entre elle et lui ? Mon Dieu, elle se sentait les nerfs en pelote, soudain.

Elle repensa à ce qu'il avait dit, tout à l'heure : « Ce n'est pas ce que j'avais en tête ». Qu'avait-il eu en tête, alors ? Il ne pouvait tout de même pas s'intéresser suffisamment à elle pour entrevoir déjà un avenir pour eux trois ?...

Chapitre 9

Le regard interrogateur de Carrie n'avait pas échappé à l'attention de Mark. Il allait un peu vite en besogne et devait ralentir la cadence, songea-t-il.

— Tu veux un autre café ? Un verre de vin ? proposa-t-il en regagnant la salle de séjour.

Carrie avait retiré ses chaussures et s'était assise en tailleur au bout du canapé.

— Ni l'un ni l'autre, merci.

Mark éprouva un immense sentiment de satisfaction en la voyant là. Carrie semblait à sa place dans cette maison, exactement comme il l'avait pensé.

Chacune de leurs entrevues suscitait en lui une réaction plus forte. Peut-être était-il touché par la façon dont la moindre émotion se lisait sur son visage… ? A certains moments, c'était de la peur et de la confusion qu'il décelait dans ses immenses yeux noisette ; à d'autres, une volonté farouche. Ce soir, pelotonnée ainsi sur le canapé, les cheveux ramenés derrières ses oreilles, le regard brillant et débordante d'énergie sous sa calme apparence, elle avait tout le raffinement d'un félin.

Oui, il appréciait sa présence et il était ravi qu'il en aille de même pour Michaël. Au moment où il avait éteint la lumière, tout à l'heure, le petit garçon lui avait dit, d'une voix déjà ensommeillée, qu'il trouvait Carrie aussi gentille que Heidi.

Venant de Michaël, c'était le plus beau compliment qui soit.

— Ça y est ? Il est bien au chaud dans son lit ? demanda Carrie.

— Oui. Il fait rarement des difficultés à l'heure du coucher. Du moins pas depuis ses trois ans. Ça a été une période difficile, pour lui comme pour moi !

Il prit place sur le canapé, lui aussi et étendit son bras sur le dossier, de manière à pouvoir effleurer l'épaule de son invitée.

— C'est la période où sa mère est morte ?

Mark s'arma de courage. Il devrait bien aborder le sujet un jour ou l'autre. Carrie souhaiterait en savoir plus sur Emily, bien sûr.

— Oui, répondit-il, d'un ton impassible. Il y a un peu plus de deux ans de cela.

— Que s'est-il passé ? demanda-t-elle, une compassion infinie dans les yeux.

— Elle a failli mourir à la suite d'une fausse couche. Les médecins lui ont interdit une nouvelle grossesse… En vain.

— Je suis navrée, murmura-t-elle enfin.

— Elle a choisi.

Sa propre voix lui parut rauque, presque voilée.

Carrie le dévisagea un instant, bouche bée.

— Tu veux dire… qu'elle l'a fait exprès ?

Il n'avait pas vraiment eu l'intention de lui confier toute l'histoire. Enfin… Puisque l'occasion se présentait, autant en finir tout de suite.

— Je lui ai proposé de subir une vasectomie. Elle a refusé, sous prétexte que nous pourrions toujours envisager d'avoir recours à une mère porteuse. Elle m'avait promis de prendre la pilule…

Même après tout ce temps, les mots sortaient difficilement.

— Elle m'a menti, conclut-il en soupirant.

— Mark…

— Son désir d'enfant était assez fort pour qu'elle choisisse de risquer sa vie.

— Attends… Elle n'était pas toute seule dans l'affaire ! Et Michaël ? Un enfant n'était pas assez pour elle ?

Bien que connaissant la réponse, Mark s'était souvent posé la question. Non, cent fois non, Michaël ne lui avait pas suffi… Elle ne l'avait pas porté, et cet adorable bambin, pourtant si attachant, lui avait plutôt donné l'impression de ne pas être une femme à part entière.

Ce constat était terriblement difficile à vivre, et Mark avait la ferme intention de faire en sorte que Michaël n'en sache jamais rien.

— Non. Nous l'avons adopté, vois-tu…

— Et ?

— A partir du moment où nous l'avons ramené ici, le fait qu'il ne soit pas notre enfant biologique n'a plus eu la moindre importance à mes yeux. J'ai cru qu'il en allait de même pour Emily, et cela bien qu'elle continue de parler d'avoir un enfant. Je lui ai alors demandé d'attendre que Michaël ait deux ou trois ans. Ensuite, nous aurions pu adopter un deuxième bébé, si elle le souhaitait.

— Mais ce n'était pas ça qu'elle voulait...

— Non. Quand elle m'a annoncé qu'elle était enceinte, elle a essayé de me faire comprendre ce qu'elle éprouvait.

Tout en parlant, Mark revoyait l'image d'Emily — elle, et son désir d'enfant qui s'exprimait si visiblement sur son visage. Il avait eu l'impression de ne pas connaître cette femme si déterminée.

— Elle m'a avoué qu'elle pleurait chaque jour, une fois que j'étais parti au travail, qu'elle rêvait de serrer contre elle son propre bébé, de l'allaiter...

Elle lui avait même avoué avoir songé au suicide.

— C'est... C'est complètement fou ! s'exclama Carrie. De renoncer à tant de choses en toute connaissance de cause, je veux dire.

— C'était devenu... Oui... Une obsession. Je crois que c'est le terme qui convient le mieux. La seule chose qui comptait pour elle, c'était ce bébé qu'elle n'avait pas.

— Ça a dû être terrible, pour toi.

— Et toi ? Tu veux des enfants ? demanda-t-il pour chasser de son trouble.

Carrie se sentit prise de court.

— Je veux en élever, bien sûr ! Par contre, je ne sais

pas si le fait de les avoir portés moi-même serait d'une importance vitale, pour moi.

— Sans doute parce que tu ne t'es jamais posé la question...

— Ce doit être ça.

Mark vit qu'il l'avait blessée et se maudit. Il avait une sacrée façon d'essayer de la conquérir... Lui dire qu'elle ne pouvait pas comprendre les motivations de sa défunte épouse, ce n'était pas malin...

Pourtant, il y avait fort à parier qu'elle les comprenait mieux que lui. Emily lui avait décrit ce besoin de sentir un fœtus bouger en elle, de percevoir ses mouvements, ses hoquets... Cette envie de voir pour la première fois la frimousse de l'enfant qu'on vient de mettre au monde... Il n'y avait sans doute qu'une femme pour comprendre tout cela.

— Tu as eu de la chance, tu sais, reprit-il. D'après ce que j'ai compris, ta mère adoptive a été comblée par ton arrivée. Tu lui as suffi, toi.

Il vit à son expression qu'il avait commis un nouvel impair.

— Oui, reconnut-elle d'une voix si basse qu'elle en était presque inaudible. Mes parents m'aiment. Je le sais très bien.

— Et malgré tout, tu n'arrives pas à leur pardonner leur mensonge.

— Parce que tu crois que je le devrais ? Comme ça !

— Pas du tout, Carrie.

Il s'approcha d'elle et prit sa main dans la sienne.

— Il ne s'agit pas d'un petit mensonge. Moi aussi, je me sentirais trahi, à ta place.

— Il y a autre chose. Je… je lui ai parlé de Luc. Tu sais que j'ai été adoptée avant lui…

Il ne répondit pas. Mieux valait la laisser s'épancher.

— D'après les services sociaux, c'était un enfant difficile. Du coup, papa et maman m'ont emmenée et l'ont laissé là, poursuivit-elle d'une voix brisée. A moins qu'ils n'aient jamais eu l'intention de l'adopter, bien sûr. Ce qu'ils voulaient, c'était un nourrisson, afin de pouvoir prétendre qu'il était le leur… Alors… Pourquoi ne pas avoir attendu qu'on leur propose un autre bébé qui n'aurait eu ni frère ni sœur ? Luc et moi aurions peut-être fini par être adoptés ensemble, qui sait ? Et les choses auraient sans doute pris une tournure complètement différente pour lui…

Mark grimaça. En plus d'en vouloir à ses parents, voilà qu'elle se reprochait le fait que son frère n'ait pas eu une enfance heureuse, lui aussi.

— Ce n'est pas ta faute, Carrie.

— Oh, je le sais bien ! répliqua-t-elle avec un sourire forcé. Mais je ne peux m'empêcher de penser… Si tu pouvais le retrouver…

— Je le retrouverai, promis !

— Suzanne lui a préparé un album à lui aussi. Le même que le mien… Elle tient à ce que nous connaissions notre passé.

— Je te promets que je le retrouverai, répéta Mark.

— C'est à cause de Michaël que tu t'es spécialisé dans ce genre de recherches ?

— Non. J'en avais déjà fait quelques unes avant son arrivée chez nous. En fait, ce serait plutôt le contraire. J'avais déjà ces histoires d'adoption en tête. Quand Emily a fait sa dernière fausse couche, c'est moi qui ai lancé cette idée. J'étais plus réceptif qu'elle, je crois.

— Je vois, dit-elle. Et que sais-tu au juste des antécédents familiaux de ton fils ?

— Pas autant que je ne le voudrais, loin de là.

— Tu n'as jamais été tenté...

— D'enquêter sur sa famille naturelle ? Si, plus ou moins... Je me rappelle avoir dit à Emily que nous devrions essayer d'établir le contact avec la mère naturelle de Michaël. Nous aurions pu lui envoyer des photos, voir si elle voulait rester en relation avec nous. Emily a eu peur qu'elle veuille nous le reprendre, une fois qu'elle l'aurait vu... En fait, c'est même pire que ça. Elle s'est mise dans une rage folle. Elle n'arrêtait pas de dire que cette femme avait rejeté son fils et qu'il était à nous, dorénavant. Du coup, j'ai laissé tomber. Je n'ai commencé à y repenser que très récemment.

— Tu pourrais te borner à retrouver sa trace, répliqua Carrie, comme si elle avait lu dans ses pensées. Tu n'es pas obligé de te mettre en relation avec elle, si tu penses qu'elle n'apportera rien à ton fils.

— C'est vrai ! Je pense que j'ai un peu peur de ce que je risque de découvrir.

Carrie lui lança un regard de défi.

— Pourquoi ? Michaël est un petit garçon vif, adorable… Il ne présente aucun signe d'addiction prénatale et on n'a pas eu besoin de le désintoxiquer avant de te le confier, que je sache ?

— Bien sûr que non…

— Alors, que risques-tu de « découvrir » de si dramatique, comme tu dis ?

Mark baissa la tête.

— Tu as raison. Je vais réfléchir à la question.

— Il sait que tu l'as adopté, j'espère ! s'exclama-t-elle, le regard soudain orageux.

— Bien sûr, qu'il le sait, Carrie. Si nous n'avons pas encore beaucoup abordé la question, c'est parce qu'il n'en a pas exprimé l'envie, jusqu'à présent.

— N'oublie pas que, de son point de vue, il a déjà perdu deux mamans. C'est un peu dur, tu ne trouves pas ?

Mark sentit son sang se glacer dans ses veines.

— Je ne voyais pas les choses comme ça. Tu crois qu'il pourrait avoir l'impression d'y être pour quelque chose ?

— Ce n'est pas ce que tu penserais, à sa place ?

— Mon Dieu… Tu as raison. J'aurais dû essayer de le faire parler davantage.

— Est-ce qu'il se souvient d'Emily ?

— Je crois qu'il en a quelques souvenirs. Ce sont plus des impressions que des images, à mon avis. Son odeur, sa voix quand elle lui chantait une berceuse pour l'endormir, des choses que nous faisions à l'époque et que nous avons cessé de faire…

— Heidi est avec vous depuis sa disparition ?

— Oui. Et Michaël a été très abattu en apprenant qu'elle allait se marier. J'ai compris son angoisse, mais j'ai bien peur de ne pas être allé assez loin dans la discussion. Si Heidi nous quitte, il perdra encore une autre petite maman…

Carrie lui posa la main sur le bras. Mark lui sourit avec tristesse.

— C'est notre premier rendez-vous, dit-il. Nous ne devrions peut-être pas parler de choses si sérieuses.

— Alors, parle-moi de tes goûts, dit-elle.

— Ça t'intéresse vraiment ? demanda Mark en riant.

Au lieu de contre-attaquer, comme il s'y était attendu, Carrie resta muette et rougit. C'était sa manière de répondre : oui, elle s'intéressait à lui, à ses goûts, ils partageaient le même désir d'en apprendre davantage l'un sur l'autre.

— Moi aussi, j'ai envie de tout savoir sur toi, tu sais, avoua-t-il en lui prenant la main.

Ils se sourirent. Ils étaient plus proches qu'ils ne le pensaient. Le moment semblait propice. Mark regarda la jeune femme tendrement et se pencha doucement vers elle. Loin de se dérober, elle lui offrit ses lèvres.

Leurs bouches se rencontrèrent, se soudèrent voluptueusement. Puis Carrie posa la main sur la joue de Mark.

—Je pique, murmura-t-il en souriant.

Il était rentré un peu plus tard que prévu et avait dû renoncer à se raser de frais.

— Ça ne me dérange pas, au contraire, chuchota la jeune femme en le caressant.

C'en fut trop pour Mark. Il embrassa de nouveau Carrie, plus ardemment, cette fois-ci, puis il sentit les lèvres de la jeune femme s'entrouvrir lorsqu'elle lui rendit son baiser. Alors, il dut se faire violence pour contrôler ses mains, pour que ses baisers ne trahissent pas le désir féroce qui s'était emparé de lui.

— Dis-moi quelque chose de vraiment personnel, susurra Carrie en lui mordillant l'oreille.

Pris de court, Mark préféra se replier sur l'humour.

— Heu... Je ne sais pas, moi... Si. Je suis dyslexique ?

Puis il embrassa Carrie dans le cou, savourant les frissons de la jeune femme et ses ronronnements de plaisir.

— A ton tour, murmura-t-il.

— Je viens de rompre avec un homme qui voulait m'épouser.

Mark releva la tête.

— Qu'est-ce que tu dis ?

Elle avait les cheveux en bataille, les joues enflammées par leurs baisers. Elle le considéra un instant, visiblement embarrassée.

— Désolée. Je... Je ne sais pas ce qui m'a pris. Ce n'était vraiment pas le moment.

— Il faut croire que ça t'a paru important !

— J'aurais fini par te le dire…

— Tu ne m'avais pas parlé de lui, jusqu'à présent…, marmonna-t-il, incapable de réprimer une nuance de reproche. Quand as-tu rompu ? Pendant que tu pleurais sur mon épaule ?

— J'ai rompu environ une semaine avant de te rencontrer, répondit-elle en le toisant, dans un mélange de défi et de méfiance.

Mark reprit ses distances.

— Qui c'est, ce type ? Et pourquoi as-tu rompu, au juste ?

— Il s'appelle Craig. Craig De Young. Dr Craig De Young, si tu veux tout savoir.

— Je vois…

— Qu'est-ce que tu vois, au juste ? Ce n'est pas parce qu'il est médecin que j'ai refusé de l'épouser, si c'est ce que tu sous-entends.

— Possible. A l'inverse, je serais tenté de dire que ce qui t'a attirée en lui, au départ, c'est sa profession.

— Pas du tout !

Elle laissa échapper un soupir exaspéré.

— Bon. Si tu y tiens… Il me faisait penser à mon père. Tu es content ? C'est une raison géniale pour sortir avec un homme, tu ne trouves pas ? Il est remarquablement intelligent et… et c'est un type bien, conclut-elle d'un air malheureux. Ce qui me dérangeait, c'était son détachement. Quand je me mettais en colère, il restait calme. « Je m'efforce d'être juste, disait-il. De comprendre ton point de vue »… J'aurais préféré, et de loin, qu'il casse quelque chose… Ça m'aurait montré que notre relation lui importait suffisamment pour qu'il se fiche en boule, lui aussi !

— Certaines personnes sont incapables de laisser transparaître leurs émotions.

— Arrête… J'ai l'impression de l'entendre parler, quand il s'efforçait de me faire entendre raison !

Elle le foudroyait du regard. Sa bouche avait pris un pli boudeur et ses joues étaient enflammées. Elle était à croquer, ainsi, songea Mark. Néanmoins, il jugea plus prudent ne pas le lui faire remarquer.

— Je disais simplement…

— Ne te fatigue pas. Je sais exactement où tu voulais en venir.

Son indignation la quitta et elle poussa un gros soupir.

— Le problème, tu comprends, c'est que je me suis toujours demandé s'il lui arrivait d'éprouver un sentiment quelconque. Une chose est sûre : il n'était pas passionné pour un sou et il n'aurait pas donné sa vie pour moi !

— Je vois, répéta Mark.

De nouveau, elle se raidit.

— Tu as l'air de trouver ça idiot.

Mark sourit d'un air apaisant et lui reprit la main.

— Pas du tout. Tu ne peux pas épouser un homme si tu n'es pas sûre qu'il t'aime. Qu'il t'aime vraiment, j'entends… Et qu'il ne se contente pas de voir en toi une épouse acceptable.

— Exactement. J'étais sûre que tu comprendrais.

— Parce que Emily ne m'aimait pas suffisamment, c'est ça ? demanda-t-il, blessé à son tour.

Les grands yeux noisette de la jeune femme s'arrondirent.

— Pardonne-moi ! dit-elle. Je n'aurais pas dû…

Brusquement, Mark regrettait de lui avoir parlé de sa relation avec Emily. Pourtant, il lui semblait difficile d'avoir une relation honnête avec une femme sans lui exposer les choses telles qu'elles étaient.

— C'est la stricte vérité, de toute façon, acheva-t-il d'un ton faussement détaché.

Elle eut l'air intrigué mais, Dieu merci, ne chercha pas à en apprendre davantage. Puis elle chercha à se rechausser. De toute évidence, elle s'apprêtait à partir.

— J'ai tout gâché en te parlant de Craig, pas vrai ? D'un autre côté, il aurait bien fallu que je le fasse un jour ou l'autre.

— Tout à fait.

Sauf que, maintenant, il allait se poser un certain nombre de questions sur ce Craig De Young. Il aurait aimé savoir quel degré d'intimité Carrie et lui avaient atteint, par exemple, ou s'il lui manquait…

Toutefois, elle avait raison. Ils en avaient assez dit pour la soirée. Et puis, s'il reprenait la jeune femme dans ses bras, il n'aurait pas la volonté de s'en tenir là…

Alors, il siffla Daisy, lui mit sa laisse et raccompagna Carrie jusqu'à sa voiture. Là, il lui ouvrit la portière, et l'embrassa avec un empressement suffisant pour lui faire comprendre qu'il espérait bien la revoir. Et lorsqu'elle fut partie, il prit le chemin du retour, traînant derrière lui une Daisy peu pressée de rentrer.

Une fois chez lui, il monta voir son fils. Il s'arrêta sur le seuil de la chambre et, grâce à la lumière du couloir, regarda tendrement le garçonnet endormi, entortillé dans sa couette.

Mark passa la journée du lendemain à recherche rGary Lindstrom. Le jeune homme ne pouvait pas avoir disparu de la surface de la terre et, même s'il était mort, il y avait une trace de son décès quelque part. Jusqu'à présent, Mark s'en était tenu à la côte Ouest : Gary avait passé son enfance en Californie, et il paraissait logique de penser qu'il ne s'en était pas beaucoup éloigné. Cependant, à moins qu'il ait changé de nom, ce qui, là encore, aurait laissé des traces, il ne se trouvait ni dans l'Etat de Washington, ni dans celui de l'Oregon. Mark n'avait pas retrouvé sa trace en Californie ou dans l'Utah non plus.

Alors ?

Il avait déjà vérifié que le jeune homme ne s'était pas engagé dans l'armée. Et sans numéro de sécurité sociale, les organismes de crédit ne lui seraient d'aucun secours.

En désespoir de cause, il se lança dans une recherche des archives de tous les Etats de l'Union, par ordre alphabétique. Alabama, Alaska, Arkansas, Colorado…

Les heures passèrent, il en oublia de déjeuner.

Lorsqu'il atteignit la lettre N et le Nouveau-Mexique, sa patience fut enfin récompensée.

Gary Lindstrom… L'âge semblait correspondre. En élargissant la recherche, il trouva la trace d'un mariage, suivi d'un divorce, moins de trois ans plus tard. Il ne semblait pas y avoir eu d'enfant. Apparemment, les Chauvin avaient du mal à avoir des relations sentimentales durables. Ce n'était pas très étonnant, cela dit. Après tout, ils avaient été arrachés dès leur plus jeune âge à un environnement stable.

Il appela Suzanne à son travail.

— Mark ? Quelle bonne surprise. Je viens d'avoir Carrie au téléphone. Il paraît que vous avez dîné ensemble, hier soir ?

Il se redressa, faisant craquer sa chaise.

— Ça ne vous ennuie pas, j'espère ?

— Bien sûr que non ! Pourquoi voulez-vous que ça m'ennuie ?

— Parce que vous m'avez engagé pour la retrouver.

— Oui. Et c'est ce que vous avez fait. Je ne vois pas en quoi votre amitié devrait me gêner. Ça ne nous empêchera pas de nous rapprocher.

Elle paraissait sincère et Mark se détendit légèrement.

— Parfait. Je vous appelais pour vous annoncer que j'ai des nouvelles de Luc.

— Vraiment ?

— Je crois l'avoir retrouvé. Le mieux, pour

confirmer qu'il s'agit bien de votre frère, serait de lui téléphoner.

— Vous voulez bien vous en charger ?

— Ça dépend de vous, lui rappela-t-il. La décision vous appartient, vous le savez !

— Faites-le, s'il vous plaît.

— Entendu, dit-il en soulignant le numéro de téléphone qu'il venait de noter. Je vous tiens au courant.

— Merci, dit-elle d'une voix légèrement voilée. Ce serait tellement fantastique, si c'était lui. Vous imaginez, Mark ? Je préviens Carrie ?

Il lui parut inutile de réitérer ses mises en garde habituelles. Elle les avait déjà entendues et, en ce qui concernait Carrie, elles s'étaient révélées totalement superflues.

— Comme vous voulez. Cela dit, ne nous excitons pas… Je ne suis pas sûr à cent pour cent que ce soit lui !

Une fois leur conversation terminée, il composa le numéro de Gary Lindstrom. Une voix revêche lui intima l'ordre de laisser un message après le bip sonore.

Mark passa à autre chose, renouvelant son appel toutes les heures, en vain. Au moment de rentrer chez lui, il glissa le numéro dans son portefeuille.

Heidi et Michaël avaient fait des cookies. Pour le reste, la jeune femme avait prévu des blancs de poulet glacés, des pommes de terre nouvelles saupoudrées d'aneth et une salade de fruits. Décidément, elle les gâtait et, l'espace d'un instant, Mark se demanda si Carrie savait faire la cuisine, elle aussi. Presque aussitôt, cependant, il songea qu'il était un peu prématuré de s'interroger sur ses qualités de ménagère. On ne s'éprenait pas d'une femme pour ses talents de cuisinière !

— Qu'est-ce qui te fait rire, papa ? demanda Michaël.

— Heu… Je pensais à Carrie.

— Tu crois que je lui ai plu ? reprit l'enfant, lui paraissant soudain très vulnérable.

— Bien sûr, bonhomme, répondit-il en souriant, malgré la tristesse qui s'était emparé de lui. Comment pourrait-on ne pas t'aimer ?

Michaël baissa la tête et haussa les épaules.

— J'ai des copains qui ne m'aiment pas !

— Quels copains ?

— Ryan. Il m'a dit que je n'étais plus son copain. Et maintenant, Collin et Jamie jouent avec lui, à la récré. Plus avec moi.

— Vous vous êtes disputés, c'est ça ?

Michaël releva le menton d'un air indigné.

— Il dit que j'aime les filles. C'est même pas vrai ! J'ai juste parlé à Summer et…

— Tu n'as qu'à lui tirer les cheveux, demain, histoire d'impressionner Ryan.

— Tu dis toujours qu'il ne faut pas embêter les filles !

— Je plaisantais, bonhomme ! Bien sûr qu'il ne faut pas lui tirer les nattes. A ta place, j'essayerais plutôt de m'en faire une amie. Qu'est-ce que ça peut faire, qu'elle soit une fille ? Heidi aussi est une fille !

— Mais Ryan est mon meilleur copain !

— Et il ne parle jamais aux filles ?

Le bambin fronça les sourcils.

— Il a une sœur dans la classe supérieure. Des fois, elle vient le voir, dans la cour, avec ses copines.

— Tu vois !

— C'est vrai ! Je pourrais lui dire que lui aussi, il parle aux filles !

— Exactement !

— D'accord ! reprit Michaël d'un ton décidé. Je lui dirai demain. Tu veux un cookie, papa ? Ils sont délicieux.

— Un seul ? J'ai bien l'intention d'en manger plusieurs !

— Moi aussi !

Une fois ses cookies avalés, Michaël demanda à regarder une rediffusion de son feuilleton préféré, donnant ainsi l'opportunité à son père de réessayer le numéro de Gary Lindstrom.

Cette fois, une voix impatiente lui répondit.

— Oui ?

— J'aimerais parler à Gary Lindstrom.

— Et à votre avis, vous parlez à qui, là ?

Ça commençait plutôt mal.

— Monsieur Lindstrom, je suis détective privé à Seattle. Pardonnez-moi, mais je dois d'abord vous demander si vous êtes bien né à Everett, dans l'Etat de Washington et si vous avez été élevé à Bakerfield, en Californie.

Le silence qui s'ensuivit fut si long que Mark crut qu'on lui avait raccroché au nez.

— C'est bien moi, en effet, répondit enfin Lindstrom. Qu'est-ce que vous me voulez ? Je ne dois rien à personne.

— Votre sœur, Suzanne Chauvin, m'a embauché pour retrouver votre trace.

Nouveau silence.

— C'est comme ça que je m'appelais ? Chauvin ?

— Oui. Luc Chauvin.

— Je me souvenais de mon prénom, dit-il d'une voix soudain presque enfantine.

L'instant d'après, cependant, la fraîche intonation avait disparu.

— Pourquoi est-ce qu'elle me recherche ?

— Elle a toujours rêvé de vous retrouver, vous et votre sœur cadette, Line. Vous vous souvenez d'elles ?

— Pourquoi ? Je devrais ? lança-t-il avec une insolence délibérée.

— Pas forcément. Après tout, vous n'aviez que trois ans, la dernière fois que vous les avez vues.

— Autant dire qu'il y a une éternité… Je vais vous dire, monsieur… Je n'ai pas saisi votre nom.

— Kincaid. Mark Kincaid.

— Je vais vous dire, Kincaid. Cette frangine qui veut me voir… Il est trop tard. Je n'ai plus besoin d'elle. Je ne veux pas la connaître. Compris ?

— J'ai parfaitement compris. Si jamais vous changez d'avis…

— Ne comptez pas là-dessus, dit Gary en raccrochant.

— Bon sang ! grommela Mark.

Il avait espéré un épilogue tout différent. Hélas, Gary ne paraissait pas être du genre sentimental et l'instinct de Mark lui disait que s'il décidait un jour de se mettre en rapport avec Suzanne, ce ne serait pas dans un avenir proche. De toute évidence, Gary était un homme aigri, peu enclin à renoncer à sa colère envers sa famille adoptive, envers ceux qui l'avaient donné à l'adoption, envers le monde entier.

On pouvait difficilement lui en vouloir de sa réaction. D'autant qu'en rencontrant ses sœurs, il ne prendrait que davantage la mesure de ce qu'avait été son enfance, comparée à celles des deux filles.

Chapitre 10

— Comme tu vois, on en a vite fait le tour, conclut Carrie en fermant la porte de sa chambre.

— Ne te plains pas, répondit Suzanne. Tu as ton espace à toi ! Moi, après la fac, j'ai été obligée de partager un appartement avec trois amies pendant toute une année. Je dormais sur le canapé du salon… Tu imagines ma joie quand j'ai enfin pu prendre un studio !

— Avoue tout de même que cet endroit n'a aucun caractère, insista Carrie. Moi, ce que j'aime, ce sont les plafonds hauts, les alcôves et les portes dérobées.

— Tu voulais me montrer des photos de toi quand tu étais petite et de tes parents adoptifs, je crois.

Carrie se tendit en entendant l'intonation particulière avec laquelle sa sœur avait prononcé le mot « adoptifs ». Les deux jeunes femmes s'étaient téléphoné une ou deux fois depuis leur première rencontre, et Suzanne accentuait toujours le mot de la même manière. Carrie commençait à en être agacée. Les Saint-John étaient peut-être ses parents adoptifs, mais à ses yeux, c'était papa et maman. Et si elle ne leur avait toujours pas pardonné leur mensonge, ils ne comptaient pas moins.

Toutefois, Suzanne la dévisageait et Carrie eut soudain honte de sa réaction. Elle était trop susceptible. Etant donné les circonstances, il était normal que Suzanne fasse le distinguo entre leurs parents naturels et ceux qui avaient élevé sa petite sœur.

— Je vais chercher l'album. Dis-moi… Tu n'es pas trop secouée, après ce qui s'est passé avec Luc ?

Le masque tomba et Carrie s'aperçut que sa sœur avait les yeux gonflés et la peau constellée de taches rouges. Elle avait pleuré, peu avant son arrivée.

— C'est ma faute. J'aurais dû me mettre à sa recherche bien plus tôt…

Cet aveu de culpabilité totalement injustifiée mit Carrie en colère.

— Tu plaisantes ? Ce n'est pas toi qui as tué nos parents, c'est un chauffard ivre. Et ce n'est pas toi qui as donné Luc à l'adoption, mais Jeanne et Miles. Tu n'avais que six ans, bon sang ! Alors où est-il allé chercher que tu l'avais laissé tomber, hein ? Tu peux me le dire ?

— N'empêche, balbutia Suzanne, les larmes aux yeux, que j'aurais dû essayer de vous retrouver plus tôt, tous les deux. Je voulais le faire, et je me suis laissé avoir par ma propre inertie. A croire… A croire que j'avais peur.

Carrie mit fin à la distance qui s'était installée entre elles en étreignant sa sœur de toutes ses forces.

— Tu ne lui dois rien du tout ! A moi non plus

d'ailleurs. Ta vie a été tout autant gâchée par la mort de nos parents que la nôtre. Luc n'a pas le droit de…

— Je me demande s'il se souvient, interrompit Suzanne, d'une voix lointaine. Quand cette assistante sociale est venue le chercher…

Elle frissonna.

— Tu n'avais que six ans, répéta résolument Carrie.

— Oui. Et si j'avais essayé de vous retrouver quand j'en avais dix-huit, les choses se seraient sûrement passées autrement. Luc est parti de chez lui à seize ans. Il aurait pu venir se réfugier chez moi. Il a peut-être raison lorsqu'il dit qu'il est trop tard…

Elle se dégagea, s'essuya les joues d'un geste rageur et se tourna vers sa sœur, un sourire tremblant aux lèvres.

— Je suis tellement heureuse de t'avoir retrouvée, Carrie… Si j'avais commencé par apprendre que Luc ne voulait pas me voir…

— Oh, Suzanne… ! s'écria Carrie.

De nouveau, les deux jeunes femmes s'étreignirent. Lorsqu'elles se détachèrent l'une de l'autre, Suzanne pleurait de plus belle.

— Je crois que je ferais bien d'aller me passer un peu d'eau sur le visage… Je… Quel gâchis !

Pendant que sa sœur était dans la salle de bains, Carrie arpenta son salon, contournant machinalement la table et les fauteuils. Elle était indignée par l'attitude de Luc. Il aurait au moins pu accepter de parler à ses sœurs. Il n'avait aucune raison de vouloir les blesser !

Son esprit rationnel reprit bientôt le dessus. Si, il avait des raisons de leur en vouloir. Elles n'avaient pas grandi avec le sentiment qu'on s'était débarrassé d'elles comme d'un petit chat de trop. Ça devait être terriblement dur, et elle aurait dû faire preuve de compassion au lieu de le maudire.

D'un autre côté, elle souffrait pour Suzanne. Après tout, c'était elle qui avait passé toutes ces années à entretenir la petite flamme représentant leur famille. Elle qui avait toujours pensé que, d'une manière ou d'une autre, ils se retrouveraient un jour. Et voilà que son beau rêve s'écroulait, parce que Luc était trop aigri ou tout cela lui était égal.

A ce moment-là, Carrie se jura d'être la meilleure sœur au monde. A elle seule, elle comblerait tous les manques.

De sorte que lorsque Suzanne ressortit de la salle de bains, elle l'accueillit avec un grand sourire.

— Ecoute, je crois que, aujourd'hui, nous devrions nous contenter du bonheur d'être ensemble. Qu'en penses-tu ?

— Tu as raison, répondit Suzanne, en souriant avec la même détermination.

Elles firent toutes deux des efforts surhumains pour éviter toute allusion à leur famille ou au passé, pendant le déjeuner. Suzanne la taquina sur son début d'idylle avec Mark. Carrie lui avoua qu'ils avaient rendez-vous le vendredi suivant et finit par lui parler de Craig.

— Tu as bien fait. Pour ma part, je regrette de m'être mariée aussi tôt, fit Suzanne en grimaçant.

— Tu ne m'as pas encore parlé de ton mariage…

— Une catastrophe… On verra ça un autre jour, si tu veux bien.

— Ça a été si terrible que ça ?

— Pour tout te dire, si je pouvais effacer cette période de ma mémoire, je serais une femme comblée, répliqua Suzanne avec une férocité surprenante.

Elles débarrassèrent la table et rangèrent les restes, puis Carrie sortit l'album photos que sa mère lui avait remis à la fin de ses études.

Elle avait redouté ce moment et fut soulagée de voir que Suzanne semblait s'intéresser de près à sa famille.

— Ta mère adoptive me fait l'effet d'une femme charmante ! fit-elle remarquer.

— Elle l'est !

Carrie examina la photo et sentit sa vision se brouiller. Katrina la tenait dans ses bras, souriant avec cet éclat particulier qu'ont si souvent les jeunes mères.

Elle se rappelait avoir demandé, un jour, pourquoi il n'existait aucune photo d'elle lorsqu'elle était tout bébé, avant qu'elle se tienne assise ou sache sourire. Sa mère lui avait parlé de pellicules égarées par le laboratoire, ajoutant même que Julian et elle avaient été fort contrariés par l'incident. A présent, Carrie se demandait comment elle avait pu croire un seul instant à cette explication. Une ou deux pellicules en l'espace de neuf mois quand tous les jeunes parents mitraillent leurs rejetons à tout va, dès la première semaine ?

Ça aurait dû lui mettre la puce à l'oreille… à moins

qu'inconsciemment, elle ait préféré rester dans l'ignorance, bien sûr.

Elle continua de tourner les pages pour montrer à
Suzanne son père, Dragon, quelques amis, sa maison,
sa chambre. Sur certains clichés, elle prenait une leçon
d'équitation, sur d'autres elle se balançait sur un tronc
d'arbre à Alki, skiait à Whistler ou faisait de la voile sur
le lac Washington. Ce qu'elle vit, à travers le regard de
sa sœur, fut l'enfance privilégiée d'une fillette adulée
par ses parents. Elle en conçut un léger malaise. De
toute évidence, Suzanne avait eu un parcours beaucoup
moins heureux et Carrie eut vaguement honte de la
manière dont elle se comportait avec les Saint-John,
ces derniers temps.

Pourtant, elle avait toujours du ressentiment à leur
égard. En plus de se sentir trahie par leur mensonge,
elle avait beaucoup de mal à leur pardonner de l'avoir
adoptée sans son frère. Elle ne le connaissait toujours
pas, et ne le connaîtrait sans doute jamais, mais dès
qu'elle envisageait d'appeler ses parents, l'image d'un
petit garçon apeuré, et s'efforçant de comprendre
pourquoi on voulait bien de sa sœur et pas de lui,
s'imposait à elle. Comment avaient-ils pu faire une
chose pareille ?

— Tiens ! s'exclama Suzanne, la ramenant au moment
présent. C'est le bal des terminales ?

— Oui.

Elle était encore très jeune à l'époque, et avait fait
tout son possible pour être à la hauteur de l'événement.
Elle se revit, enfilant sa robe avec moult précautions

pour ne pas mettre à mal le chignon élaboré que le coiffeur lui avait fait l'après-midi même. Sa mère était entrée, lui avait souri, des larmes plein les yeux et lui avait dit qu'elle était magnifique.

— J'adorais cette robe, répondit Carrie, s'efforçant de repousser ce souvenir.

— Elle est magnifique en effet. Et toi, tu es superbe ! Ton cavalier n'était pas mal non plus, d'ailleurs.

— Je sais. Il était très sympa. Nous étions plutôt amis qu'autre chose et c'est sûrement la raison pour laquelle nous nous sommes tellement amusés, ce soir-là. On n'a pas eu à se poser la question de savoir s'il se passerait ou non quelque chose entre nous.

— Et quand as-tu… ?

Suzanne s'interrompit et porta une main à sa bouche, l'air catastrophé.

— Ce que je peux être curieuse, quand je m'y mets !

— Si je te le dis, tu seras obligée de me faire des confidences, toi aussi.

— Ce qui nous ramènera à ce mari dont je refuse de parler…, répondit-elle en grimaçant. O.K. Une autre fois.

— Pourquoi ? C'était le premier ? demanda Carrie en riant.

Elle était heureuse d'avoir Suzanne auprès d'elle et d'apprendre à la connaître. Elle avait hâte de la présenter à ses amies. A ses parents aussi d'ailleurs. Jusqu'à présent, elle avait toujours partagé avec eux les moments forts de son existence. Accepteraient-ils de faire la connaissance de Suzanne ? Si oui, l'entrevue ne serait pas facile. C'est toujours délicat, de mélanger deux familles.

Comme si elle avait deviné ses pensées, Suzanne referma l'album et se tourna vers sa sœur.

— Tante Jeanne m'a demandé de tes nouvelles.

Carrie la dévisagea un instant sans rien dire.

— Et qu'est-ce que tu lui as dit ?

— Que tu ressemblais énormément à maman. Je lui ai aussi parlé des Saint-John et, conclut-elle en haussant les épaules, je lui ai dit que tu étais sympa, intelligente et célibataire !

— Je vais être obligée d'aller les voir, un de ces jours, tu ne crois pas ?

— J'en ai bien peur, oui.

— Je ne vais pas savoir quoi leur dire... Eux non plus, d'ailleurs.

— Si. J'ai l'impression que tante Jeanne voudrait exprimer ses regrets. Quant à Miles... C'est une autre affaire.

— Tu ne l'aimes pas beaucoup, on dirait !

Suzanne secoua la tête.

— Non. J'ai essayé, seulement...

Elle s'interrompit, avant de conclure d'un ton résigné.

— J'ai essayé.

Bien qu'elle ne soit pas particulièrement pressée d'aller les voir, Carrie éprouvait une certaine curiosité.

— Tu me montreras des photos d'eux, la prochaine

fois ? Et de toi, d'ailleurs. Tu y es allée, toi aussi, au bal de fin d'année ?

— Je ne peux pas te parler de cela sans évoquer tu sais qui, gémit Suzanne.

— Tu plaisantes ? Tu as épousé ton petit ami de lycée ? Tu n'es pas allée chercher bien loin, dis donc !

— J'ai été idiote. Quand je repense à tout ça, je me dis que j'avais un besoin maladif de me sentir aimée. On peut parler d'autre chose ? demanda-t-elle avec une grimace de dégoût.

— C'est toi qui ramène constamment le sujet sur le tapis, fit remarquer Carrie en riant. J'ai préparé du thé glacé, tout à l'heure. Je t'en sers un verre ? Ensuite, tu me parleras un peu plus de nos parents.

Suzanne se leva et la suivit dans la cuisine. Elle s'assit sur un des tabourets alignés devant le comptoir, tandis que Carrie sortait le broc du réfrigérateur et prenait deux verres dans un élément.

— Qu'est-ce que tu veux savoir ?

Carrie se remémora le jeune couple qu'elle avait vu sur les photos.

— Hm… Qu'est-ce qu'ils faisaient, comme métier ?

— Papa était ingénieur. Il travaillait pour Boeing. Maman était vendeuse dans un magasin de tissu. Elle a arrêté à ma naissance. Elle nous cousait tous nos vêtements. Je me souviens l'avoir entendu dire qu'elle aimerait avoir sa propre boutique. Elle adorait les étoffes et elle aurait pu donner des cours de couture.

— C'est de là que t'est venue l'idée d'ouvrir ton magasin de laines ?

— Sûrement, répondit Suzanne avec un sourire triste. Je la regardais coudre pendant des heures. Parfois, quand je lui promettais de faire très attention, elle me laissait épingler les robes. Par contre, c'est tante Jeanne qui m'a appris à tricoter.

— Tu sais aussi coudre ? s'enquit Carrie en leur versant le thé.

— Disons que j'ai une machine. En général, je me contente de faire un peu de raccommodage. Si j'avais une petite fille, ce serait une autre affaire...

Elle se tut brusquement, comme si elle craignait d'en avoir trop dit. Son expression s'était fermée, et Carrie s'interrogea. Elle avait peut-être essayé en vain d'avoir un enfant, quand elle était mariée ou, pire encore, fait une fausse couche... Carrie fut tentée de lui poser la question mais la réserve de sa sœur l'en empêcha et elle se tourna vers elle pour lui tendre son verre.

— Comment étaient-ils ? Drôles ? Extravagants ? Réservés ? Est-ce qu'ils se chamaillaient souvent ?

Les deux jeunes femmes sirotèrent leur thé dans la cuisine, Carrie appuyée contre la porte du débarras, Suzanne de l'autre côté du comptoir. Elle avait quelques souvenirs de Marie poussant ses enfants, sur la balançoire, au parc, courant à perdre haleine pour que le tourniquet aille plus vite, cousant de jolies robes et ne se mettant jamais en colère quand sa fille les salissait.

En revanche, elle se souvenait moins bien de leur père qui semblait travailler sans relâche. Tout ce qu'elle savait, c'est qu'il aimait faire pousser des légumes et qu'il y avait toujours un potager à l'arrière de leurs maisons successives. Un jour, Suzanne l'avait aidé à planter des graines, et elle lui raconta d'un ton rêveur son émerveillement lorsqu'elle avait vu, pour la première fois, des choux de Bruxelles sortir de terre.

— Je me rappelle aussi l'avoir vu chahuter avec Luc. Ou te donner le biberon, quand maman n'était pas là.

— Tu sais s'ils m'ont désirée ? Je veux dire... Ils voulaient vraiment trois enfants ? demanda Carrie, étonnée elle-même par sa propre question.

— Je crois, oui. Du moins ils étaient très heureux, quand maman a été enceinte de toi. Pas moi ! précisa-t-elle avec un sourire narquois. J'avais déjà eu du mal à me faire à l'arrivée de Luc alors un autre bébé...

Son sourire s'effaça, laissant place à un rictus mélancolique.

— Mais maman me répétait que je m'en sortais à merveille avec lui et que cette fois-ci, c'est d'une petite fille que je devrais m'occuper. Plus tard, elle disait que tu avais bien de la chance de m'avoir comme grande sœur. Parce qu'un jour, nous nous raconterions toutes nos petites histoires de garçons...

— C'est un peu ce que nous faisons, non ?

— Un peu, oui, répliqua Suzanne en souriant.

Elle ne parvenait pas à dissimuler sa tristesse néanmoins et Carrie comprit qu'elle se reprochait de ne pas avoir été la grande sœur qu'elle aurait dû être.

C'est à ce moment-là qu'elle eut l'idée de demander à

Mark le numéro de téléphone de Luc. Elle l'appellerait elle-même. Elle lui dirait qu'il se comportait comme un parfait égoïste et qu'il était idiot. Après tout, il avait de la chance que ses deux sœurs souhaitent le voir. S'il ne la saisissait pas très prochainement, elles risquaient de changer d'avis.

Non... Elle n'irait pas aussi loin. D'autant que ce n'était pas vrai. Suzanne voulait voir Luc, s'assurer que tout allait bien pour lui. Par conséquent, ses deux sœurs seraient là pour lui ouvrir les bras, le jour où il choisirait de se mettre en contact avec elles.

Et pour cela, il avait peut-être besoin d'entendre l'une d'entre elles de vive voix.

Elle décida de ne pas parler de sa démarche à Suzanne. A moins que son coup de fil ait l'effet escompté et que Luc fasse le déplacement jusqu'à Seattle pour les voir, bien sûr.

Elle demanderait ses coordonnées à Mark, quand elle le verrait, vendredi soir. Et s'il refusait de collaborer... Eh bien... Elle n'hésiterait pas à cambrioler son bureau. Elle...

— Tu sembles perdue dans tes pensées... On peut savoir ?

— Moi ? Oh... Je me disais que j'aurais bien aimé être là pour te donner des conseils sur les garçons. Même si j'étais plus jeune que toi...

— Ça aurait été bien, oui, fit Suzanne, l'air un peu plus détendu. Enfin... On a toute la vie devant nous, pas vrai ?

— Tout à fait ! répondit Carrie.

Bien qu'il se sente un peu coupable envers son fils, Mark demanda à Heidi de le garder, le vendredi soir, pour pouvoir sortir en tête à tête avec Carrie.

Ce fut une soirée magique. Carrie était resplendissante, dans ce large pantalon de soie qui épousait agréablement la forme de ses hanches et sous lequel Mark devinait le galbe de ses jambes. Elle portait un petit haut sans manches, avec un décolleté en V, devant et derrière. Quand elle marchait devant lui, son regard se posait sur la ligne délicate de sa nuque et de son dos, sur sa peau soyeuse et légèrement cuivrée. En temps normal, le dos d'une femme ne réveillait aucun désir particulier en lui. Il en allait différemment avec Carrie, sans doute parce qu'il rêvait de glisser une main dans ce décolleté. A moins, bien sûr, que ce soit parce qu'il devinait qu'elle ne portait pas de soutien-gorge.

Il aimait la façon dont elle était coiffée, ce soir. D'une manière ou d'une autre, elle avait réussi à dompter ses boucles folles et lui rappelait les garçonnes des années trente.

Bref, il ne pouvait plus le nier : tout en elle lui plaisait.

Ils firent un peu de lèche-vitrines sur la place des Pionniers, pénétrèrent dans un ou deux magasins, dont une immense librairie, et déambulèrent sur la promenade qui longeait le fjord. Ils finirent par entrer dans un restaurant de poisson où ils dégustèrent un excellent saumon à l'oseille. Devant eux, les bateaux glissaient lentement sur le Puget Sound. Carrie et Mark se délectèrent de ce spectacle jusqu'à ce que le soleil soit couché et que les embarcations ne soient plus que de petites lumières, clignotant au loin.

— Je pense de plus en plus souvent à appeler mes parents, déclara-t-elle soudain.

— C'est Suzanne qui t'a décidée ?

— Si tu insinues qu'elle m'a conseillé de leur pardonner leurs erreurs, la réponse est non… En revanche, elle m'a fait remarquer que ma mère avait l'air très gentille, ajouta-t-elle après une petite pause.

Katrina Saint-John ne lui avait pas fait cet effet-là, au téléphone. Cela dit, il la comprenait. Elle avait pris peur et il ignorait comment il aurait réagi lui-même, s'il avait reçu un coup de fil lui annonçant que la mère de son fils souhaitait le voir. D'un autre côté, Carrie avait vingt ans de plus que Michaël… Ça faisait une sacrée différence. Non… La vérité était que Katrina avait paniqué parce que son coup de fil allait mettre fin à un mensonge vieux d'un quart de siècle.

— Alors ? Tu vas les appeler ?

Carrie lui sembla soudain très vulnérable.

— Tu crois que je devrais ?

— Tu finiras bien par le faire… Tu te sens prête ?

— Je comptais sur toi et sur ta grande sagesse pour me le dire…

Elle avait adopté le ton de la plaisanterie mais fut trahie par son regard implorant. Elle attendait bel et bien de lui un certain nombre de réponses à ses questions.

— Impossible. Tu es la seule à savoir ce que tu éprouves. Quant à ma grande sagesse… Je ne compterais pas trop dessus, à ta place.

— Ah bon ? Tu me parais pourtant bien avisé !

— Plus expérimenté que toi sans doute, corrigea-t-il. Comme j'ai réuni plus d'une famille, je sais à peu près ce que les gens ressentent à tous les stades. Cela ne signifie pas pour autant que je sais mieux que les autres comment réagir.

Le visage de la jeune femme était un peu mystérieux, à la lueur des bougies. Ses yeux paraissaient immenses et sa peau encore plus dorée que d'ordinaire.

— A mon avis, dit-elle d'une voix douce, tu en connais davantage sur la nature humaine que tu ne le penses.

— Carrie…

— Allez. Je vais te laisser tranquille, va. En tout cas, en ce qui concerne cette histoire.

Mark avala une gorgée de café.

— Ce… Craig… Il t'appelle, de temps en temps ?

— Pour me supplier de revenir sur ma décision ? Tu plaisantes ? Il doit attendre que je retrouve la raison et que je m'aperçoive que nous sommes faits l'un pour l'autre. A moins bien sûr, qu'il ne se soit fait alpaguer par une petite infirmière… Après tout, il est plutôt bel homme et on doit commencer à savoir qu'il est libre, à l'hôpital !

— Ça n'a pas l'air de t'émouvoir outre mesure !

— Je préfère de loin être ici avec toi… Tu vois… Je me suis bel et bien rendue à la raison.

— Je suis très flatté ! dit-il en soulevant sa tasse.

— J'espère bien !

La lueur des bougies venaient de lui révéler une fossette sur la joue de la jeune femme. Il mourait d'envie de l'effleurer du doigt… Ou de faire rire Carrie, un jour où sa bouche serait posée sur sa joue, pour pouvoir sentir le petit creux se former sous ses lèvres.

Il fut soudain alerté par tous ces fantasmes. Etait-il en train de tomber amoureux ?

Et alors ? Tant mieux si le fait d'être auprès de Carrie lui faisait oublier Emily. Tant mieux si sa colère diminuait.

C'était du passé, après tout !

Il fit signe au serveur et sortit son portefeuille de sa poche. Quelques minutes plus tard, ils longeaient de nouveau la rivière pour regagner l'endroit où il s'était garé. Soudain, la sirène d'un ferry retentit dans la baie. Le bruit, strident, fit sursauter Carrie et Mark lui posa une main dans le dos.

— Tu frissonnes. Tu as froid ?

— Un peu, dit-elle. Nous ne sommes qu'au mois de mai, après tout.

— Viens là, murmura-t-il en lui ouvrant les bras.

Carrie se pelotonna contre lui et il referma le bras autour de ses épaules nues. Elle était petite et ses formes épousaient son corps à merveille.

— Mm…, murmura-t-elle au bout d'un instant. Tu es tout chaud.

— Et toi, tu sens bon, dit-il en enfouissant le nez dans ses cheveux bruns.

— Shampooing à la lavande. Je n'aime pas le parfum.

— Moi non plus.

Elle huma le cou de Mark et sourit.

— Effectivement… Pas d'odeur d'après-rasage.

— Non. Je suis un dur de dur…

Elle glissa son bras autour de sa taille. Il sentit sa main remonter dans son dos.

— Je jurerais au contraire que tu es un tendre…

Elle avait adopté un ton délibérément sensuel et légèrement moqueur.

— Vous ne seriez pas en train de me draguer par hasard, mademoiselle Saint-John ?

— Vous vous en êtes rendu compte, monsieur Kincaid ?

Carrie se blottit plus fort contre lui et ils marchèrent en silence en direction du viaduc.

Mark et Carrie remontèrent en voiture. Ils traversaient le lac Washington par le pont flottant lorsqu'elle déclara soudain :

— Mark, c'est décidé, je vais appeler Luc, répondit-elle d'un ton presque agressif.

— Qu'est-ce que tu as l'intention de lui dire ?

— Je voudrais qu'il pense un peu aux autres. S'il estime que c'est trop tard, j'aimerais qu'il sache ce qu'un simple coup de fil de sa part représenterait pour Suzanne.

Mark prit le temps de réfléchir à la question.

— Tu en as parlé à ta sœur ?

— Non. Je ne veux pas lui donner de faux espoirs.

— D'accord… J'ai remis le numéro dans le dossier. Je peux t'appeler lundi pour te le donner ?

Elle lui posa une main sur le bras.

— Merci, Mark. Ce coup de fil me tient vraiment à cœur.

Le baiser qu'ils échangèrent sur le seuil de son appartement fut plus passionné que celui de la semaine précédente et Mark ne s'arracha à cette étreinte qu'à contrecœur.

— Tu veux entrer ? Ne serait-ce que pour prendre un café ?

Si elle ne lui avait pas paru aussi hésitante, il n'aurait jamais pu résister. Les choses étant ce qu'elles étaient, toutefois, il jugea qu'ils n'étaient pas encore prêts, ni l'un ni l'autre.

Il porta une main à sa joue, lui effleurant les lèvres du bout du pouce.

— Une autre fois, dit-il. J'ai promis à Heidi d'être de retour pour 23 heures.

— Ah…

Elle paraissait à la fois soulagée et déçue, ce qui semblait contradictoire. Et pourtant… Mark éprouvait la même chose qu'elle.

Elle déposa un petit baiser dans le creux de sa main et recula d'un pas, un sourire d'une grande douceur sur les lèvres.

— Tu ferais bien de te dépêcher, alors ! dit-elle.

— Je te passerai un coup de fil demain.

— Entendu… J'ai passé une excellente soirée, Mark, ajouta-t-elle en rougissant légèrement.

— Moi aussi.

Il avait l'impression d'être retenu sur ce palier par un aimant invisible qui l'empêchait de partir. Mais elle rompit le charme en lui souhaitant bonne nuit et en refermant la porte…

Chapitre 11

Carrie n'était pas d'un naturel timide : il lui était même arrivé d'être taxée d'effronterie. Pourtant ce n'est pas sans une certaine nervosité qu'elle composa le numéro de téléphone de son frère. Et lorsqu'elle entendit son annonce laconique, sur le répondeur, elle fut si soulagée qu'elle comprit à quel point cette démarche l'avait angoissée. Elle hésita à laisser un message. Cela lui aurait permis de dire ce qu'elle avait sur le cœur sans les mettre dans l'embarras, l'un ou l'autre. Toutefois, lorsque le bip se déclencha, elle était toujours paralysée par l'indécision et elle raccrocha sans avoir rien dit.

Agacée par ses atermoiements, elle songea : « Tant pis ! Je vais l'affronter de vive voix. »

Après tout, que se serait-il passé si Mark n'avait pas réussi à lui parler en personne, s'il s'était contenté de lui laisser un message pour lui annoncer que sa sœur essayait de la retrouver ?

Elle aurait pris cela pour un canular ou pour une erreur. Elle ignorait totalement que les Saint-John l'avaient adoptée et, même si le coup de fil avait éveillé les doutes enfouis en elle, elle n'en aurait pas appelé Suzanne pour autant. Non... Un simple message lui aurait permis d'éviter la confrontation avec une vérité plutôt pénible. Pour faire face, il avait fallu qu'elle y soit obligée.

Aussi attendit-elle une bonne heure en lisant d'un œil distrait les offres d'emploi qu'elle avait mises de côté la veille, puis rappela.

— Allô ! lança une voix bourrue.

Son cœur se mit à battre la chamade. Elle ne s'était pas vraiment attendue qu'il soit chez lui.

— Gary ? Je m'appelle Carrie. Ça rime, ajouta-t-elle avec un pauvre petit rire.

Sa boutade fut suivie d'un silence presque hostile. Alors, elle prit une longue inspiration et se jeta à l'eau.

— Je suis ta petite sœur.

Gary laissa échapper un juron.

— Vous ne voulez pas me lâcher un peu, tous autant que vous êtes ? J'ai déjà expliqué à votre détective que je ne veux rien avoir à faire avec...

Carrie sentit sa nervosité s'évanouir pour laisser place à l'exaspération la plus totale.

— Ne me raccroche pas au nez ! coupa-t-elle sèchement. Je te demande simplement de m'écouter une minute ou deux.

— Je ne te dois rien !

— Non. C'est vrai, tu ne me dois rien. Il n'en reste pas moins que je suis ta sœur. Moi aussi, j'ai été adoptée.

218

Voici ce que je voulais te dire : j'ai fait la connaissance de Suzanne, il y a quelques semaines, et je suis bien contente. Elle s'est toujours reprochée de ne pas avoir été en mesure de nous garder avec elle, à la mort de nos parents. Elle oublie qu'elle n'avait que six ans, à l'époque. Si tu penses qu'il est trop tard pour renouer avec ta famille, je n'y peux rien. Seulement, pour elle, ce serait fabuleux d'avoir l'occasion de te parler ne serait-ce qu'une fois, d'être sûre que tout va bien pour toi. Ce serait… généreux de ta part, conclut-elle après une courte hésitation.

— Vous êtes de parfaites étrangères à mes yeux, lui répondit Gary de sa voix rauque. Restons-en là, ça vaudra mieux pour tout le monde.

Carrie entendit un petit déclic suivi d'un silence éloquent. Il avait raccroché.

Elle leva le combiné à la hauteur de ses yeux et le considéra un instant, sidérée par une telle froideur. Elle envisagea une seconde de rappeler son frère pour lui dire ses quatre vérités, mais c'était inutile. Il ne répondrait pas et si elle lui laissait un message, il l'effacerait aussitôt.

Quel crétin !

Suzanne et elle n'avaient décidément rien à gagner à essayer de se rapprocher de lui. Malheureusement, elle ne pouvait aborder la question avec sa sœur sans lui dire ce qu'elle avait fait. Or, il y avait de grandes chances pour que Suzanne, loin de tomber d'accord avec elle sur la mesquinerie de Luc, se sente encore plus coupable qu'avant. A ses yeux, le fait qu'il préfère rester à l'écart serait une preuve supplémentaire qu'il avait eu une enfance particulièrement difficile.

Elle se hissa sur l'un des tabourets de la cuisine, posa les coudes sur le comptoir, et, le menton dans le creux de la main, réfléchit à la situation.

Malgré tous ses efforts pour lui en vouloir, elle ne parvenait pas à oublier la mine enjouée, les yeux rieurs et les cheveux noirs de Luc, petit garçon, sur les photos que lui avait données Suzanne. Elle essaya de s'imaginer ce qu'il avait éprouvé, quand des inconnus étaient venus l'arracher à son environnement familier et à ses sœurs... Dont une petite sœur qui lui avait à son tour été enlevée par d'autres inconnus.

Si quelqu'un était responsable de son attitude hostile, aujourd'hui, c'était bien les Saint-John. S'ils avaient eu un peu plus de courage, s'ils avaient entrepris de gagner l'affection de ce petit garçon, il aurait eu la même enfance dorée que Carrie. Mieux encore, Katrina et Julian n'auraient pas pu leur mentir : Luc était suffisamment grand pour se souvenir de ses vrais parents.

Carrie aurait tant voulu remonter le fil du temps, changer le destin de son frère. Elle aurait tant voulu lui prouver qu'il faisait une erreur, qu'il n'était pas trop tard pour rencontrer sa famille ! S'il cessait de se comporter de manière aussi stupide, il s'apercevrait bien vite que c'était plutôt sympa d'avoir deux sœurs...

Elle fit la grimace. Pourquoi avoir les larmes aux yeux alors qu'il s'était montré aussi déplaisant ?

Sur ce, elle reprit le téléphone, songeant avec regret

au nombre de fois où elle avait appelé sa mère pour lui confier ses petits soucis. Cela avait bien changé… Enfin… Elle pouvait toujours se tourner vers Mark.

— Alors…, lui dit celui-ci quand il eut décroché. Tu as appelé ton frère ?

— Oui. Et le moins qu'on puisse dire est que je n'ai pas été bien reçue. Certes, je ne m'attendais pas qu'il saute de joie…

Elle lui relata leur conversation, avant de conclure :

— J'ai pensé que Suzanne et moi pourrions lui envoyer l'album photos qu'elle nous a préparé.

— Ecoute, Carrie, ça fait déjà deux fois qu'il nous demande de le laisser en paix. Quel effet ça t'aurait fait, à toi, de recevoir cet album avant d'y être prête ?

— J'aurais été très secouée, reconnut-elle. Peut-être même furieuse.

Mark ne fit aucun commentaire.

— Bon, bon ! marmonna-t-elle. Je n'ai plus qu'à respecter son choix, dans l'espoir qu'il changera d'avis un jour ou l'autre.

— Oh là, Carrie ! Ce ne sont pas des ordres que je te donne mais de simples conseils. Agis comme bon te semble !

— C'est après moi que j'en ai, dit-elle, percevant l'irritation de Mark. Tu as parfaitement raison. J'aurais détesté qu'on exerce ce genre de pression sur moi. Je ne sais pas ce qui m'a pris d'envisager de lui forcer la main.

Mark laissa échapper un petit rire.

— Tu sais peut-être mieux que ton frère ce qui est bon pour lui…

— Parfaitement ! Je le sais ! Nous sommes plutôt sympas, Suzanne et moi. Pourquoi ne nous donne-t-il pas notre chance ?

— Parce qu'il est complètement idiot ?

— Tu lis dans mes pensées. Allez, conclut-elle avec un petit soupir, je t'ai assez cassé les pieds pour ce soir… Va coucher ton fils et dis-lui bonsoir de ma part.

— Si tu venais le lui dire toi-même, demain soir ? Non, ajouta-t-il d'une voix soudain incertaine. Ce n'est pas très romantique de dîner avec un homme et son fils de cinq ans, pas vrai ?

— Tu plaisantes ? Je serais ravie de dîner en votre compagnie à tous les deux.

— Super ! s'exclama Mark. 17 h 30, 18 heures ?

Ils mirent fin à leur entretien et Carrie appela Suzanne. Pas pour lui relater son échange avec Gary, non. Elle éprouvait simplement le besoin impérieux de… lui parler.

Elle trouva Suzanne chez elle, apparemment ravie de l'avoir au bout du fil. Elles discutèrent de choses et d'autres, avant de se mettre d'accord pour aller ensemble au Festival d'Arts du Jardin, le week-end suivant.

Au moment de raccrocher, Suzanne laissa échapper un petit soupir nostalgique.

— C'est drôle, quand le téléphone a sonné, j'ai cru pendant un instant que c'était Luc… Gary, je veux dire. Je continue d'espérer qu'il aura des regrets.

— C'est encore un peu tôt, tu ne crois pas ? répondit Carrie en se mordant la lèvre.

— Je sais. Ça ne m'empêche pas d'attendre son appel. Il a dû… Il a dû réfléchir à tout ça, non ?

— C'est possible. Cela dit, souviens-toi du temps qu'il m'a fallu, à moi, pour accepter de faire ta connaissance. Et nous avons affaire à un homme ! Tu sais comme moi à quel point ils sont orgueilleux et obstinés…

Suzanne éclata de rire.

— *Déterminés*, Carrie. Du moins, c'est ce qu'ils pensent.

— Et nous savons toutes les deux qu'ils se racontent des histoires…

De nouveau, Suzanne éclata de rire.

— C'est si vrai, ce que tu dis… Je te promets de ne pas vivre dans l'attente. Et… je suis ravie que tu m'aies appelée ce soir.

— Moi aussi, répondit Carrie avec douceur. Bonne soirée !

Voilà qu'elle avait un secret pour sa sœur, à présent, songea Carrie. Il faudrait qu'elle lui dise la vérité, quand le moment lui semblera propice.

Elle passa les deux bras autour de ses genoux et poussa un long soupir. Elle ne pourrait jamais se résoudre à avouer à sa sœur que Luc lui avait paru à la fois irrité et indifférent…

D'un autre côté, l'éventualité de ne jamais le rencontrer lui paraissait vraiment trop triste.

Le lendemain, Carrie profita de sa pause déjeuner pour se rendre à l'université de Washington afin de se renseigner sur les programmes de certification des enseignants.

Les cours n'étaient pas d'un coût exorbitant. En revanche, ils avaient lieu dans la journée, ce qui signifiait qu'elle ne pourrait travailler que quelques heures par semaine.

Ça ne lui suffirait pas pour vivre. Ses parents l'auraient volontiers aidée, mais elle ne pouvait tout de même pas aller les voir pour leur annoncer qu'ils étaient pardonnés, avant de leur demander avec son plus joli sourire s'ils pouvaient payer son loyer pendant qu'elle reprendrait ses études !

Elle était consternée par le réflexe qui l'avait immédiatement fait penser à eux, et c'est avec une certaine gêne qu'elle se revit, montrant son album photos à Suzanne. Vraiment, elle avait été très gâtée par la vie.

Alors, soudain, elle comprit que ce désaccord avec ses parents, aussi horrible soit-il, lui faisait sûrement le plus grand bien. Elle ne pouvait plus se mentir : il était temps qu'elle se prenne en mains. Elle devait mûrir et se comporter comme l'adulte qu'elle était devenue, plus comme l'enfant privilégiée qu'elle avait été.

Une autre pensée, tout aussi dérangeante, vint se superposer à la première. Il se pouvait que son instabilité chronique n'ait rien à voir avec son profond désir de ressembler à la fille idéale dont rêvait les Saint-John. Si elle avait tant papillonné entre différents intérêts et différentes carrières, c'était peut-être tout simplement parce que ses parents adoptifs l'avaient trop choyée : après tout, chaque fois qu'elle avait commencé des études ou pris un nouvel emploi, ne s'était-elle pas dit : « Si ça ne marche pas, papa et maman assureront mes arrières, et je pourrais essayer encore autre chose ». Si bien que, faute d'obstacles, pas une seule fois elle n'avait eu le sentiment de trouver sa voie !

Sans le soutien financier de ses parents, elle serait probablement encore infirmière, aujourd'hui, et s'efforcerait de tirer le meilleur parti de son métier, que sa situation lui plaise ou non.

Cela dit, elle avait eu une chance folle d'avoir cent fois le choix !

Elle relut le programme des cours, avec un œil neuf. Elle allait s'engager dans cette voie et faire en sorte, cette fois, que ça marche.

Sans l'aide de ses parents.

Par exemple, elle pouvait suivre les cours à mi-temps, en étudiant une seule matière par trimestre. Sauf qu'à ce rythme-là, il lui faudrait des années pour obtenir son diplôme et, pendant ce temps, elle serait toujours forcée de faire des travaux de rédaction. Berk ! Si elle pouvait trouver autre chose à faire pendant ses études…

Elle rouvrit le journal et passa en revue les offres d'emploi, sans grand espoir. On recrutait un bon nombre de régisseurs d'immeubles, de chauffeurs livreurs, de mécaniciens, de vendeurs… Pour elle ? Non. C'était trop mal payé. On demandait aussi des hôtesses de restaurant, des réceptionnistes… Impossible.

Restaient les hôpitaux. Carrie supporterait peut-être

mieux de travailler en radiologie ou en pneumologie qu'en pédiatrie… Seulement ça lui donnerait l'impression de revenir en arrière au lieu d'aller de l'avant. Autant rester où elle était. Son employeur était satisfait d'elle et le salaire était décent.

Il y avait cependant une autre solution. Elle pouvait se renseigner autour d'elle pour savoir si une de ses connaissances pouvait lui louer une chambre. Cela réduirait considérablement ses frais. Elle vendrait aussi sa voiture et se déplacerait en bus…

Sauf que sa voiture, c'était encore et toujours l'argent de ses parents…

Elle soupira. Etre entretenue par les Saint-John n'avait jamais eu d'importance, à ses yeux, quand ils étaient encore ses seuls parents, le seul père et la seule mère qu'elle ait jamais eus. Certes, ils l'aimaient toujours autant, elle n'avait aucun doute là-dessus, mais, de son côté, elle n'était plus la même, et cela changeait tout. Elle venait de comprendre que, même si leurs différends finissaient par se régler, elle ferait en sorte de ne plus jamais dépendre d'eux financièrement.

Pendant le repas chez Mark, ce soir-là, elle ne cessa de s'émerveiller devant ses qualités de père. Michaël était un petit garçon étonnant, qui lui parut extraordinairement à l'aise, face à une adulte qu'il connaissait à peine. Il la regardait dans les yeux et répondait à ses questions avec un sérieux qui la charma au plus haut point. Et puis elle adorait être assise à même le sol, le museau de Daisy posé sur les genoux.

Ce qui lui plaisait par-dessus tout, cependant, c'était d'être là, auprès de Mark, et de le voir dans son décor plutôt que dans le cadre impersonnel d'un restaurant. Il lui avait promis de l'emmener en planque avec lui, un jour, tout en la prévenant qu'elle s'ennuierait sûrement. Peu lui importait. Elle voulait le voir à l'œuvre, même si cela consistait principalement à se faire tout petit dans une voiture et à ne pas quitter du regard une maison ou une chambre de motel.

Lorsqu'il la raccompagna jusqu'à sa voiture, après dîner, leur baiser s'enflamma rapidement. Elle attira Mark à elle comme si sa vie en dépendait et se plaqua contre son corps. Mark la serra si ardemment en retour qu'elle put sentir combien il la désirait.

Et lorsqu'il la relâcha, ce fut les genoux tremblants qu'elle ouvrit la portière de sa voiture pour se laisser tomber sur le siège.

Le désir se lisait sur le visage de Mark, sur ses traits tirés. Il se tenait devant elle, distant dans la lumière blafarde du réverbère, la main posée sur la portière ouverte.

— Il faut que je rentre, murmura-t-il avec regret.

— Je sais. Je…

Elle prit une longue inspiration et lança le moteur à grand-peine.

— Bonne nuit, Mark.

Il la dévisagea pendant un long moment avant de

227

refermer la portière, recula d'un pas et lui fit un signe de la main.

Carrie s'éloigna. Pourquoi avait-elle hésité à lui demander s'il ne pouvait pas s'arranger pour passer la nuit avec elle ? Elle se sentait fondre, quand elle était dans ses bras. Jamais elle n'aurait cru qu'elle se sentirait un jour aussi désemparée, aussi avide d'être aimée, aussi désespérée…

Un sanglot lui noua la gorge. C'était ça qui lui faisait si peur… L'idée de s'abandonner dans les bras de Mark, de se laisser tout à fait aller.

Elle n'était pourtant pas vierge ! Elle avait eu des amants, et elle aimait faire l'amour !

Elle aimait faire l'amour… Après le baiser qu'ils venaient d'échanger, l'expression lui paraissait faible et décrivait difficilement ce qu'elle aurait éprouvé entre les bras de Mark Kincaid. Il lui suffisait de revoir son visage, au moment où il avait refermé la portière, pour savoir que cette étreinte-là serait différente de toutes celles qu'elle avait connues auparavant. Les deux garçons qu'elle avait fréquentés lorsqu'elle était à l'université étaient encore très jeunes. Quant à Craig, il était trop raisonnable pour déchaîner la passion.

Tandis que Mark…

C'était presque effrayant, d'être désirée à ce point-là.

Plus effrayant encore de savoir qu'elle éprouvait le même sentiment. Et ce n'était pas uniquement physique. Elle avait eu beaucoup de mal à prendre congé, ce soir. Pire. A bien y réfléchir elle devait avouer que son vœu le plus cher était désormais de ne jamais avoir à repartir de chez lui !

D'un autre côté, elle était là, à se demander qui elle était vraiment et ce qu'elle attendait de la vie. Dès lors, comment être absolument certaine que Mark et Michaël ne comblaient pas un vide en elle, un besoin d'être aimée et entourée ? Cela ne signifiait pas forcément qu'elle voulait s'engager jusqu'à…

L'expression consacrée était *Jusqu'à ce que la mort nous sépare…*

Ces mots résonnèrent en elle comme jamais auparavant.

Pourtant, à mi-chemin, elle se reprochait déjà ses rêves d'avenir…

Après tout, Mark ne l'avait même pas encore invitée à partager son lit, alors sa vie… Non. Décidément, elle avait accordé une trop grande importance à ces trois ou quatre baisers qu'ils avaient échangés, et au regard de braise qu'il posait sur elle lorsqu'ils se séparaient.

Quelle expression il avait dans ces moments-là, néanmoins ! Un frisson de plaisir la parcourut et elle songea qu'elle avait au moins eu l'intelligence de comprendre que le Dr Craig De Young ne pourrait jamais lui apporter ce dont elle avait besoin.

Assis sur un tabouret, un peu à l'écart, Mark observait l'ophtalmo qui examinait gentiment Michaël.

Lorsque ce fut terminé, elle se pencha vers lui avec large sourire.

— Bravo, bonhomme ! Tu as été très courageux. Je sais que cette machine fait un peu peur aux enfants… Avoue que ça n'a pas été si terrible que ça, si ?

Michaël secoua la tête.

— Et maintenant, tu vas choisir une monture, avec ton papa et nous te commanderons tes lunettes.

— Ryan m'a dit que j'allais ressembler à une chouette.

Mark se souvint que Ryan était le gamin qui avait laissé tomber son fils sous prétexte qu'il parlait aux filles. Bien qu'il ne l'ait jamais vu, il savait qu'il était venu jouer chez eux, à plusieurs reprises. Il faudrait qu'il demande à Heidi ce qu'elle pensait de lui.

— Aucun enfant ne porte de lunettes, dans ta classe ? demanda le médecin.

Michaël fronçant les sourcils.

— Euh… Si ! Corey… Et Sara, mais ce n'est pas pareil. C'est une fille. Et puis Blake. Il a des lunettes. Sauf qu'il les enlève pendant la récré et elles sont souvent cassées. Un jour, Justin a marché dessus. Il les a complètement écrabouillées.

Le médecin grimaça. Michaël, lui, semblait trouver la chose amusante.

— Et pourquoi les enlève-t-il ? s'enquit Mark.

— C'est sa mère qui lui a dit de les retirer quand il veut chahuter, dans la cour…

La logique même !

— J'ai une idée, intervint l'ophtalmo. Si tu n'en as

pas besoin pendant la récré, tu n'auras qu'à les retirer aussi et les ranger dans ton bureau. Comme ça, elles ne risqueront rien !

Le visage de l'enfant s'illumina.

— Génial ! Et puis comme ça, j'aurai l'air moins bête !

— Est-ce que ta maman porte des lunettes, elle aussi ? Ou des verres de contact ? demanda le médecin en jetant un coup d'œil à Mark.

— Ma maman est morte.

— Oh, fit la jeune femme, atterrée. Je suis vraiment désolée, Michaël.

— Je ne me souviens pas toujours très bien d'elle, reprit l'enfant d'un ton hésitant. Je ne sais plus si elle avait des lunettes.

Il se tourna vers son père d'un air interrogateur, mais Mark n'avait pas envie de se lancer dans des explications.

— Non. Elle n'en portait pas, répondit-il en se levant. Allez, viens. On va essayer de te trouver une monture qui ne te donnera pas l'air bête, comme tu dis.

— D'accord ! répondit l'enfant en sautant de sa chaise.

Il y avait tout un pan de mur consacré aux lunettes pour enfants, dans la partie magasin du cabinet. C'était bien plus que Mark ne l'avait espéré. Quand il était enfant lui-même, ceux qui étaient forcés de porter des lunettes ressemblaient effectivement à des chouettes. Du moins, c'est ce qu'il pensait à l'époque.

231

Michaël lui parut plutôt mignon, au contraire. Cela dit, il n'était peut-être pas très objectif.

— Et voilà ! annonça-t-il lorsqu'ils ressortirent. Qu'est-ce que tu as envie de faire, à présent ? Nous avons l'après-midi devant nous.

— On peut faire une partie de foot ? proposa l'enfant qui sautillait à côté de lui. J'aime mieux ça que le base-ball.

Et lui qui avait été convaincu que son fils voudrait pratiquer son sport préféré… ! Il pensait si souvent à la question de l'adoption, ces derniers jours, qu'il fut tenté de mettre ça sur le compte du fait que Michaël n'était pas son fils biologique. D'un autre côté, les enfants — biologiques ou pas — correspondaient rarement au désir de leurs parents.

Eh bien, soit ! Au diable le base-ball ! Les petits garçons trouvaient sûrement le football plus excitant, de toute manière.

Mark serra l'épaule de son fils.

— O.K. On va passer à la maison chercher le ballon.

Michaël grimpa à l'arrière de la voiture.

— J'aimerais bien me rappeler mieux de ma maman, lança-t-il soudain, tandis qu'il attachait la ceinture de son rehausseur.

Mark s'apprêtait à tourner la clé de contact. Il suspendit son geste et se tourna vers son fils.

— Je sais bien, bonhomme. Seulement, tu étais encore tout petit, quand elle nous a quittés !

— De toute façon, ce n'était pas ma vraie maman, hein, papa ?

— Ça dépend de ce qu'on entend par « vraie ».

Michaël paraissait inquiet, subitement. Il devait sentir qu'il était sur un terrain dangereux. Pourtant, il s'obstina.

— Je ne suis pas sorti de son ventre…

— Exact, répliqua Mark en l'examinant attentivement. Nous avons déjà parlé de tout ça, je crois. Porter un bébé dans son ventre n'est qu'une toute petite partie du rôle d'une maman. L'autre, celle que ta mère a assurée, a consisté à te donner tes biberons, à te changer, à jouer avec toi, à te border dans ton lit et à t'aimer. A cet égard, Emily était ta vraie maman.

Michaël baissa la tête pour éviter le regard de son père et se mit à balancer ses jambes.

— Et mon autre maman ? Elle est morte aussi ?

— Pourquoi tu me demandes ça maintenant ?

— Je t'ai entendu parler avec Carrie de ses parents adop… abod… adoptifs. Alors je lui ai demandé. Elle m'a expliqué que ses parents étaient morts quand elle était petite. Et que c'est pour ça qu'elle a eu un autre papa et une autre maman.

Il releva la tête et étudia avec angoisse le visage de son père.

— C'est pour ça que j'ai eu de nouveaux parents, moi aussi ?

Mark fut terriblement tenté de répondre par l'affirmative. Cela aurait mis un terme à la conversation. C'était le genre d'explication qu'un enfant de cinq ans, surtout quand il était aussi familiarisé avec l'idée de la mort, pouvait comprendre. Il serait rassuré et on n'en parlerait plus.

Mais il ne pouvait pas se résoudre à mentir. Pas maintenant qu'il connaissait Carrie et son histoire.

— Non, reconnut-il à regret. Tes parents de naissance ne sont pas morts.

Michaël le dévisagea un instant avec stupéfaction.

— Bah alors ? Pourquoi est-ce qu'ils ne m'ont pas gardé ?

Mark regarda autour de lui. Le lieu était vraiment mal choisi… Il était obligé de se dévisser le cou, là, sur le parking du cabinet médical, pour avoir avec Michaël la discussion la plus importante de leur vie.

Encore une fois, pourtant, il eut le réflexe de ne pas remettre la conversation à plus tard. S'il voulait que Michaël grandisse sans trop de complexes, il devait lui dire que l'adoption était un phénomène courant, reconnu, formidable, même — et surtout que le petit garçon n'était coupable de rien.

— L'agence par laquelle nous sommes passés, ta maman et moi, ne nous a pas dit grand-chose sur ton père. Ta mère est tombée enceinte par accident et elle était extrêmement jeune. Elle n'avait que seize ans, lorsque tu es né, tu comprends. Elle n'avait même pas passé son bac.

Il s'interrompit, jeta un coup d'œil sur le parking.

— Tiens… Tu vois cette jeune fille, là-bas, près du râtelier à vélos ? Avec la dame qui semble être sa mère ?

Michaël hocha la tête.

— Ta vraie maman avait environ cet âge-là. Elle ne se sentait pas capable de bien s'occuper de toi. Alors, elle a préféré te donner la chance d'avoir le foyer et la famille qu'elle était trop jeune pour t'offrir. Et nous, nous étions ravis de t'avoir.

— Tu crois que je lui manque ? demanda l'enfant d'une toute petite voix.

— Oui. J'en suis sûr. Et qui sait ? Quand tu seras plus grand, nous pourrons peut-être la retrouver ? Pour qu'elle voie que tu vas bien !

Michaël acquiesça solennellement.

— D'accord. Mais pas tout de suite, hein ? Quand je serai plus grand…

— Non. Pas maintenant. Plus tard, bonhomme.

— Alors c'est d'accord… On a encore le temps de jouer au football ? enchaîna le petit garçon. Parce que j'ai vraiment envie d'en faire une partie.

— Pas de problème, répliqua Mark, rassuré.

Le vendredi suivant, comme prévu, Carrie passa la soirée avec Mark. Le lendemain, elle accompagna Suzanne au Festival d'Arts du Jardin. Il se tenait dans le parc d'Everett et les exposants avaient installé leurs camionnettes autour de la pelouse centrale, à l'ombre des plus grands arbres.

Les pépiniéristes présentaient des plantes extra-ordinaires et les artistes exhibaient de surprenantes pierres de gué, faites à partir de porcelaine brisée et assemblées selon des schémas étonnants. Carrie admira aussi des statuettes d'extérieur, des bancs de bois flotté et de petites créatures fantasques en fer rouillé. Une fois de plus, elle regretta amèrement de ne pas avoir de jardin.

Cela viendrait un jour. Promis.

Elle ne cessait de voir des objets qui auraient plu à sa mère. Elle savait, par exemple, que Katrina recherchait depuis un bon moment une nouvelle table à rempoter ; or, un adorable vieux couple en vendait plusieurs. Elle prit leur carte pour sa mère. Dans une des pépinières, elle découvrit une nouvelle espèce de roses thé et se demanda si sa mère en avait entendu parler…

Puis elle fit l'emplette d'un splendide pot en céramique, avec des anses en fer forgé, et rempli de plantes dont les feuilles allaient du vert tendre au crème. Elle avait déjà des géraniums en pots sur son petit balcon, mais ce pot était beaucoup plus original.

Quant à Suzanne, elle se laissa tenter par des plantes rares, et par une vasque qu'elle projetait d'accrocher sous son avant-toit pour les oiseaux.

— Quelle bonne journée nous avons passée ! s'exclama-t-elle sur la route qui les ramenait à Edmonds. Je suis vraiment contente que tu sois venue… Encore que j'aurais sûrement dépensé moins d'argent si tu n'avais pas été là pour m'encourager… Enfin… On n'a qu'une vie, non ?

— Allez, répliqua Carrie sur le même ton taquin. Avoue que c'est exactement pour cela que tu m'as proposé de t'accompagner… Pour que je te pousse à la consommation et que tu puisses me reprocher ta propre extravagance…

Suzanne éclata de rire.

— Il te faudrait vraiment un jardin !

— C'est exactement ce que j'étais en train de me dire, rétorqua Carrie en grimaçant. Malheureusement, ça n'en prend pas le chemin. Je t'ai dit que j'envisageais de reprendre mes études ?

— Oui, fit Suzanne en lui jetant un regard en coin.

— Eh bien, si je veux pouvoir les financer, je vais être obligée de chercher une chambre à louer. Je ne peux pas dire que l'idée de partager un toit m'emballe outre mesure, mais pour un an, je n'en mourrai pas !

— Certes. Cela dit, ça ne doit pas être facile, quand tu es habituée à vivre seule… Tu ne veux pas avoir trop de trajet à faire, je suppose, ajouta-t-elle après une légère hésitation.

— Du trajet ? Quel trajet ? demanda Carrie, perplexe.

Suzanne hésita de nouveau avant de répondre.

— Je me disais…

Elle hésita et termina sa phrase d'une seule traite.

— Je me disais que tu pourrais venir t'installer chez moi.

— Tu parles sérieusement ? s'exclama Carrie en se tournant sur son siège pour regarder sa sœur. Ça ne te dérangerait pas ?

Suzanne la gratifia d'un sourire radieux.

— Au contraire ! Je serais ravie de t'avoir auprès de moi. Comme tu l'as vu, j'ai une chambre d'amis, et ça nous permettrait de rattraper le temps perdu… On pourrait s'échanger nos vêtements, se taquiner sur nos affaires de cœur et râler à cause du boulot !

L'idée était séduisante.

— Ouah ! Vraiment ? Tu es sérieuse ?

Suzanne la regarda d'un air contrit avant de se concentrer de nouveau sur la route qui s'étalait devant elle.

— Pour être tout à fait honnête, je cherchais un moyen de t'inviter à passer un peu de temps chez moi. Je sais que tu cherches un autre travail et je m'étais dit que tu aurais peut-être plus de chance en t'éloignant de la ville.

Carrie s'apprêtait à demander quand elle pouvait s'installer lorsque Suzanne lui posa la question fatidique.

— Tes parents adoptifs n'y trouveront rien à redire, si ?

De nouveau cette façon particulière de prononcer le mot « adoptifs ». Carrie avait beau essayer de ne pas s'en émouvoir, elle n'y parvenait pas. Du coup, elle répondit avec beaucoup plus de circonspection qu'elle ne l'aurait fait une minute plus tôt.

— Franchement, je n'en sais rien. Je vais réfléchir, d'accord ?

— Je comprends, répondit Suzanne. Je me suis dit que c'était le moment ou jamais de te faire cette proposition.

— C'est très gentil de ta part. Je te remercie.

Carrie détourna les yeux. Elle repensa au festival, aux joyeux échanges qu'elle avait entendus autour d'elle, à la joie de Suzanne — mais, surtout, au nombre incalculable de choses qu'elle aurait voulu pouvoir montrer à sa *mère*. Oui, malgré tous les agréments de la journée, elle éprouvait un immense sentiment de vide.

Sa mère lui manquait. Ses parents lui manquaient.

Enormément.

Tellement qu'elle comprit que le moment était venu de leur donner l'opportunité de s'expliquer sur leurs choix. Il était temps qu'elle mette fin à son silence, qu'elle grandisse et qu'elle accepte l'idée que si les Saint-John n'étaient pas parfaits, cela n'effaçait pas l'amour qu'ils lui portaient.

Chapitre 12

Les pneus de la Miata crissèrent sur le bitume. Pour une fois, Carrie roulait lentement et elle s'arrêta en prenant soin de ne pas projeter de gravillons sur la pelouse impeccable qui bordait l'allée.

Les portes du garage étaient fermées, de sorte qu'elle ne pouvait savoir si son père était déjà de retour. C'était normalement le cas, à cette heure-ci, d'autant que s'il avait tenu compte des conseils de sa femme, il avait dû réduire ses horaires de travail. Carrie avait parié sur le fait qu'ils seraient là, tous les deux, en cette belle soirée de juin. Elle avait essayé de les appeler, la veille — en vain. Comme ils sortaient rarement en semaine, elle avait décidé de se rendre chez eux à l'improviste.

Elle sortit de voiture et prit le temps de contempler la roseraie de sa mère, ainsi que la vue majestueuse sur Elliot Bay et, au-delà, Seattle. Les roses thé étaient en fleur et leur parfum capiteux montait jusqu'à elle. Au printemps dernier, Katrina avait planté des alysses le long des allées et elles formaient à présent de magnifiques haies couleur lavande. Carrie songea avec indulgence que, selon son habitude, sa mère avait veillé à ce que les buissons n'empiètent pas sur les rosiers.

Elle s'avançait vers l'entrée lorsqu'elle eut la surprise de voir apparaître son père sur la terrasse.

Il sortit, fit quelques pas et referma la porte derrière lui.

— Papa ! s'écria-t-elle.

Elle constata avec effroi qu'il avait beaucoup vieilli. Il avait l'air sévère, plus voûté que dans son souvenir, et ses traits fins lui parurent aussi anguleux que ceux d'un patriarche.

Au lieu de parcourir les quelques mètres qui les séparaient, comme elle s'y attendait, il resta sur le perron.

— Comment oses-tu ? lança-t-il d'un ton glacial. Tu sais ce que tu as fait à ta mère ? Et tu te permets de venir jusqu'ici, comme ça ? Tu crois que tu peux faire un saut quand l'envie t'en prend ?

Son visage exprimait quelque chose de si proche de la haine qu'elle en eut le souffle coupé.

— Je… Ce n'est pas ce que je voulais…

Sa voix faiblit et elle porta une main à sa bouche.

— Maman ! Elle n'est pas malade au moins ! Ou… Ou…

— Tu lui as brisé le cœur. Après tout ce que nous avons fait pour toi…

En plus de la haine, il y avait du mépris dans sa voix.

Le sentiment de vide qui s'était installé en elle se creusa dramatiquement. L'air parut vibrer et tout tourna autour d'elle. Soudain, son père lui devenait étranger.

— Tout ce que vous avez fait pour moi ? répéta-t-elle, médusée.

Son existence tout entière se résumait donc à ça… ? Ses parents l'avaient adoptée et, en retour, ils attendaient d'elle qu'elle soit parfaite, qu'elle les aime d'un amour inconditionnel ? C'était un contrat tacite, que personne n'avait jamais formulé tant qu'elle était dans l'ignorance. Mais, aujourd'hui, son père semblait penser qu'elle aurait dû le comprendre plus tôt.

— La voiture vous appartient, s'entendit-elle dire d'un ton qu'elle peinait à reconnaître elle-même.

Elle laissa tomber les clés à ses pieds puis, sans prendre le temps de vérifier si elle avait laissé quoi que ce soit dans le véhicule, elle tourna les talons et redescendit l'allée.

Elle entendit des bruits de pas derrière elle.

— Carrie…

Mais elle ne se retourna même pas. Elle était totalement anéantie.

C'est avec une grande lassitude que Mark poussa la porte de chez lui. Il avait passé une soirée infructueuse à suivre un mari que sa femme soupçonnait d'adultère. L'homme en question l'avait promené de magasin en magasin, au point que Mark commençait à se demander s'il n'avait pas été repéré. Si c'était le cas, tous deux jouaient à présent au chat et à la souris. On ne passait pas des heures dans une quincaillerie pour ressortir sans avoir rien acheté !

— Papa !

Il prit l'enfant dans ses bras, le serra contre lui et se sentit revigoré.

— Merci, Heidi, dit-il. C'est gentil d'être restée aussi tard. Je ne sais pas ce que je ferais sans toi !

Heidi partit d'un rire joyeux.

— Oh ! Tu trouverais quelqu'un d'aussi compétent, je suis sûre. Encore que… Après mûre réflexion, tu as raison. Je ne connais personne d'aussi fantastique ni d'aussi drôle que moi. Qu'en dis-tu, Michaël ?

— Tout à fait d'accord ! répondit aussitôt le gamin.

— Ou qui sache aussi bien cuisiner ! ajouta Mark qui venait de sentir le fumet s'échappant de la cuisine. Je ne sais pas ce que c'est, mais j'espère qu'il en reste !

— Oui. Dans le four à micro-ondes. Tu n'as plus qu'à faire réchauffer ton assiette. C'est encore tiède. Deux minutes devraient suffire.

— C'était vraiment bon ? chuchota Mark à l'oreille de son fils, juste assez fort cependant pour que Heidi puisse entendre.

— Oui…

L'enfant jeta un petit coup d'œil en direction de la jeune femme avant de murmurer :

— Sauf les champignons… Je les ai laissés. C'est dégoûtant, les champignons.

Heidi leva les yeux au ciel.

— Ce n'est pas ce que tu m'as dit, la dernière fois que j'ai fait un bœuf Strogonov !

— Ryan m'a dit que les champignons poussaient sur du moisi.

— Si ma mémoire est bonne, rétorqua Heidi, Ryan est le petit garçon qui ne mange rien d'autre que du beurre de cacahuète et du pain !

— Il aime aussi la pizza.

— C'est ça…, dit-elle d'un ton taquin. Que des mets diététiques !

— Ryan ne…

La sonnette retentit, les faisant sursauter tous les trois. Mark reposa immédiatement Michaël en se demandant qui cela pouvait bien être, à une heure aussi tardive.

Le crépuscule était tombé enveloppant tout d'une lueur violette. Fort heureusement, il avait laissé la lumière de la terrasse. A travers le judas, il aperçut Carrie et, malgré la distorsion du verre, il vit immédiatement qu'elle n'était pas dans son état normal. Il laissa échapper un juron et ouvrit la porte.

Elle se tenait là, sur le seuil, le visage blafard et chancelant, au point qu'il craignit qu'elle s'effondre. Ses bras étaient serrés autour de sa poitrine, comme si elle était blessée.

— Carrie ! s'exclama-t-il s'avançant vers elle. Qu'est-ce qui t'arrive ?

Elle se laissa entraîner à l'intérieur sans résistance. Heidi et Michaël la dévisagèrent.

— Carrie ? répéta Mark, d'un ton plus pressant. Qu'est-ce qui t'arrive ? Réponds-moi, bon sang !

Elle frissonna, sembla chercher l'air.

— Mes parents… Ils… Ils ne veulent plus de moi. Mon père…

Son corps menu fut secoué par un énorme sursaut.

— Il m'a dit… des choses…

Mark laissa échapper un mot qu'il n'aurait jamais prononcé devant son fils en temps normal, et la prit dans ses bras. Elle resta contre lui, rigide, toujours secouée par de petits frissons.

Il entreprit de la rassurer en lui parlant, tout en lui frottant le dos pour réchauffer son corps transi.

La voix de Heidi s'éleva derrière eux.

— Mark ? Tu ne veux pas que je remmène Michaël avec moi, ce soir ? Il adore dormir à la maison, et je n'ai rien de prévu. Je l'accompagnerai à l'école demain matin et…

Carrie se détacha de Mark.

— Je suis navrée. Je croyais que c'était le soir que Michaël passait avec ton père. Je n'aurais pas dû venir…

Mark lui glissa un bras autour de la taille.

— Ne dis pas de bêtises. Tu as très bien fait. Mon père n'a pas pu prendre le petit aujourd'hui, mais ce n'est pas un problème. Heidi, ça ne te dérange vraiment pas ? Et toi, Michaël ?

L'enfant avait les yeux grands ouverts et semblait effrayé. Il secoua énergiquement la tête et prit la main de sa baby-sitter.

— Nous allons monter pour préparer son sac, déclara-t-elle calmement.

— Merci, murmura Mark.

Elle lui répondit par un simple hochement de tête.

Mark guida Carrie jusqu'à la cuisine, la fit asseoir sur un tabouret et mit de l'eau à bouillir pour lui préparer un thé réconfortant. De toute évidence, la jeune femme était en état de choc.

Il revint vers elle et prit ses deux mains entre les siennes.

— Que s'est-il passé, ma belle ? demanda-t-il d'une voix douce.

— Je… Je n'aurais pas dû venir. Je n'ai pas pu t'appeler. J'ai laissé mon portable et ma veste là-bas, et il m'a fallu un temps fou pour venir en bus. J'ai dû changer deux fois.

Elle avait laissé son portable… Où ? Chez elle ? Dans ce cas, pourquoi ne l'avait-elle pas appelé de son appartement ? Et pourquoi était-elle venue en bus ?

— Tu as vu tes parents ? Qu'est-ce qui s'est passé ?

Elle hocha la tête en pleurant.

— Et ? Ils ne sont pas contents, c'est ça ?

Les larmes coulaient sur ses joues sans retenue.

— Papa… Mon père… Il est sorti et m'a accusée d'avoir brisé le cœur de ma mère. Et… il m'a demandé… comment j'osais revenir, après ça, et après tout ce qu'ils ont fait pour moi.

Mark perdait rarement son sang-froid. Pourtant il sentit la colère monter.

— Tout ce qu'ils ont fait pour toi ? répéta-t-il, incrédule.

La souffrance qu'il lisait dans les yeux de Carrie l'atteignait au plus profond de son être.

— Il était furieux, reprit-elle faiblement. A l'entendre, on aurait cru qu'ils m'avaient achetée, comme un vulgaire jouet. J'avais des parents et tout ce que je voulais. En contrepartie, ils avaient… Je ne sais pas… Une petite fille obéissante et bien élevée… Un bibelot qu'on exhibe. Une chance de pouvoir jouer au papa et à la maman.

D'un naturel plutôt calme, Mark sentit ses poings se crisper. Il aurait volontiers frappé Julian Saint-John, histoire de lui remettre les idées en place. Cependant, il se domina et s'obligea à parler d'un ton calme.

— Il n'en pensait pas un mot, tu le sais Carrie. On dit n'importe quoi, quand on souffre.

Elle le dévisagea un instant, presque sans le voir.

— Je me suis sentie tellement… minable. J'ai eu l'impression de m'être servie d'eux mais aussi d'avoir été manipulée !

— Ce sont tes parents, Carrie. Ce qu'ils t'ont donné, ils te l'ont donné par amour.

— Tu crois vraiment ?

Il lui frictionna les bras. Elle était frigorifiée.

— Bien sûr. Et tu le sais… Tout comme tu sais qu'ils t'aiment !

Elle secoua la tête. Visiblement, elle n'en croyait pas un mot.

Mark attrapa une serviette sur le comptoir et profita

de ce que Carrie séchait ses joues pour s'occuper du thé. La bouilloire sifflait. Il sortit une tasse du placard, mit une cuillère de miel et un sachet de thé dedans, et y versa de l'eau bouillante.

A l'instant même où il reposait la bouilloire, Heidi et Michaël apparurent sur le seuil de la cuisine.

— On y va, déclara la jeune femme.

— Entendu. Merci !

Il traversa la pièce et prit son fils dans ses bras.

— Amuse-toi bien, bonhomme, dit-il en l'embrassant. Et ne fais pas la java toute la nuit. Heidi a besoin de se reposer, elle aussi.

L'enfant le gratifia d'un petit rire excité.

Dès que Heidi et Michaël furent partis, Carrie s'effondra pour de bon. Avachie sur son tabouret, elle plongea la tête dans ses mains.

— Je suis vraiment désolée. Michaël a l'air bouleversé. J'ai agi sans réfléchir. C'est vraiment bête de ma part. Je… Je ne savais pas où aller.

Mark la saisit à bras-le-corps et l'obligea à lever les yeux vers lui.

— Ne dis pas de bêtises. Tu as très bien fait de venir jusqu'ici.

— Ça… Ça ne t'embête vraiment pas ?

— Pour tout t'avouer, j'aurais été mortifié que tu ne penses pas à moi.

Plus confiante, subitement, elle posa la tête sur son épaule et se laissa aller.

Il la berça, sentant son corps se détendre au fur et à mesure que son angoisse diminuait.

— Bois ça. Ça te réchauffera.

Carrie laissa échapper un soupir, se redressa légèrement et avala une gorgée du liquide brûlant. Petit à petit, son visage reprit des couleurs. Lorsqu'elle eut terminé, Mark lui retira la tasse de la main.

— Tu as déjà meilleure mine, déclara-t-il en lui prenant le menton.

— Je me sens beaucoup mieux... Et encore plus idiote de m'être donnée en spectacle. Ma mère...

Elle s'interrompit, ferma les paupières et déglutit péniblement.

— Ma mère me disait souvent que j'étais une sacrée comédienne, poursuivit-elle dans un murmure. Je croyais que ça m'était passé...

— Tu as subi un traumatisme, Carrie. Il me parait normal que tu réagisses avec une certaine violence. Viens. Allons nous installer dans le salon. Nous serons plus à l'aise et tu pourras me raconter ce qui s'est passé, exactement.

Les joues de Carrie s'empourprèrent légèrement.

— Ne me parle pas comme ça..., dit-elle.

Mark comprit ce qu'elle voulait dire : elle se sentirait beaucoup mieux s'il cessait de la traiter comme un oiseau blessé...

— O.K.

— Et prends le temps de dîner comme tu t'apprêtais

à le faire juste avant que je ne débarque…, ajouta-t-elle avec un petit sourire.

Mark jeta un coup d'œil dans le four. Une assiette de bœuf Strogonov sur un lit de tagliatelles l'attendait. Il mit le four en route et alla se chercher une bière et des couverts. Carrie se versa un verre de lait et ouvrit la boîte de cookies qui trônait sur le comptoir. Elle en prit un, le goûta du bout des lèvres et sourit.

— Délicieux ! Tu n'as jamais songé à épouser Heidi ?

— Elle est déjà fiancée, répondit-il un peu sèchement.

— Son fiancé a bien de la chance !

— Je dois dire que Heidi est une perle.

Le four se mit à sonner et Mark alla poser son assiette sur la table. Carrie le suivit et s'assit face à lui, son verre de lait devant elle.

— Alors, raconte… Tu es donc passée voir tes parents…

— Oui. J'ai pensé que, quand nous serions face à face, les mots nous viendraient naturellement.

Elle essaya de sourire.

— En fait, c'est peut-être ce qui s'est passé pour mon père… Mon père *adoptif*, comme dit Suzanne. Elle a cette manière de prononcer ce mot…

— Ça t'agace ?

— Un peu, oui. Rien de sérieux, ajouta-t-elle. Je suis descendue de voiture, poursuivit-elle en se mordillant la lèvre, j'ai admiré les roses de maman, et je me dirigeais vers la porte d'entrée lorsque papa est sorti. J'ai commencé à me poser des questions parce qu'il avait l'air vraiment furieux…

Sa voix se brisa. De nouveau, elle déglutit pour se débarrasser de la boule qui lui obstruait la gorge.

— Il m'a demandé comment j'osais… Venir les voir, je suppose… Il m'a dit qu'après ce que j'avais fait à maman, j'avais du toupet de m'imaginer que je pouvais passer, comme ça, à l'improviste. Je lui ai demandé si maman était malade, et il m'a répondu que je lui avais brisé le cœur… après tout ce qu'ils ont fait pour moi, tous les deux…

Ces mots ! De nouveau, Mark sentit la colère monter en lui. Il fit de son mieux pour la dissimuler.

— Vous vous êtes disputés ?

— Je ne me souviens pas très bien. Tout ce que je sais, c'est que j'ai laissé tomber mon trousseau de clés, que je lui ai dit que la voiture leur appartenait, et que je suis partie. J'ai marché jusqu'à l'arrêt de bus de l'avenue McGraw… J'ai attendu un bon bout de temps dans le froid… et je suis redescendue à Seattle.

Elle s'interrompit.

— Je crois, reprit-elle d'une voix brisée, je crois qu'ils m'ont reniée.

Mark ne connaissait pas les Saint-John. Le seul contact qu'il avait eu avec eux avait été des plus déplaisants. Ils s'étaient montrés arrogants, possessifs, dominateurs. Mais il avait mis leur attitude sur le compte de l'angoisse.

Car, par sa nature même, Carrie semblait démentir ces mauvaises impressions. Elle n'aurait pas été la jeune femme qu'elle était, sans des parents aimants, patients et capables de lui apporter leur soutien dans n'importe quelles circonstances.

— Je ne pense pas qu'ils te renient, répondit-il en secouant la tête. Les gens disent vraiment n'importe quoi, sous le coup de la colère. Ça ne t'est jamais arrivé, à toi ?

Elle fronça les sourcils et parut réfléchir sérieusement à la question. Au bout de quelques secondes, elle laissa échapper un long soupir.

— Je n'ai jamais été suffisamment en colère pour ça. Du moins jusqu'à ce que je comprenne que tu me disais la vérité, et qu'eux... eh bien... ils m'avaient menti toute ma vie. Alors... Non... Jusque-là, je...

Elle ne termina pas sa phrase et Mark en déduisit qu'elle venait de se souvenir d'un incident.

— Jusque-là...

— Maman m'a accusée d'être cruelle, reconnut-elle lentement et à contrecœur.

— Et c'était le cas ?

— C'est surtout ma franchise qu'elle a trouvée cruelle ! répliqua-t-elle en relevant le menton.

— Tu es sûre que tu n'avais pas l'intention de lui faire du mal ?

Un petit silence s'ensuivit.

— Si... Tu as raison. Je voulais la blesser.

— Tu vois.

— Ce n'était pas pareil.

— Pourquoi ?

Elle ouvrit la bouche mais se ravisa, et Mark lut sur son visage qu'elle cherchait les mots justes.

— Pourquoi est-ce que tu n'as pas essayé de discuter ? demanda Mark.

— Comment ça ?

— Tu aurais pu te défendre, demander à ton père s'il trouvait normal de te présenter la facture. Ou lui faire dire si, vraiment, il te trouvait redevable du temps qu'il a passé à t'aider à faire tes devoirs, par exemple…

— Je… Je ne sais pas…

— Ça t'arrive souvent, d'encaisser les coups sans riposter ?

— Non ! dit-elle, visiblement sidérée. Au contraire ! On m'a souvent reproché mon franc-parler !

— Alors ? Pourquoi n'as-tu pas réagi, cette fois-ci ?

Le regard de Carrie se fit vague, un peu comme si elle s'absorbait dans ses réflexions.

— A mon avis, finit-elle par dire, c'est parce qu'il a frappé là où ça faisait déjà… mal.

Mark attendit patiemment qu'elle approfondisse la question.

— Ces derniers temps, j'ai commencé à prendre conscience de tout ce que mes parents m'ont offert. Ils ont fait preuve d'une générosité et d'un soutien sans faille, même quand je changeais constamment de direction… Et je me suis rendu compte que j'en ai usé et abusé.

Mark continua de la regarder sans rien dire. Ce qu'elle lui décrivait n'était que la surface des choses.

Pas la partie cachée de l'iceberg, celle qui l'avait mise en état de choc.

— Et surtout, depuis que je sais que j'ai été adoptée, je me sens…

Elle hésita, cherchant ses mots.

— Mal dans ma peau, conclut-elle. Je ne sais pas qui je suis vraiment, je ne sais plus où j'en suis… Mes parents ne m'ont pas fait venir au monde. Alors, comment savoir s'ils m'aiment vraiment comme leur fille ? Ils ont tant fait pour moi que je me demande si ça ne cachait pas une incapacité à donner l'essentiel.

Elle frissonna et le regarda enfin dans les yeux.

— A entendre mon père, j'ai eu l'impression de ne pas avoir donné satisfaction. Pourtant, je n'ai pas été une aussi mauvaise fille que ça, si ?

Mark réprima un juron et fut tenté de prendre Carrie dans ses bras pour la bercer, comme tout à l'heure. Il n'en fit rien, cependant. D'instinct, il sentait qu'elle avait besoin d'analyser seule la situation, de manière rationnelle, et pas de se laisser consoler comme un enfant ou un animal blessé.

— J'ai le sentiment que les pères biologiques disent à peu près la même chose à leurs enfants devenus adultes, quand ils sortent de leurs gonds. « Quoi ? J'ai dépensé quarante mille dollars pour que tu puisses faire tes études, tout ça pour que tu fiches tout en l'air ? Quelle ingratitude ! »

— Ce n'est pas tant ça que son *expression*. Tu l'aurais vu ! Je n'aurais jamais cru qu'il puisse me regarder avec une telle haine dans les yeux.

— Je ne suis pas en train de lui chercher des excuses, Carrie. J'essaye simplement de t'expliquer que tu as peut-être réagi un peu trop vivement juste parce que tu es vulnérable, en ce moment.

Elle réfléchit quelques instants en silence et releva la tête, un sourire ironique aux lèvres.

— Tu as sans doute raison. Une fois de plus, tu es la voix de la sagesse.

— Arrête ! rétorqua-t-il d'un ton plus brusque qu'il ne l'aurait voulu.

Elle le dévisagea.

— Qu'est-ce qui te gêne ? On dirait toujours que ça t'exaspère, quand je reconnais tes qualités…

— Je ne suis pas plus sage qu'un autre, crois-moi, reprit-il, s'efforçant de se maîtriser. Ce n'est pas la grand-messe, que je te propose !

« Fort heureusement », songea Mark à cet instant, Carrie n'avait pas l'air blessé qu'il ait haussé le ton. De toute évidence, elle avait compris qu'elle avait touché un point sensible.

— Je peux au moins te remercier de m'avoir écoutée ?

— Oui. Ça, tu peux.

— Alors, *merci*, dit-elle d'une voix brisée par l'émotion. Je suis contente d'avoir pu me tourner vers toi, ce soir.

Cette fois, il se leva et contourna la table pour s'approcher de Carrie.

— Tu peux venir ici quand tu veux.

Elle se leva à son tour et se pelotonna contre lui.

256

— Mark... Je vais être obligée de te demander encore autre chose...

Mark la contempla. Elle était magnifique. Même ainsi, les joues maculées de larmes, les yeux voilés et les cheveux en bataille. Son visage était le plus vivant, le plus expressif qu'il ait jamais vu.

— Je t'écoute..., dit-il distraitement.

— Il faudrait que tu me ramènes chez moi.

— Pas de problème.

Il caressa sa joue. Le sel de ses larmes avait séché, laissant de fins sillons sur sa peau.

— Tout de suite, ou tu veux rester encore un petit peu ?

Il savait qu'il était égoïste. Elle devait être épuisée, après toutes ces émotions, prête à se rouler en boule dans son lit... Et lui, il n'avait qu'une envie : l'embrasser, la toucher...

— Je ne suis pas pressée.

Mais soudain, elle porta une main à sa bouche, l'ai catastrophé.

— Oh, Mark ! s'exclama-t-elle. Mes clés ! J'ai laissé mon trousseau de clés dans le jardin de mes parents !

— Tu n'as pas de double ?

Elle secoua la tête et s'abandonna contre l'épaule de son compagnon.

— Non. Il ne reste plus qu'à appeler la gardienne de mon immeuble... Pourvu qu'elle soit chez elle !

Mark s'éclaircit la gorge.

— Tu peux passer la nuit ici, si tu veux. Tu es la bienvenue et tu le sais.

Il la sentit se tendre légèrement.

— J'ai une chambre d'amis, si tu préfères, ajouta-t-il. Je te déposerai au travail demain matin… Comme ça, tu auras toute la journée pour régler ton problème de clés et trouver un moyen de transport.

Carrie releva la tête.

— Si je *préfère* ? murmura-t-elle.

Mark détourna les yeux. Il ne voulait surtout pas que Carrie ait l'impression qu'il cherchait à profiter de sa détresse, de la situation.

— Tu sais que j'ai envie de toi, dit-il alors, en guise d'explication.

— Je n'en étais pas sûre. Tant que tu ne m'avais rien dit.

— Je ne voulais pas t'embarrasser. Et puis, je ne sais plus trop m'y prendre avec les femmes, je crois.

— Tu n'as pas eu de maîtresse, depuis la mort de ta femme ?

— Si. Mais rien qui compte.

Carrie rougit légèrement.

— Tu veux dire que, moi, je compte…

— Avant de te rencontrer, j'ai toujours eu le sentiment d'être encore marié, je crois. Du coup, mes « relations » n'ont pas été une réussite. Bref… Je te prépare le lit de la chambre d'amis ou je te reconduis chez toi ?

— Je serai ravie de passer la nuit ici, si ça ne t'ennuie pas.

Elle leva les yeux au ciel.

— Que je suis bête ! Bien sûr que ça ne t'ennuie

pas. Tu nous entends ? Nous sommes tellement polis l'un envers l'autre !

— C'est tout moi, ça. Courtois en diable.

— C'est une des raisons pour lesquelles je…

Elle avala le dernier mot et devint écarlate.

— Ah oui ! Surtout, ne pas te souligner tes qualités !

Mark la considéra sans rien dire. Qu'éprouvait-elle pour lui, exactement ? De la gratitude, de l'amitié, du désir ? Etait-elle un peu… amoureuse de lui — au moins un peu ?

Toujours rougissante, elle lui caressa la joue.

— Tu veux jouer les durs, Mark, mais je connais ta générosité, moi. Une brute au cœur d'or : c'est le fantasme de toutes les femmes.

— Mais est-ce le tien ? s'enquit-il d'une voix rauque.

— Tu n'as pas remarqué ?

Sur ces mots, elle posa ses lèvres sur les siennes.

— Ne te fatigue pas à préparer la chambre d'amis. Ton lit conviendra parfaitement, chuchota-t-elle contre sa bouche.

A ces mots, Mark laissa échapper un soupir rauque et enfouit les doigts dans les cheveux de Carrie. Puis il l'embrassa avec une fougue qu'il ne pouvait contenir davantage. Les lèvres de la jeune femme s'entrouvrirent, leurs langues se caressèrent et ils s'étreignirent farouchement, longuement. Mark la désirait si fort qu'il en avait mal, et il aurait pu coucher Carrie sur la table, là, et la prendre tout de suite, sans retenue.

Il se maîtrisa. Il voulait lui faire l'*amour,* pas soulager des tensions. Pour cela, il devait au moins l'amener jusqu'à son lit. Il quitta donc ses lèvres et la considéra un moment. Elle avait les yeux fiévreux. Alors, il posa les mains sur ses hanches et souleva Carrie.

Aussitôt, Carrie s'accrocha à ses épaules et enroula ses jambes autour de sa taille. Cette position, alliée à la sensation de ses cuisses contre son bassin ne fit qu'accroître son désir. Il parvint néanmoins à se mettre en mouvement pour gagner la cage d'escalier. Au passage, le genou de la jeune femme heurta le chambranle d'une porte. Elle était si occupée à lui mordiller le lobe de l'oreille qu'elle ne parut pas s'en apercevoir.

Mark se mit à lui caresser les fesses et elle gémit de plaisir. A ce rythme-là, il aurait bien du mal à se contenir plus longtemps et il songea que s'il parvenait à la porter jusqu'à son lit, il aurait de la chance.

Subitement, il se demanda où il avait mis le paquet de préservatifs qu'il s'était acheté quelques jours auparavant.

Dans la salle de bains. Il se revoyait en train de ranger la boîte dans un des tiroirs. Il allait être obligé de se détacher de Carrie, le temps d'aller la chercher.

Elle faisait doucement courir sa bouche de haut en bas de sa mâchoire, y déposant de petits baisers infiniment doux. Ils étaient à la moitié de l'escalier lorsqu'elle se mit à lui suçoter la lèvre inférieure. C'en fut trop pour Mark qui faillit perdre tout contrôle. Il la cala contre le mur et l'embrassa fiévreusement, ses mains se refermant sur elle, leurs hanches se mouvant en cadence. Il y avait trop longtemps qu'il n'avait pas fait l'amour. Jamais il ne pourrait attendre d'être arrivé dans la chambre.

Trop longtemps ? Non. A la vérité, il n'avait jamais été aussi excité.

— Tu ne veux pas qu'on se… dépêche un petit peu ? lui murmura-t-elle à l'oreille.

— Je ne demande pas mieux, ma belle.

Il la souleva de nouveau et grimpa les marches deux à deux, remonta le couloir d'une seule traite et ouvrit la porte de sa chambre d'un coup d'épaule.

Il la posa en toute hâte sur le lit et fonça dans la salle de bains pour aller chercher les préservatifs pendant qu'il en était encore capable. Lorsqu'il revint, elle s'était débarrassée de son T-shirt et se débattait avec le bouton de son jean. Ses seins tendaient la soie de son soutien-gorge.

— Laisse-moi faire, dit-il d'une voix qu'il eut peine à reconnaître lui-même.

Il posa doucement une main sur la sienne et, d'un geste lent fit glisser la fermeture Eclair de son jean. Tous deux baissèrent la tête tandis qu'il faisait apparaître son ventre soyeux et un string de dentelle.

Elle souleva les hanches pour l'aider à faire glisser le pantalon. Il se pencha vers elle et elle fit remonter sa chemise sur son torse. Trop pressé pour attendre, il l'arracha d'un geste brusque, avant de renverser la jeune femme sur le lit, sa bouche se refermant sur la pointe d'un sein. Il commença à le suçoter, le garda un instant dans sa bouche, puis s'écarta, le temps de la débarrasser de son soutien-gorge. Ses seins étaient petits, adorables, et sensibles au point qu'elle s'arc-bouta et se mit à gémir à l'instant où il en reprit les pointes entre ses lèvres.

Il sentit qu'elle enroulait les jambes autour de sa taille, et ne put supporter plus longtemps son pantalon et ses sous-vêtements. Il les retira, puis fit glisser le slip de Carrie le long de ses jambes, avant de jeter le tout sur le plancher.

Le triangle de toison, au creux de ses cuisses, était sombre, soyeux et aussi frisé que ses cheveux. Il l'effleura, y glissa un doigt. Elle était humide, prête à le recevoir et frémissait de tous ses membres sous ses caresses. A son tour, elle voulut le prendre entre ses mains.

— Non, murmura-t-il en se dérobant. Je… Je…

Il refusa qu'elle l'aide à mettre son préservatif. Ses jolies mains sur lui, voilà qui aurait été plus qu'il n'aurait pu supporter.

Elle se rallongea, les lèvres entrouvertes, et le regarda faire.

Lorsqu'il fut prêt, elle lui tendit les bras.

— Maintenant. Je t'en prie, Mark… Prends-moi, maintenant.

Il s'abandonna entre ses bras et la posséda enfin. Elle était étroite, d'une douceur incroyable. Son corps menu dégageait une énergie folle, une soif inextinguible.

Elle se soulevait sous chacune de ses poussées, les ongles enfoncés dans son dos, ses cris de plaisir lui résonnant aux oreilles.

Il parvint à se retenir jusqu'à ce que le corps de la

jeune femme se convulse puis, avec un râle féroce, il s'abandonna au plaisir, un plaisir si long et si suave qu'il eut l'impression de flotter.

Enfin, il se laissa retomber sur elle, épuisé, et dut faire un effort surhumain pour trouver la force de rouler sur le côté. Il ne se souvenait pas avoir expérimenté une telle extase auparavant. Ivre d'amour, il attira Carrie contre lui. La chaleur de son corps lui manquait déjà.

— Je ne t'ai pas trop fait attendre ? murmura-t-il.

— Juste ce qu'il faut, répondit-elle, visiblement aussi comblée que lui.

Presque aussitôt, il sentit le corps de la jeune femme se relâcher contre le sien. Elle s'abandonna au sommeil avec une confiance touchante.

Mark eut un petit sourire amusé. Un autre homme que lui en aurait pris ombrage.

Pour sa part, il se sentait plutôt flatté.

Chapitre 13

Suzanne appela le lendemain, à l'heure du déjeuner, pour remercier sa sœur de l'avoir accompagnée au festival d'Everett. Carrie s'était fait livrer un sandwich qu'elle grignotait toute seule, assise devant son bureau. Tous ses collègues étaient partis déjeuner à l'extérieur. Elle avait été invitée à se joindre à plusieurs d'entre eux et avait décliné. Elle n'avait aucune envie de se mêler aux conversations futiles liées à ce genre de sortie. En plus des émotions qui faisaient rage en elle, elle n'avait que trop conscience de son accoutrement. Elle portait toujours son jean et son T-shirt de la veille. Heureusement que la direction n'était pas trop pointilleuse sur la tenue vestimentaire de ses employés !

— Tu veux qu'on se voie, ce week-end ? demanda Suzanne. Si je suis trop envahissante, n'hésite pas à me le dire !

— Ne dis pas de bêtises… Cela dit, ça ne va pas être possible. Je suis sans voiture, en ce moment.

— La tienne est tombée en panne ?

Ça avait été une chose d'expliquer la situation à

Mark. C'en était une autre de raconter sa mésaventure à Suzanne. Néanmoins, il faudrait bien qu'elle s'y résigne, à un moment ou à un autre. Autant le faire tout de suite.

— Je suis passée voir mes parents.

— Et ? demanda Suzanne avec emphase.

— Mon père m'a prise à partie. Il m'a tenu des propos... terriblement blessants.

— Carrie ! Je suis sincèrement navrée. C'est ma faute. Qu'est-ce qu'il t'a dit, au juste ?

— Que j'avais brisé le cœur de ma mère. Il a sous-entendu que je m'étais comportée de manière inadmissible, après tout ce qu'ils ont fait pour moi. Je l'ai mal pris... J'ai cru qu'il parlait d'argent. Ce sont eux qui m'ont acheté ma voiture, entre autres. Alors, je lui ai rendu les clés avant de lui dire, en gros, qu'il pouvait la reprendre et je suis partie.

— Carrie ! répéta Suzanne, dans un souffle. Rien de tout cela ne se serait jamais produit si je n'avais pas essayé de te contacter... En même temps... qu'est-ce qu'il a voulu dire par « Après tout ce que nous avons fait pour toi » ? C'est comme ça qu'il voit l'adoption ? Il a l'impression d'avoir volé à ton secours ? Ou bien il a fait le compte de ce que tu leur as coûté ?

Instinctivement, Carrie prit la défense de son père.

— Non. Il n'est pas comme ça, protesta-t-elle.

— Je prenais tes parents adoptifs pour des gens bien. Je vois que je me suis trompée.

Carrie sentit soudain une colère démesurée s'emparer d'elle.

— Tu ne peux pas arrêter de dire ça sur ce ton ? Mes parents *adoptifs*… A t'entendre, on dirait que… qu'ils sont moins parents que les autres !

— Je… Je ne m'en étais pas rendu compte, répondit Suzanne, manifestement choquée.

— Tu n'arrêtes pas ! Chaque fois que tu parles d'eux, tu mets un point d'honneur à minimiser leur statut. C'est de mon père et de ma mère que tu parles. On dirait que tu veux les reléguer au rang de simples parents nourriciers !

— Je ne…

— Je sais que tu te souviens de nos parents biologiques. Moi pas, d'accord ? Moi, je n'ai eu qu'eux ! Je…

Des bruits de pas se firent entendre dans le couloir et elle s'aperçut qu'elle avait haussé le ton.

— Excuse-moi, Suzanne, je… Excuse-moi… Il faut que je te quitte.

Elle raccrocha sans même attendre la réponse.

Elle haletait et ses yeux étaient brouillés de larmes qui refusaient de couler.

— Bon sang, murmura-t-elle. Qu'est-ce qui m'a prit de lui sortir des horreurs pareilles ?

Elle ferma les paupières, enroula ses bras autour de son torse et se berça, dans un effort pour retrouver son calme. Elle avait été odieuse. Aussi méchante que son père. Un peu comme si… Comme si…

Comme si elle essayait de se débarrasser de sa sœur.

Elle rouvrit les yeux et regarda sans les voir son bureau et son sandwich entamé. Elle était confondue par ses propres pensées.

Pourquoi souhaiterait-elle faire une chose pareille ?

Parce qu'elle se sentait coupable d'avoir donné la préférence à sa sœur plutôt qu'à ses parents ? Ou bien parce qu'en son for intérieur, elle aurait voulu que les choses redeviennent comme avant, quand elle était encore Carrie Saint-John, fille unique et choyée par ses parents... Quand elle n'avait pas de sœur ?

Elle fut soudain submergée par une vague de désespoir qui lui donna le sentiment d'avoir été arrachée à tout ce qui lui était familier, à toute sensation de sécurité. Peut-être n'avait-elle plus de sœur, après ce qu'elle venait de lui dire. Peut-être n'avait-elle plus personne...

Sauf Mark. Elle se raccrocha désespérément à cette pensée. Elle s'était senti tellement aimée, entre ses bras, la nuit précédente. Il avait été si sécurisant... Quand il la serrait contre lui, avec ce sourire si rassurant, elle ne craignait rien ni personne.

Elle composa son numéro de portable sans réfléchir, simplement pour entendre le son de sa voix.

Au bout de deux sonneries, elle tomba sur la messagerie. Pour une raison ou pour une autre, il avait éteint son appareil. Si elle n'avait pas été aussi abattue, elle aurait sûrement tenté de le joindre à son bureau, mais elle ne voulait pas qu'il sache à quel point elle était déprimée. Elle attendrait ce soir. Elle était suffisamment forte pour ça et...

Son téléphone retentit et elle décrocha d'un geste brusque.

— Instruments médicaux Helvix. Carrie Saint-John à l'appareil.

— Carrie ? C'est moi, Suzanne.

— Oh, Suzanne… J'ai été odieuse…

— Non. Tu avais raison.

Elle parlait d'un ton digne, un peu crispé, comme quelqu'un qui a répété son texte.

— Je voulais simplement m'excuser auprès de toi. Je suppose… Je suppose que je suis un peu jalouse de te savoir si proche de tes parents. De manière plus ou moins consciente, j'ai dû avoir l'impression que nous nous disputions ton affection… J'ai dû croire que tu ne pouvais m'accepter en tant que membre de ta famille sans les rejeter ne serait-ce qu'un petit peu. Alors je veux que tu saches que je suis désolée et…

Son ton se fit moins formel et sa voix se brisa. Elle termina en toute hâte.

— Voila… C'est tout. A bientôt, j'espère.

Là-dessus, elle raccrocha.

Carrie leva le nez vers l'horloge. Il était presque 13 heures et des voix lui parvenaient de l'autre côté de la cloison. Les téléphones avaient recommencé à sonner. Encore quatre longues heures avant la fin de la journée et ce fichu manuel à relire. Elle allait être obligée d'ignorer les turbulences qui la traversaient, l'entraînant dans un entonnoir de mauvais augure. Elle éprouvait tant de choses, toutes contradictoires et qu'elle était incapable de nommer. L'amour, le ressentiment, le deuil et, par-dessus tout, une solitude et une confusion terrifiantes. Tout cela s'affrontait en elle, mettant à mal son identité même.

Elle inspira longuement et à grand-peine, avant de s'apercevoir que ses ongles s'étaient enfoncés dans ses paumes. Elle ouvrit les mains et vit leurs marques, distinctes, comme autant de petites lunes, sur ses lignes de vie.

Un gémissement lui échappa. Aussitôt, elle regarda avec effarement autour d'elle, pour s'assurer qu'on ne l'avait pas entendue.

Elle devait sauver les apparences. A tout prix. Il lui suffisait de contempler l'écran de l'ordinateur et de faire mine d'être absorbée par sa lecture. Elle allait y arriver. Elle le savait. Coûte que coûte, elle survivrait aux quatre heures qui lui restaient à faire.

Ensuite, elle rentrerait chez elle et essaierait d'y voir clair dans ses sentiments envers son entourage.

Et envers elle-même.

Carrie remercia la collègue qui venait de la déposer devant son immeuble et se dirigea tout droit vers l'appartement de la gardienne. Elle l'avait appelée, un peu plus tôt, pour demander qu'on lui fasse une nouvelle clé.

La gardienne, une femme d'une cinquantaine d'années aux manières rudes, vint lui ouvrir. Elle ne l'invita pas à entrer.

— Une seconde, dit-elle simplement.

Elle revint presque aussitôt et lui tendit la clé.

— Je serai obligée de vous la facturer sur votre loyer de juillet, précisa-t-elle.

— C'est tout naturel. Merci beaucoup. A présent, il ne me reste plus qu'à me trouver une voiture...

La gérante la dévisagea d'un air perplexe.

— Parce que ce n'est pas votre Miata, là-bas, sur le parking ?

— Ma... Qu'est-ce que vous dites ?

— Il y a un mot sur le pare-brise.

— Je vais aller voir ça de plus près, balbutia Carrie, un peu déboussolée. Merci encore pour la clé !

— Si quelqu'un s'est garé à votre place, faites-le-moi savoir. Il y a un règlement, dans cette résidence !

Carrie se dirigea vers son emplacement, situé tout au bout du parking. Elle reconnut le véhicule bleu cobalt bien avant de l'avoir atteint. Elle parcourut les derniers pas le cœur battant, et l'examina comme dans un rêve. Une enveloppe était coincée sous un des essuie-glaces. Son prénom avait été griffonné à la main, par son père.

Elle l'ouvrit avec fébrilité et en sortit le message qu'elle contenait.

« Carrie,

» Je n'aurais jamais dû te dire ces choses horribles. Ta mère me l'a vivement reproché, à juste titre. Quoi que tu puisses en penser, tu es notre fille et cette voiture était un cadeau que nous avons été heureux de pouvoir t'offrir. Appelle-nous, s'il te plaît.

» P.S. J'ai laissé tes clés chez ton voisin de l'appartement 205. »

Il avait signé « *Papa* ».

Carrie serra le mot sur son cœur et ferma les paupières pour ravaler les larmes qui lui piquaient les yeux.

Ce soir-là, le « client » de Mark descendit d'un pas léger l'avenue de l'Université, en faisant un peu de lèche-vitrine. Cela faisait maintenant trois longues soirées qu'il suivait ce mari prétendument adultère, en vain. Quant à comprendre ce qu'il fabriquait… Une véritable énigme.

Mark rentra donc chez lui. Il remercia Heidi, lui paya son dû, dévora son bœuf bourguignon, passa un petit moment avec Michaël, l'aida à prendre son bain et le mit au lit.

L'heure était enfin venue d'appeler Carrie.

— Salut ! lança-t-il lorsqu'elle décrocha. Alors ? Tu as réussi à rentrer chez toi ?

— Oui. La gardienne m'avait fait faire une clé et… Mark, tu ne vas pas y croire. Mon père m'a rendu la voiture. Quand je suis rentrée, elle était garée à son emplacement habituel et il avait laissé les clés chez un voisin.

Mark alla s'installer sur le canapé.

— Il t'a appelée ?

— Il m'a laissé un mot. Attends… Je vais le chercher.

La ligne grésilla quelques instants. Carrie revint, reprit l'appareil et lui lut la lettre, au début d'un ton ferme, puis avec une émotion non dissimulée.

— J'ai failli les appeler au moins cinquante fois, ce soir, et chaque fois je me défile.

— Tu devrais le faire, conseilla-t-il. Plus tu tarderas, plus ça te sera difficile.

— Je sais… Cependant… il est trop tard pour ce soir, non ?

— Ça dépend à quelle heure ils se couchent, d'ordinaire !

— Ils devraient être encore debout.

Elle semblait rongée par l'incertitude, principalement, songea Mark, parce qu'elle ignorait si elle était vraiment prête à leur téléphoner.

— Tu veux essayer maintenant ?

— Je devrais, tu ne crois pas ? Il y a autre chose, Mark. J'ai dit des choses terribles à Suzanne, ce midi. J'ai été aussi odieuse que mon père.

Mark l'écouta raconter le triste épisode et réagit avec des commentaires qu'il espérait appropriés. Tout au long de la conversation, néanmoins, il se demanda si Carrie avait pensé à lui un seul instant, au cours de la journée.

Pour sa part, il n'avait cessé de lutter contre l'envie de composer son numéro. Il ne l'avait pas déposée devant son bureau depuis cinq minutes, ce matin, qu'elle lui manquait déjà. Il aurait voulu entendre sa voix, la serrer contre lui, l'embrasser… Bref. Il s'était comporté comme un collégien amoureux pour la première fois de son existence et incapable de penser à quoi que ce soit d'autre.

Et pendant ce temps-là, elle avait été absorbée par le tour mélodramatique qu'avait pris sa relation avec ses parents et sa sœur. De toute évidence, elle avait relégué Mark à son rôle de confident et de conseiller.

Le fait qu'il soit devenu son amant semblait anecdotique.

La mâchoire serrée, il s'efforça de se concentrer sur ce qu'elle lui disait. Apparemment, Carrie était au cœur d'une lutte acharnée entre Suzanne et les Saint-John.

Mark se reprocha sa mesquinerie. Il savait depuis le départ que Carrie était en pleine crise d'identité et la scène de la veille avec son père avait indéniablement été traumatisante. Quant à l'escarmouche avec Suzanne, prévisible, si on songeait à la tension refoulée qui existait entre les deux jeunes femmes, elle était tombée à un bien mauvais moment.

Elle était peut-être suffisamment sûre de lui pour penser que leur relation durerait le temps qu'elle remette de l'ordre dans ses affaires…

A moins que ce qui s'était passé la nuit précédente n'ait pas eu la même importance pour elle que pour lui. Elle avait été dans tous ses états, dans l'impossibilité de rentrer chez elle, et lui, il s'était trouvé là, tout simplement. Le sexe pouvait être un bon moyen d'oublier ses ennuis. Elle s'était laissé guider par l'impulsion du moment, et si tous deux avaient passé une nuit fabuleuse, de toute évidence, Mark n'était pas au centre de ses préoccupations.

De nouveau, il se fustigea. Pourquoi une telle amertume ? Après tout, c'était peut-être lui qui n'était pas prêt à se lancer dans une relation. Pas avec un ego si vulnérable qui avait constamment besoin d'être flatté.

Pourtant non… Ce n'était pas un besoin constant. Seulement Carrie aurait au moins pu lui dire une fois qu'il lui avait manqué, qu'elle avait pensé à lui, qu'elle avait passé une nuit exceptionnelle entre ses bras, non ?

Subitement, il sentit toute patience l'abandonner.

— Ecoute, Carrie. Si tu n'appelles pas tes parents tout de suite, il sera trop tard. Alors je vais libérer la ligne.

— Je peux te rappeler après ? demanda-t-elle d'une toute petite voix.

Il mentit.

— Je ne vais pas tarder à aller me coucher. Je viens à peine de rentrer et je me lève tôt demain matin.

— Et puis tu n'as pas beaucoup dormi la nuit dernière.

Ça n'était pas le problème, même si, en effet, la nuit avait été plutôt courte.

— On s'appelle demain, d'accord ?

— D'accord.

Le mélange de bravoure et d'angoisse qu'il perçut dans sa voix le fit culpabiliser. Il était vraiment idiot, quand il s'y mettait. Hélas, il n'eut pas le temps de se rétracter. Elle lui souhaita une bonne nuit et raccrocha.

Il reposa le combiné et considéra, les sourcils froncés, l'écran de la télévision éteinte. Il pouvait être fier de lui. Il avait gagné... S'il avait perdu Carrie, il avait toujours son amour-propre.

Et une maison qui lui paraissait désespérément vide, en dépit de l'enfant qui dormait à l'étage.

Carrie composa le numéro pourtant familier de ses parents, avec la sensation de couver une mauvaise grippe. Son front était couvert d'une sueur froide, elle tremblait de tous ses membres et la tête lui tournait.

— Allô ! dit Katrina avec méfiance.

Elle craignait sans doute avoir affaire à un démarcheur par téléphone... ou à sa fille.

— Maman ? balbutia Carrie.

— Carrie ! Ma chérie ! Tu vas bien ? Je suis tellement heureuse de t'entendre !

— Ça va. Je... Je te demande pardon. J'ai eu du mal à encaisser tout ça et...

— C'est à nous de nous excuser de t'avoir menti.

— Je suppose que vous aviez vos raisons.

— Toutes égoïstes... Oh, Carrie ! J'ai craint le pire, après ce que ton père t'a dit, l'autre soir. Il en a pleuré...

— Papa ? Il a pleuré ?

Julian Saint-John était un homme si réservé...

— Il t'aime, tu sais…

— Je croyais le savoir… Seulement quand je l'ai vu dans cet état…

C'était elle qui pleurait, à présent.

— Il se faisait du souci pour moi. Ça a dû le secouer. Il n'a jamais trop su comment réagir, quand je suis déprimée.

Katrina était d'un naturel chaleureux et d'humeur égale. Carrie ne se souvenait pas l'avoir vu pleurer, elle non plus. En toutes circonstances, elle s'était toujours comportée avec la plus grande dignité.

Brusquement, Carrie se demanda si sa mère n'avait pas toujours été émotive. Auquel cas, elle se serait disciplinée, par égard pour son mari…

— Quand je suis rentrée du travail, tout à l'heure, et que j'ai vu la Miata, j'ai éclaté en sanglots, poursuivit Carrie avec un petit rire larmoyant. Remarque, ça n'a rien de bien étonnant. Je n'arrête pas de pleurer, en ce moment.

— Moi non plus. On fait une belle équipe, à nous deux, tu ne trouves pas ?

— Est-ce que… papa est là ?

— Je vais le chercher.

Julian Saint-John prit l'appareil presque aussitôt.

— Carrie ? commença-t-il avant de s'interrompre pour s'éclaircir la voix. Tu as récupéré tes clés ?

— Oui. Merci, papa. Je suis désolée de vous avoir fait tant de mal, à tous les deux.

— Moi aussi, je suis désolé… Je…

Il s'interrompit, incapable de poursuivre. Jamais elle n'avait perçu une telle émotion en lui.

— J'espère que tu sais que je ne regrette pas une seule minute le temps passé avec toi depuis que nous t'avons amenée chez nous… Ni un seul dollar dépensé pour toi, ajouta-t-il.

— Il faut que je t'explique pourquoi j'ai pris ta remarque comme ça.

— Tu n'as rien à expliquer. Ce que je voudrais… C'est que tu viennes, Carrie. Viens nous voir et nous parlerons un peu, tous les trois.

— D'accord, dit-elle docilement. Je peux venir dîner demain soir ?

— Entendu. Nous t'attendons. Je t'embrasse et je te repasse ta mère.

Les deux femmes échangèrent quelques mots avant de se dire au revoir.

Une fois la conversation terminée, Carrie raccrocha, les sourcils froncés. Elle venait de comprendre que si elle voulait établir un nouveau lien avec ses parents, elle devait apprendre à les connaître sous un autre jour. Encore une chose qu'elle aurait aimé expliquer à Mark.

Elle ne le connaissait que depuis peu et, à présent, c'était toujours lui qu'elle avait envie d'appeler ou de voir. Dans sa confusion du moment, elle eut soudain une seule certitude : elle ne pouvait envisager de vivre sans lui.

Chapitre 14

Le lendemain, Mark appela Carrie à son bureau, pour l'inviter à dîner. Comme elle était attendue chez ses parents, elle se vit dans l'obligation de refuser.

— Alors, tu as fini par les appeler ?

— Oui, pourquoi ? Tu croyais que j'allais me défiler ?

— Ne me fais pas dire ce que je n'ai pas dit. Ils auraient pu être sortis ou couchés !

— Non. J'ai pris mon courage à deux mains et je les ai appelés. Nous avons un peu pleuré tous les trois et, ce soir, je dîne chez eux. Je pourrais leur téléphoner pour leur dire que j'amène un ami, ajouta-t-elle après une courte hésitation.

— Amener un *ami* ? Tu veux dire : moi ? demanda-t-il d'un ton horrifié.

— Tu te défiles ? lança-t-elle d'un ton moqueur.

— Je crois que, dans la situation présente, j'ai intérêt à rester discret. Crois-moi, tes parents n'ont aucune envie de rencontrer un *ami* de leur fille. Surtout quand l'*ami* en question est à l'origine de tout ce tumulte. Non…

Ce qu'ils veulent, c'est te retrouver, toi. A mon avis, ce serait quelque peu… prématuré, dans l'immédiat.

Elle s'esclaffa, porta une main à sa bouche et jeta un regard coupable autour d'elle.

— Comme tu veux. Je vais tout de même leur annoncer que nous sortons ensemble, reprit-elle d'une voix plus basse.

— Ça aussi, ça peut attendre, grogna-t-il.

— Non. Je ne veux plus de secrets entre nous.

— Il y a une différence entre un secret et un mensonge par omission, tu ne crois pas ?

— C'est bien ce que je disais. Tu es lâche !

— Tu m'as démasqué. C'est exactement pour cela que je ne suis plus flic. Parce que j'étais trop lâche.

Carrie secoua la tête d'un air désabusé.

— Pour en revenir à ton invitation, on pourrait se voir un peu plus tard dans la semaine… Vendredi par exemple ?

Ils se mirent d'accord sur le vendredi, à condition que Heidi puisse s'occuper de Michaël ou que Mark trouve une autre baby-sitter. Carrie lui promit de le rappeler pour lui dire comment s'était passée la soirée avec ses parents.

Ce ne fut qu'après avoir raccroché qu'elle s'aperçut que, à aucun moment, ils n'avaient parlé d'eux. D'ailleurs, à bien y songer, pas une seule fois, au cours de leurs conversations téléphoniques pourtant nombreuses, ni l'un ni l'autre n'avait évoqué leur nuit d'amour.

C'était sans doute sa faute à elle. Il s'était passé tant de choses, elle avait eu tant à lui dire… Et puis… Elle n'avait pas osé. Comment aurait-elle pu se résoudre à lui faire une remarque du genre « J'ai passé un bon moment, l'autre soir », quand leur étreinte avait représenté beaucoup plus que ça pour elle ?

Le fait qu'ils aient passé une nuit ensemble ne signifiait pas pour autant que Mark était amoureux d'elle, lui aussi. Après ce que sa femme lui avait fait, il pouvait très bien avoir renoncé à l'amour et au mariage.

Si c'était le cas, elle espérait qu'il le lui dirait bientôt. De préférence avant qu'elle ne commence à faire des projets d'avenir.

Elle parvint à se remettre au travail et termina de corriger le manuel rédigé par son prédécesseur, afin de le rendre un peu plus abordable pour l'utilisateur.

Elle se rendit directement de son bureau à la demeure de ses parents. Heureusement pour elle, elle allait dans le sens inverse des bouchons qui obstruaient la I-90, à cette heure de pointe.

Katrina et Julian devaient guetter son arrivée par la fenêtre du salon car la porte s'ouvrit, avant même qu'elle n'ait coupé le moteur.

Carrie se gara, sortit du véhicule et se précipita vers eux. Son père, qui n'avait jamais été très démonstratif, la serra brièvement dans ses bras avant de la pousser vers sa mère. Les deux femmes fondirent en larmes et Julian finit par les faire rentrer à l'intérieur.

— J'espère que tu n'as pas trop faim, déclara Katrina en se séchant les yeux. J'ai prévu de passer à table un peu plus tard. Quand nous aurons eu une petite conversation, tous les trois.

Carrie hocha la tête.

— Je ne vous ai pas donné l'occasion de vous expliquer, n'est-ce pas ?

Katrina alla s'asseoir sur le canapé, Julian auprès d'elle. Leurs épaules se touchaient et tous deux se tenaient droits comme des I. Carrie s'installa dans un fauteuil, face à eux.

— J'aimerais avoir une meilleure explication à te fournir, Carrie, commença Katrina. Hélas… La triste réalité est que nous voulions tellement que tu sois notre petite fille que nous t'avons menti.

Elle jeta un petit coup d'œil à son mari.

— Ou plus exactement, *je* t'ai menti. Ton père n'a jamais été vraiment d'accord. Il n'a fait que me suivre. Vois-tu, j'ai très mal réagi, quand j'ai compris que je ne pourrais jamais concevoir d'enfant.

— Vous avez essayé la fécondation *in vitro* ou…

— La médecine n'était pas aussi avancée il y a trente ans qu'elle ne l'est aujourd'hui, expliqua Julian. Toutefois, oui… Nous avons tout essayé.

— J'étais anéantie, reprit Katrina, prenant la main de son mari.

Il la serra avec compassion.

— C'est ton père qui a commencé à parler d'adoption.

— Nous avons dû attendre presque cinq ans, enchaîna Julian. A deux reprises, nous avons été appelés par les services d'adoption et une terrible déception s'en est suivie. La première fois, la mère avait changé d'avis, la deuxième, c'est le père qui a refusé de renoncer à ses droits. C'était affreux…

— Un peu comme faire une autre fausse couche, murmura Katrina. J'avais l'impression d'avoir été enceinte et d'avoir perdu mon bébé. C'était un nouveau deuil.

— Oh, maman…

— Finalement, l'agence nous a appelés pour nous proposer une petite fille. Toi.

L'espace d'un instant, son visage s'éclaira d'un sourire aussi lumineux que celui qu'elle avait dû avoir vingt-six ans auparavant. Presque aussitôt cependant, des larmes lui montèrent aux yeux et son sourire s'évanouit.

Elle poursuivit en dévisageant sa fille avec une intensité poignante.

— On t'a présentée à nous… Je t'ai prise dans mes bras… Tu étais tellement mignonne… Je me souviendrai toujours de ta réaction… Tu t'es pelotonnée contre moi et tu as laissé échapper un petit soupir, comme quelqu'un qui a enfin trouvé sa place. Ensuite, tu as mis ton pouce dans ta bouche et laissé reposer ta tête sur mon épaule. C'est alors… C'est alors que…

Sa voix se brisa.

Julian se tourna vers sa fille.

— C'est alors qu'on nous a annoncé que tu avais un frère… Un frère dont on ne nous avait encore rien dit.

— Vous l'avez vu, lui aussi ?

— Oui, soupira Julian en baissant la tête. Dans une rage terrible. C'est sûrement normal, chez un enfant de cet âge, seulement sa famille d'accueil nous a expliqué qu'il était particulièrement difficile. Quand ta mère a voulu le prendre dans ses bras, il s'est enfui en courant.

— De la même manière que tu m'avais fait savoir que tu étais à moi, il me disait « pas moi », reprit Katrina à travers ses larmes. Je me suis senti… rejetée.

Elle voulut sourire, échoua lamentablement.

— Je sais. Ça doit te paraître absurde. J'étais une adulte et, lui, un bambin de trois ans à peine… Toutefois tu dois comprendre que je manquais terriblement de confiance en moi. J'avais passé treize années de ma vie à essayer d'avoir un enfant, cinq autres à attendre qu'on m'en confie un. J'avais l'impression d'être en dessous de tout… Et toi… Toi, tu venais de me redonner confiance. Quand je t'ai vue, j'ai enfin pensé que je pouvais faire une bonne mère. Je craignais de ne pas y arriver avec ton frère.

— Nous avons envisagé de renoncer à notre demande te concernant, poursuivit Julian. Seulement nous t'aimions déjà. Et tu n'avais pas encore de liens avec ce petit garçon. Tout le monde semblait penser qu'on pouvait encore vous séparer. Si tu avais été un peu plus âgée, les choses auraient été différentes. Tu n'étais qu'un tout petit bébé et nous nous sommes laissé persuader qu'il valait mieux que Luc soit adopté par des parents plus expérimentés que nous.

— A moins que nous nous en soyons persuadés nous-mêmes, ajouta Katrina, d'une voix à peine audible.

Carrie se leva et alla s'agenouiller devant elle.

— Ma pauvre petite mère, dit-elle en lui prenant la main. Je te demande pardon pour tout ce que je t'ai dit.

— Non ! Il a bien fallu que je me fasse à l'idée… que tu avais raison.

Les remords et l'angoisse qui se lisaient sur le visage de Katrina étaient pénibles à voir.

— Tu ne peux pas savoir à quel point j'étais terrorisée. En surface, ma plus grande crainte était que ton oncle et ta tante changent d'avis et veuillent te reprendre. Mais au fond de moi, je crois que j'avais encore plus peur de ne pas être à la hauteur… De ne pas être une bonne mère. Je me suis même demandé s'il n'y avait pas une bonne raison au fait que je ne puisse procréer.

— Maman, murmura Carrie. Ne dis pas ça. Tu as été une mère fantastique.

— Oui, si on excepte le fait que je t'ai menti sur toute la ligne. A force, j'ai fini par oublier, par me dire que tu étais vraiment ma fille. Je t'aimais tellement… Pourtant, de temps à autre, tu me posais une question à laquelle j'étais incapable de répondre. Vers l'âge de quatre ans, tu étais fascinée par les femmes enceintes… Et bien sûr, nous n'avions aucune photo de toi avant l'âge de huit mois.

— J'ai repensé à ça, l'autre jour. Tu m'as expliqué que les pellicules avaient été perdues par le laboratoire et je t'ai crue sur parole !

— Oui. Ou du moins, tu as essayé. Parfois, quand tu commençais à être trop curieuse, je changeais carrément de conversation. C'est terrible, non ? C'était devenu un réflexe. Je ne comprenais pas que je nous empoisonnais à petit feu, au fil des mensonges et des semi-vérités.

— Est-ce que tu avais peur que je cherche à retrouver les miens, un jour ?

— Non… Je pense qu'au fur et à mesure que tu grandissais, ce que je redoutais le plus était que tu apprennes la vérité. Je me faisais l'effet d'une usurpatrice. Je n'avais réussi qu'en te faisant croire que j'étais vraiment ta mère. Je me disais que si tu apprenais que nous t'avions adoptée, tu t'apercevrais vite qu'il me manque cette touche magique que les femmes semblent acquérir en donnant naissance à un enfant… Et que du coup, tu ne m'aimerais plus de la même façon.

Carrie se redressa pour étreindre sa mère.

— Comment as-tu pu imaginer une chose pareille ? A t'entendre, je savais ce que je faisais, quand je t'ai choisie pour maman !

C'en fut trop pour Katrina qui se mit à pleurer sans retenue.

— J'ai eu tellement peur. Je pensais que tu ne me pardonnerais jamais !

Julian lui tapota la main sans parvenir à la réconforter. Carrie s'accrocha à eux, en pleurant elle aussi.

— Je vous aime tellement, tous les deux… Je ne savais plus où j'en étais, c'est tout. Et puis j'avais mal… Si mal… Parce que j'ai toujours eu des doutes. Je ne vous ressemble pas le moins du monde, ni à l'un ni à l'autre. Je me suis toujours sentie nulle, surtout par rapport à papa. Et tout d'un coup, j'ai compris pourquoi…

— Comment ça, nulle ? Nulle en quoi ?

— A l'école.

— Tu travaillais bien, répliqua Julian, visiblement sidéré. Je n'ai jamais été déçu par tes performances scolaires !

— Moi si, rétorqua-t-elle avec un sourire accablé. Je voulais devenir un médecin de renom, comme mon papa. Et j'ai eu beau faire de mon mieux, je n'y suis pas parvenue !

— Je ne me suis aperçu de rien.

— Moi non plus. Du moins pas consciemment. Ce n'est qu'en apprenant la vérité que j'ai commencé à comprendre pourquoi j'avais toujours eu le sentiment de ne pas être tout à fait à ma place.

En entendant ces derniers mots, Katrina se remit à pleurer de plus belle et Carrie s'en voulut un petit peu. Toutefois, c'était la stricte vérité et cela devait être dit.

— Quand ce… détective nous a appelés, murmura Katrina en frissonnant, j'ai eu le sentiment que mes pires craintes s'étaient réalisées.

Carrie s'était tendue devant le dégoût manifeste avec lequel sa mère avait prononcé le mot *détective*.

— Encore une fois, ton père a essayé de me convaincre de tout t'avouer. Malheureusement, je me suis effondrée et Julian a menacé cet homme de poursuites. Nous pensions que ça suffirait à le décourager.

— Seulement Mark n'a pas eu peur…

— Non, lança Julian en regardant sa femme. Et c'est aussi bien comme ça. Je commençais à penser que nous ne pouvions, en notre âme et conscience, te laisser te marier et avoir des enfants sans que tu connaisses tes véritables antécédents médicaux.

— Tu ne m'as jamais dit que ça t'inquiétait ! fit Katrina, tournant vivement la tête vers lui.

— Qu'importe. Tu sais que j'ai raison. Il aurait bien fallu qu'on lui dise, un jour ou l'autre. A présent, c'est fait. Si tu veux mon avis, nous lui devons une fière chandelle, à ce détective.

Katrina réprima un sanglot.

Carrie se mordit la lèvre. Comment allait-elle leur annoncer la nouvelle ?

Ce n'était peut-être pas le moment propice.

D'un autre côté, elle ne voulait plus qu'il y ait de secrets entre ses parents et elle.

Elle prit une longue inspiration.

— Je ne sais pas comment vous allez prendre la chose, mais il faut que je vous dise… Je sors avec lui.

— Qui, lui ? demanda Julian, un sourcil levé.

— Mark Kincaid. Le détective.

Il se renfrogna visiblement.

— J'espérais que Craig et toi finiriez par résoudre vos problèmes…

— Nous n'avions pas de problèmes, papa. Je me suis aperçue que je ne l'aimais pas, c'est tout. Et très honnêtement, il ne m'aimait pas non plus. J'ai essayé de me dire qu'il n'était pas d'un naturel passionné, mais j'ai dû me rendre à l'évidence : c'est moi qui ne le passionnais pas. J'étais une épouse possible, je lui plaisais et il appréciait le fait que je comprenne le jargon médical. Grâce à maman, je savais comment me comporter face à ses confrères… Tout ce que vous voulez… Seulement il n'a jamais été fou amoureux de moi.

Julian Saint-John semblait perplexe.

— Tu es sûre que ce n'est pas une simple retenue de sa part ?

— Certaine.

— C'est le genre de choses qu'une femme sent, Julian, intervint Katrina.

— Certes… Seulement, un détective privé…

A l'entendre, on pouvait difficilement trouver pire.

— Mark possède sa propre agence, qui marche très bien, tu sais. Il est spécialisé dans le genre d'enquêtes qui nous a fait nous rencontrer.

Le visage de Katrina se crispa.

— Désolée, maman. Je pense que papa a raison. Il fallait que je sache. Je suis ravie d'avoir fait la connaissance de ma sœur. Si seulement…

Elle s'interrompit. Inutile de les faire culpabiliser davantage au sujet de Luc.

Katrina la dévisagea attentivement. Elle avait toujours eu le don de lire dans ses pensées.

— Tu aimerais retrouver Luc aussi, n'est-ce pas ? Ce monsieur… *Mark*, rectifia-t-elle, n'a pas réussi à retrouver sa trace ?

— Si. Il s'appelle Gary, à présent. Et il refuse tout contact avec Suzanne ou avec moi.

— Mon Dieu ! murmura Katrina en refermant les

doigts sur la main de sa fille. Il a fini par être adopté, non ?

— Si. Et je… J'ai l'impression qu'il n'a pas eu une enfance très heureuse. Peut-être qu'il avait effectivement des problèmes psychologiques, après tout.

L'emprise de Katrina se resserra encore, au point que Carrie laissa échapper un petit cri.

— Je ne peux pas te dire à quel point je regrette ma faiblesse, murmura Katrina avec dignité. Je pense souvent à lui et je me demande…

Julian se pencha vers sa femme, la contemplant avec une grande douceur.

— Je ne savais pas que tu pensais encore à lui…

Elle ferma les paupières, le temps de se ressaisir. Lorsqu'elle les rouvrit, elle regarda successivement son mari et sa fille, avec un mélange d'amour et de regret.

— Je suis désolée. J'aimerais revenir en arrière pour changer le cours du temps. Malheureusement, c'est impossible.

— Ne sois pas désolée, maman, balbutia Carrie, très émue. Je t'aime. Je vous aime tous les deux.

Katrina leva la main et repoussa doucement une mèche des cheveux de sa fille.

— Et ta sœur… Elle te ressemble un peu ?

— Oui. Enormément, même.

Katrina sourit et prononça enfin la phrase tant attendue.

— Quand est-ce que tu nous la présentes ?

— Ça vous plairait vraiment ?

— Bien sûr ! N'est-ce pas, Julian ?

— Evidemment, renchérit-il, sur un ton tendant à indiquer que Carrie avait posé une question absurde. C'est ta sœur. Dès lors, elle fait partie de la famille !

Carrie se mit à rire et à pleurer en même temps puis, se levant, se laissa retomber sur leurs genoux comme lorsqu'elle était petite.

— Je serai ravie de vous la présenter, murmura-t-elle en les serrant tous les deux dans ses bras.

— Et ce jeune homme aussi, reprit Julian, un peu plus sèchement.

— Oui. Mark aussi, dit-elle en lui plaquant un baiser sur la joue. Et maintenant, je ne voudrais pas vous paraître bassement terre-à-terre, mais je meurs de faim !

Mark décrocha le téléphone. Le simple fait d'entendre la voix de Carrie lui fit amèrement regretter de ne pas l'avoir auprès de lui, ce soir. Il aurait tant voulu pouvoir la couvrir de baisers !

— Mark ! Je n'avais jamais passé une aussi bonne soirée avec mes parents. Nous n'avons pas cessé de parler. Ils ont été tout à fait francs, et moi aussi. Et tu avais entièrement raison… Maman se faisait l'impression d'être une usurpatrice. Elle était convaincue que je l'aimerais moins, si j'apprenais qu'elle ne pouvait pas procréer… C'est plutôt triste, tu ne trouves pas ?

Il en convint avec elle et elle se lança aussitôt dans

un autre monologue, lui relatant par le menu tout ce que sa mère lui avait dit, ce que son père avait répondu et ce qu'elle avait ressenti…

Alors, au bout de quelques minutes, Mark comprit qu'il n'était qu'une oreille pour elle. Un *ami*, toujours à l'écoute et sur qui elle pouvait déverser son soulagement ou son excitation du moment.

En fait, il avait exactement le même rôle qu'au début de leur relation. Celui d'un conseiller. Et si une chose apparaissait clairement, c'est qu'elle ne le voyait pas comme l'homme de sa vie.

Lorsqu'elle fut un peu calmée, elle s'exclama soudain :

— Il est affreusement tard ! Je vais te laisser. Tu veux sans doute aller te coucher. Je te vois vendredi, vers 18 h 30 ? Embrasse Michaël pour moi !

Elle raccrocha et il resta là, avec la certitude affligeante qu'il avait été assez stupide pour s'éprendre d'une femme qui ne l'aimait pas en retour avec la même profondeur…

Comment s'était-il laissé entraîner dans cette spirale ? Il avait toujours su que ça se terminerait ainsi. Elle avait besoin de lui. Elle l'appréciait. Elle semblait aimer ses baisers et lui avait fait l'amour avec un sincère enthousiasme.

… Pas suffisant, toutefois, pour qu'elle manifeste l'envie de renouveler l'expérience dans les jours qui avaient suivi.

Mark commençait à comprendre que l'amour qu'il avait partagé avec Emily avait été simple, aucun des deux n'attendant de l'autre ce qu'il attendait de Carrie. A posteriori, il se félicitait de ce que leur relation ait été aussi équilibrée. S'il avait été follement épris de son épouse, il aurait encore souffert davantage des conséquences de son choix.

L'avenir avec Carrie lui paraissait soudain bien sombre. Il y aurait d'autres rendez-vous, d'autres étreintes amoureuses, d'autres coups de fil au cours desquels elle lui demanderait conseil avant de louer sa sagesse… Et puis, progressivement, elle serait de plus en plus absorbée par ses études, ses rapports avec ses parents et avec sa sœur se stabiliseraient, et elle aurait de moins en moins besoin de lui.

Du coup, ses appels se feraient plus rares, elle aurait toujours quelque chose de prévu quand il lui propose-rait de passer la soirée avec lui…

Parce qu'elle ne l'aimait pas. Tout simplement. Elle avait seulement besoin de lui. Pour le moment.

Et il ne pouvait se contenter de ce genre de rapports.

C'était peut-être idiot, de vouloir être adulé par une femme, vingt-quatre heures sur vingt-quatre. Il se pouvait fort bien que la désertion d'Emily ait fait germer en lui l'espoir irréaliste d'être tout pour la femme qu'il aimait. Or il doutait fort que ce soit le cas. Carrie s'était tournée vers lui parce qu'il avait été là, prêt à l'aider, et non parce qu'elle avait été éblouie par sa personnalité.

Par ailleurs, elle avait sans doute raison quand elle le taxait de lâcheté. Il n'était pas encore remis de la mort d'Emily et il se demandait s'il était assez fort pour risquer de s'engager plus loin avec Carrie — surtout quand la seule marque d'affection qu'elle lui donnait était de lui téléphoner pour le tenir au courant de ses problèmes familiaux.

Et puis, il y avait Michaël. Michaël qui risquait de nourrir de faux espoirs, lui aussi. Alors tant pis. S'il devait perdre Carrie, il pouvait au moins protéger son fils en mettant immédiatement fin à la relation.

Carrie n'aurait su dire précisément ce qui avait changé, mais les choses étaient différentes, ce soir. Elle avait l'impression de dîner avec un parfait inconnu.

Mark l'avait emmenée chez *Matt*, dans un cadre magnifique, juste au-dessus de la place du Pike Market. La nourriture était exquise. Elle avait choisi un filet de flétan sur son lit d'asperges et de pommes de terre rôties. Son compagnon, lui, avait opté pour le carpaccio de thon accompagné de riz pilaf.

Malgré le vin et l'ambiance romantique, Mark était si lointain qu'elle songea, dans un moment de panique, qu'il regrettait leur nuit d'amour et cherchait un moyen de le lui avouer.

— Mark ? dit-elle, n'y tenant plus. Il y a un problème ?

Elle vit son front se barrer d'une ride soucieuse.

— Un problème ? Non. Pourquoi tu me demandes ça ?

— Tu es… distant, ce soir.

Son expression ne s'adoucit pas.

— Désolé. Je suis un peu fatigué.

— Ah… Je vois… Si tu veux rentrer de bonne heure, je ne me vexerai pas, tu sais…

L'espace d'un instant, elle crut lire une lueur de soulagement dans ses yeux.

— Si tu n'y vois pas d'inconvénient, dit-il en faisant signe au garçon. Alors ? Tu vois Suzanne, ce week-end ?

Il ne se souvenait donc pas du froid sur lequel sa sœur et elle s'étaient quittées, après sa réaction stupide ?

— Non. En revanche, mes parents souhaitent faire sa connaissance et j'ai hâte de lui annoncer ça. Je suis tellement contente !

— Super, oui, répondit-il distraitement.

Il reprit sa carte de crédit et se tourna vers Carrie.

— On y va ?

— On y va, dit-elle, un sourire un peu forcé aux lèvres.

Il se pouvait qu'il soit vraiment fatigué, après tout…

Même à cette heure tardive, alors que le marché était fermé, Carrie sentait l'odeur du pain frais et des fleurs. Quelques rires s'élevèrent dans l'obscurité, des voix retentirent un peu plus loin. Les multiples restaurants du quartier amenaient du monde, des couples élégamment vêtus et des hordes de *yuppies* qui vivaient au centre de Seattle. Les appartements, dans le quartier, étaient estimés à plus d'un million de dollars et la plupart d'entre eux avaient vue sur le Puget Sound et les montagnes Olympiques d'un côté, sur la Space Needle de l'autre.

La soirée était douce. Mark et Carrie avaient été obligés de se garer à plusieurs centaines de mètres du restaurant. Ils regagnèrent la voiture d'un pas lent, côte à côte. A aucun moment néanmoins, Mark ne fit mine de lui prendre la main ou de lui glisser un bras sur l'épaule. Un silence gêné semblait s'être installé entre eux.

Mal à l'aise, Carrie chercha quelque chose à dire. Et comme le dernier sujet qu'ils avaient abordé était celui de Suzanne, elle se mit à spéculer sur ce que ses parents penseraient d'elle et s'interrogea sur le moment le plus propice pour organiser la rencontre.

— Qu'en penses-tu ?

— Je n'en sais rien, Carrie. Je ne connais pas tes parents.

Bien que piquée au vif par la sécheresse de sa réponse, elle s'efforça de s'en tirer par une pirouette.

— Voila qui est sans appel !

— Arrête un peu, Carrie, dit-il avec une hargne subite. Je ne suis pas psychologue !

Ils avaient atteint la voiture. Il ouvrit la portière du passager sans un regard pour Carrie.

— Tu m'as pourtant donné de bons conseils, jusqu'ici, répliqua-t-elle, malgré le nœud qu'elle avait dans la gorge.

De bons conseils, prodigués avec générosité, pas à contrecœur, comme si elle l'y avait forcé.

Il laissa échapper un soupir.

— Ne fais pas attention à moi. J'ai été de mauvais poil toute la semaine. J'aurais dû t'appeler pour annuler, ce soir. Désolé.

— Ce n'est pas grave.

Elle monta dans le véhicule et attacha sa ceinture. Mark referma la portière, contourna la voiture et monta à son tour. Il enfonça la clé de contact dans le tableau de bord, fit mine de la tourner et laissa retomber sa main.

— Ecoute, Carrie…

Elle sentit son cœur se serrer.

Il se tourna vers elle. La lumière d'un réverbère à travers le pare-brise faisait une ombre sous ses yeux.

— Autant être clair… Tes nerfs ont été mis à rude épreuve, ces derniers temps, et je crois avoir été la seule personne vers laquelle tu pouvais te tourner. Seulement, je commence à avoir l'impression que tu n'as besoin de moi qu'à cause de tous ces bouleversements, dans ta vie. Pas pour ce que je suis.

— Je ne comprends pas, murmura-t-elle. L'autre nuit…

— Ce qui s'est passé l'autre nuit était une erreur. Tu t'es crue coupée à jamais des tiens, et j'étais là… J'ai profité de ta vulnérabilité du moment pour te mettre dans mon lit.

Pour le coup, elle se mit en colère.

— Mark, j'ai vingt-six ans. Pas cinq. Et je n'ai rien d'une de ces femmes de l'époque victorienne, qu'on pouvait séduire malgré elles. J'étais là, moi aussi, l'autre soir. Et je te désirais.

— Nous nous sommes téléphoné plusieurs fois, depuis la semaine dernière. Et à aucun moment tu n'as fait allusion à ce qui s'était passé entre nous.

— Toi non plus !

Elle le vit crisper les mâchoires.

— C'est vrai. J'ai bien senti que tu avais autre chose en tête.

Elle sentit ses joues s'enflammer.

— Il faut dire que la semaine a été plutôt riche en événements ! Et pour tout t'avouer, je… je n'avais aucune idée de ce que notre nuit signifiait pour toi. Alors je n'ai pas osé… J'attendais de savoir ce que tu avais à en dire, toi.

— Ce que j'ai à en dire ? J'étais en train de tomber amoureux de toi, Carrie. Et je me suis soudain rendu compte que je faisais surtout office de confident. Rien d'autre.

Carrie était partagée entre l'angoisse et l'indignation.

— Si tu m'avais expliqué tout ça avant ou si tu m'avais interrogée sur mes sentiments, on n'en serait sûrement pas là !

— Je n'ai pas dit que mes reproches étaient justifiés, dit-il d'une voix morne. Seulement, je crois que je viens de comprendre que je ne suis pas taillé pour ce genre d'histoire.

Là-dessus, et comme si rien de ce qu'elle pourrait

ajouter n'importait, il tourna la clé de contact et fit rugir le moteur.

Carrie fit une dernière tentative.

— Ce n'est pas un confident, que je cherchais, c'est toi… Je me suis tournée vers toi… parce que je t'aime.

Il se contenta de secouer la tête puis, après avoir jeté un coup d'œil dans le rétro, démarra.

— Tu ne sais quasiment rien de moi. Quand j'y pense, je m'aperçois que tout ce que nous avons fait, c'est parler de tes parents, de ta sœur, de toi et de ta façon de prendre la nouvelle de ton adoption.

Carrie accusa le coup mais s'obstina.

— Je croyais te connaître. Par la façon dont tu m'as aidé, ta manière d'être avec ton fils… Tout cela m'en a plus appris sur ton compte que… Ah, je ne sais pas, tu me déconcertes !

Il haussa les épaules.

— Là encore, c'est sûrement ma faute. J'ai voulu t'aider à passer un cap difficile de ton existence. A présent, je pense que tu préfères ignorer jusqu'à quel point j'en veux toujours à ma femme, que tu ne souhaites pas rencontrer mes amis ou bien savoir comment je suis, quand je ne suis pas d'humeur à écouter mon prochain. Sois honnête, Carrie. Est-ce que tu t'es jamais demandé quel genre d'homme j'étais avant de consacrer mes journées à mon fils et à mon boulot ? Tu as essayé de savoir si j'avais des rêves ? Des regrets ?

Elle ne trouva rien à répondre et cette révélation

lui causa un nouveau choc. Etait-il possible qu'elle soit aussi peu à l'écoute, aussi… superficielle ?

Il lui jeta un coup d'œil, devina ses pensées et n'ajouta rien.

Carrie ne s'était jamais sentie aussi minable. Si la colère paternelle l'avait anéantie, elle ne l'avait pas rabaissée comme celle de Mark à l'instant. Honteuse, elle regarda droit devant elle et ne dut qu'à son amour-propre de garder la tête haute et les yeux secs.

Ils firent le reste du trajet en silence. Carrie fixait la route, consciente de la rigidité avec laquelle Mark se tenait, à côté d'elle, et de la façon dont ses mains étaient crispées sur le volant. Des feux de croisement leur éclairaient brièvement le visage, la voiture ralentissait, accélérait, virait à gauche, à droite.

Carrie se laissa ainsi conduire comme dans un rêve jusqu'à ce que les amortisseurs rebondissent sur les ralentisseurs délimitant l'entrée de sa résidence.

— Carrie, dit-il alors, d'une voix rauque. Je me suis conduit comme un véritable crétin. Il se peut que mes mots aient dépassé ma pensée… Je n'en sais rien moi-même.

— Pas du tout. Tu as été franc. Et si la Carrie que tu m'as dépeinte ne me plaît pas beaucoup, j'ai bien peur que ce soit bel et bien moi. Dommage… Ça aurait pu marcher… Si nous nous étions rencontrés à un autre moment… Cela dit, ajouta-t-elle en refoulant ses larmes, il paraît que le stress est révélateur du caractère d'une personne. Alors je suppose que tu as raison sur toute la ligne.

Elle ouvrit sa portière et se tourna une dernière fois vers lui.

— Au revoir, Mark. Et merci.

Elle s'éloigna en toute hâte, et grimpa les marches, consciente que Mark la suivait du regard. Elle fouilla dans son sac sans s'arrêter, attrapa ses clés et les serra dans son poing. A son grand soulagement, elle réussit à faire pénétrer la clé dans la serrure du premier coup et ouvrit la porte.

Haletante, elle la claqua en toute hâte et ferma le verrou à double tour.

Elle traversa le salon, laissa tomber ses clés et son sac et gagna sa chambre à coucher.

Là, elle se roula en boule sur son lit pour donner libre cours à son désespoir.

Chapitre 15

Mark resta derrière le volant, comme paralysé, le regard fixé sur l'immeuble de Carrie. Il était hanté par le désespoir qu'il avait lu sur son visage.

L'air lui manquait. Il inspira péniblement et, l'espace d'un instant, songea qu'il aurait voulu revenir en arrière. Pourtant, la raison lui dictait que ses paroles n'avaient pas vraiment dépassé sa pensée.

Il reconsidéra péniblement ce qui l'avait amené à prendre la décision qui lui avait paru si sage, quelques jours plus tôt. Et si, en réalité, sa réaction était due à ce qui s'était produit avec Emily ? Peut-être éprouvait-il des difficultés à croire qu'une femme puisse l'aimer parce que ça n'avait pas été le cas de son ex-épouse ?

Il secoua la tête. Non. Emily l'avait aimé. Pas assez, certes, puisque ses sentiments pour lui ne l'avait pas aidée à surmonter son désir d'enfant. Si elle avait pu procréer, il n'aurait sans doute jamais rien su de sa frustration amoureuse, et ils auraient vécu plus ou moins heureux.

Malheureusement, en faisant ce pari dangereux,

elle lui avait montré la place qu'il occupait dans son cœur. Or, Mark voulait être aimé pour lui-même, pas en tant qu'oreille attentive, ami et confident toujours prêt à réconforter son prochain sans jamais exprimer aucun besoin personnel.

« Va frapper à sa porte, chuchota une voix, au fond de lui. Dis-lui que tu l'aimes et que tu as pris peur, c'est tout ! »

Il ne fit même pas mine d'ouvrir la portière. Il n'était pas certain que ses paroles ne lui aient été dictées que par la peur. Car que se passerait-il s'il cessait de lui prodiguer ses conseils ? Si, la prochaine fois que Carrie l'appelait, il était trop occupé pour lui prêter une oreille attentive ? Bref, combien de temps « l'aimerait-elle », comme elle le prétendait, s'il cessait d'être là pour elle ?

La voix s'acharna : « Tu ne veux pas qu'elle se tourne vers toi ? Bizarre… Si tu l'aimes, pourquoi répugnes-tu tant à être son point d'ancrage quand elle a besoin de toi ? »

Une évidence monta soudain en lui, lui déchirant la poitrine. Oui, il voulait qu'elle l'appelle, qu'elle ait besoin de lui ! Il voulait qu'elle lui confie la moindre de ses inquiétudes, de ses espérances et le moindre de ses doutes !

Tout ce qu'il voulait en retour, c'était qu'elle en attende autant de lui.

Et, à présent, il avait perdu toutes ses chances de savoir si c'était le cas.

Au bout d'un long moment, il jugea qu'il était en

état de reprendre la route. Il enclencha une vitesse, fit marche arrière et s'éloigna.

Carrie fut étonnée de constater que, contrairement à ce qui s'était passé lorsqu'elle avait appris que ses parents l'avaient adoptée, elle parvenait à vivre normalement.

Elle se rendit régulièrement au travail, assista à une réunion d'information sur le cours de science de l'éducation, à l'université de Washington. Elle eut sa mère au téléphone par deux fois et alla retrouver son père à l'hôpital, un jour, pour déjeuner avec lui.

Pourtant, elle se sentait désespérément vide. Un peu comme si la Carrie que tout le monde voyait n'était qu'un fantôme sans chair ni sang.

Le mardi, elle se décida à appeler sa sœur.

— Suzanne ? demanda-t-elle timidement. C'est Carrie.

— Evidemment, c'est Carrie ! Je ne connais qu'une personne qui ait exactement la même voix que moi ! Comment vas-tu ?

— Bien, et toi ?

— Bien. J'ai beaucoup réfléchi, ces derniers temps.

— Pas à propos de ce que je t'ai dit, j'espère. C'est moi… Je me sentais un peu… écartelée.

— Je ne pensais pas du tout à ça. En fait, j'espérais que tu avais accepté mes excuses.

— Et tu avais raison ! Alors, dis-moi à quoi tu as réfléchi !

— Toi d'abord. Tu as téléphoné à tes parents ?

— Oui. Et ils aimeraient faire ta connaissance.

Suzanne laissa échapper un cri étouffé.

— Vous vous êtes réconciliés ? Génial ! Pourquoi ne me l'as-tu pas dit tout de suite ?

Du coup, Carrie lui raconta l'entrevue par le menu.

— A ton tour, Suzanne, dit-elle enfin. A moins que ce soit trop long pour qu'on en parle au téléphone ? On peut se voir, si tu veux.

— Pour tout t'avouer… Oui. Je préférerais qu'on se voie. Tu vas sans doute me prendre pour une dingue !

— Là, tu m'intrigues ! répondit Carrie avec un rire forcé.

La vérité était qu'elle n'avait aucune envie de rire. En fait, elle ne ressentait pas grand-chose, mis à part un chagrin profond et persistant.

Elles convinrent de se retrouver dans un restaurant italien, le soir même, à mi-chemin entre Edmonds et Bellevue.

Carrie passa le reste de la journée à se demander ce que sa sœur avait bien pu imaginer de si « dingue » que ça. Cela eut au moins le mérite de lui éviter de ressasser la scène du vendredi précédent.

Lorsqu'elle arriva au restaurant, Suzanne était déjà là. Elles passèrent leur commande et Carrie attendit patiemment que la serveuse leur ait servi un verre de merlot avant de lancer :

— Alors ? Je t'écoute !

Suzanne respira à fond et se jeta à l'eau.

— J'envisage d'adopter un enfant.

Carrie avait porté son verre à ses lèvres. Elle se mit à tousser et faillit s'étrangler.

— Qu'est-ce… que tu as dit ? bredouilla-t-elle quand elle fut un peu remise.

— Je vois que ça te fait de l'effet !

— Ce n'est pas ça… Seulement… Tu parles sérieusement ?

— J'ai presque trente-deux ans, tu sais. Et j'ai toujours voulu des enfants. Quand je me suis mariée, je n'avais qu'une hâte : fonder une famille. Josh a préféré attendre et j'ai accepté. Vu ce qui s'est passé entre nous ensuite, je suis plutôt contente de ne pas avoir eu d'enfants avec lui, précisa-t-elle. Rien que d'y penser, j'en ai la chair de poule. Tu imagines ? Nous aurions été liés à vie. Nul doute qu'il aurait obtenu un droit de visite et je…

Elle se reprit.

— Bref, ça aurait été terrible… Cela dit, je ne rajeunis pas et je veux un enfant.

Carrie se mordit la lèvre. Tout cela lui rappelait la femme de Mark et son désir forcené de grossesse.

— Et tu penses que l'adoption satisfera ce désir ? Pourquoi ne pas faire un bébé toi-même ?

— Oh, j'adorerais ça ! Encore faudrait-il que je

rencontre l'homme de ma vie… Cela dit, le plus important pour moi est d'*élever* un enfant. Et je sais que l'adoption comblera ce désir.

Suzanne s'absorba un instant dans ses réflexions. Lorsqu'elle reprit, elle paraissait terriblement vulnérable.

— Alors ? Qu'en dis-tu ? Ça ne te paraît pas trop fou, comme idée ?

Carrie lui prit la main.

— Pas du tout. Je serai ravie d'être tante.

— Ouf ! Je me sens mieux… Ça faisait un moment que je ruminais cela. C'est à force de t'entendre parler de changer de vie que je me suis décidée. Parce qu'il faut bien l'avouer, je n'ai pas beaucoup de sources de satisfaction, en ce moment.

— Ne me dis pas que tu as donné ta démission, par la même occasion ?

Elle avait dit cela pour plaisanter et s'attendait à ce que sa sœur lui réponde par un éclat de rire. Au lieu de cela, Suzanne la considéra d'un air contrit.

— Pas pour l'instant… Je me suis contentée de faire une demande de prêt pour créer ma propre entreprise. Ecoute bien, Carrie, dit-elle.

Elle parlait de plus en plus vite et sa voix vibrait d'excitation.

— J'ai déniché la boutique idéale. Elle se trouve dans une rue parallèle, de sorte que le loyer est un peu moins élevé que dans les rues commerçantes. En même temps, elle est juste au coin d'une galerie d'art qui expose fréquemment des textiles divers. Les clients qui traverseront la rue au passage piétons verront forcément mon enseigne.

— Tu crois que tu parviendras à te payer, la première année ?

— Je l'espère, oui. En fait, j'en suis presque sûre. Je donnerai des cours de tricot. Et puis, n'oublie pas que j'ai presque de quoi constituer mon stock ! Bien sûr, il me restera à acheter les meubles, les étagères, un comptoir, une caisse enregistreuse et… Je sais que je peux y arriver, conclut-elle, hors d'haleine.

— Formidable !

Enfin une raison de se réjouir… La première depuis plusieurs jours.

— Tu as un sacré courage, Suzanne. Je n'ai pas cessé de faire des projets en l'air, moi. Toi au moins, tu prends les choses en main. Tu crois que le prêt te sera accordé sans problème ?

— L'employé auquel j'ai eu affaire m'a semblé optimiste. Oh, Carrie ! Tu imagines ? Ce serait merveilleux, non ?

La jeune femme sentit les larmes lui monter aux yeux et sourit vaillamment, en espérant que sa sœur ne remarquerait rien.

— Super, tu veux dire ! Je t'aiderai à préparer l'ouverture, si tu veux. Du moins le week-end… Si je n'y connais rien au tricot, j'ai certains talents d'organisatrice. Et des biscotos ! conclut-elle, joignant le geste à la parole.

— C'est sympa, merci.

Suzanne la dévisagea attentivement.

— Carrie ? Qu'est-ce qui ne va pas ?

— Mark et moi nous sommes séparés, répondit-elle, vaincue. C'est drôle, je suis sortie avec Craig pendant près de deux ans, et tout ce que j'ai ressenti, quand nous avons rompu, c'est un peu de tristesse, sans plus. Alors que Mark et moi ne nous sommes vus qu'une dizaine de fois en tout et... Et...

— Et tu es effondrée, murmura Suzanne.

Elle hocha la tête et s'essuya discrètement les yeux avec sa serviette.

— C'est venu de lui ?

— Oui. Il semble convaincu que je n'attends de lui que du réconfort et quelques conseils, expliqua-t-elle, se ressaisissant. Et que si j'ai besoin de lui en ce moment, ce ne sera pas toujours le cas.

— Et il n'y a rien de vrai, dans tout ça ? demanda gentiment Suzanne.

— Non, répondit-elle en s'efforçant de se contrôler. Cela dit, je comprends très bien ce qui peut lui faire penser ça. J'ai été tellement... égoïste. Il m'a dit que nous ne parlions que de moi. Et je dois bien reconnaître que c'est tout à fait vrai. Seulement... Je ne suis pas dans mon état normal, en ce moment. Et Mark est injuste... Ma vie est sens dessus dessous, pas la sienne. On n'allait tout de même pas chronométrer notre temps de parole à chacun, si ?

— Ecoute, fit Suzanne en lui reprenant la main. Si tu veux mon avis, il se trompe sur toute la ligne. On commence à se connaître, toutes les deux, et je n'ai pas eu le sentiment que tu étais particulièrement tournée sur toi-même. Pour tout t'avouer, j'ai même été agréablement surprise par ta personnalité !

— C'est gentil de me dire ça. J'avais vraiment besoin d'être rassurée. D'autant que j'ai parfaitement conscience d'avoir fait du mal à Craig, puis à mes parents. Et puis… c'est vrai que je suis un peu gênée d'en être encore à chercher ma voie, à vingt-six ans passés. Je devrais pourtant commencer à savoir ce que je veux faire de mon existence, non ?

— Tu es comme tout le monde, Carrie, tu as des doutes. Je ne dois pas être la seule à te le dire. Quant à trouver ta voie… C'est moi, pas toi, qui suis en train de laisser tomber un boulot en or et le chèque mensuel qui va avec. Et c'est moi qui vais me lancer dans la création d'entreprise, en sachant pertinemment que quatre-vingt dix pour cent d'entre elles mettent la clé sous la porte dans les deux ans qui suivent… J'aurai l'air malin, si ça m'arrive, tu ne crois pas ?

— Pas du tout. Tu auras au moins tenté ta chance. Il vaut mieux échouer qu'être trop frileux pour essayer… Pff ! Tu m'entends ? On dirait une de ces maximes qu'on trouve sur les cartes de vœux, acheva-t-elle avec un petit rire.

— D'un autre côté, si on les achète, ces cartes, c'est bien parce qu'elles expriment une pensée qu'on est trop timide pour verbaliser soi-même. Par ailleurs, tu as entièrement raison. Quoi qu'il arrive, je serai contente d'avoir essayé.

Elles mangèrent en discutant de l'adoption. Suzanne

ne voulait pas de bébé, c'était un peu trop, si elle voulait ouvrir une boutique dans le même temps.

— Sans compter qu'on s'arrache les nourrissons. Non… Je préférerai adopter un enfant de six ou huit ans. Voire même plus… Je préférerais une fille parce que j'ai l'impression que nous nous comprendrions mieux.

Carrie acquiesça.

— Les petits garçons sont de véritables énigmes pour moi. Sauf, ajouta-t-elle, bien que la pensée soit douloureuse, Michaël, le fils de Mark… Il est génial.

— C'est bien pour ça que je ne veux écarter aucune possibilité, a priori.

— Du coup, je peux dire adieu à ma chambre !

Suzanne la gratifia d'un sourire radieux.

— Pas du tout ! C'est bien l'avantage d'ouvrir une boutique… Je vais de nouveau avoir trois chambres à la maison !

— Tu plaisantes ! Tu vas renoncer à ton atelier ?

— Bien sûr ! Sans aucun regret ! J'aimerais tant que tu viennes vivre chez moi !

— Je t'ai déjà dit à quel point je suis heureuse que tu aies cherché à me retrouver ?

— Malgré tous les problèmes que ça a causés ? demanda Suzanne avec une petite moue.

— Oui. Malgré tout ça, répondit-elle sans hésiter. Ça m'a aidée à mieux me comprendre moi-même et à mûrir un petit peu ! Mieux encore, je suis convaincue que mes rapports avec mes parents seront plus sains.

Ma mère commence déjà à paraître soulagée de ne plus avoir ce secret sur la conscience.

— C'est bien vrai, au moins, que tes parents veulent faire ma connaissance ?

— Tout ce qu'il y a de plus vrai. Papa a dit…

A ce souvenir, un nœud lui obstrua la gorge, et elle fut forcée de s'interrompre.

— Il a déclaré que, dès lors que tu étais ma sœur, tu faisais partie de la famille.

Suzanne acquiesça.

— D'une certaine manière, oui… C'est curieux, poursuivit-elle en faisant tourner son verre dans sa main. Tante Jeanne n'arrête pas de me demander de tes nouvelles.

Carrie s'attendait à éprouver le même ressentiment qu'au début et s'aperçut qu'il n'en était rien. Comment avait-elle pu se permettre de juger son oncle et sa tante sans les connaître et sans rien savoir des circonstances qui avaient entouré son adoption ? D'après Suzanne, son enfance n'en avait été que meilleure. Or c'était ce qu'ils avaient espéré à l'époque, non ?

— Je crois que je suis prête, murmura-t-elle.

— Merci pour elle. Tante Jeanne a vécu les trois-quarts de son existence avec un affreux sentiment de culpabilité et des tonnes de regrets. Le fait de te voir devrait alléger un peu son fardeau.

Un silence s'ensuivit et Carrie en déduisit que sa sœur, tout comme elle, pensait à Luc.

Elle s'éclaircit la voix.

— Je m'étais promis de ne plus avoir de secrets pour les miens… Or je t'ai caché quelque chose.

— Ah ? Quelque chose de grave ?

— Pas vraiment, non. Ecoute, j'ai appelé Luc. Enfin Gary… J'étais furieuse, après sa réponse à Mark. Bref… Je lui ai dit qu'il se comportait comme un bel égoïste et qu'un simple coup de fil te ferait vraiment plaisir.

Suzanne la dévisageait, les yeux ronds.

— Qu'est-ce que… Qu'est-ce qu'il t'a répondu ?

— Désolée, Suzanne. Il nous a qualifiées de parfaites étrangères et m'a priée de le laisser en paix. Il m'a semblé complètement détaché de tout ça. Pas intéressé pour deux sous…

Suzanne paraissait anéantie. Elle resta un long moment sans bouger. Pour finir, elle se secoua et dit :

— Au moins, tu auras entendu le son de sa voix. L'important, c'est de savoir qu'il est vivant et… qu'il sait où nous trouver.

— Certes…

— Autre chose. Le fait que tu aies essayé de me protéger en passant cet appel sous silence prouve encore une fois que tu n'es pas égoïste. Parce que c'est bien pour moi que tu l'as appelé, non ?

— Disons que je savais à quel point tu aurais été heureuse de nous voir réunis, tous les trois, ne serait-ce qu'une seule fois. Ça m'aurait fait plaisir, à moi aussi, bien sûr, seulement… pas de la même manière.

— Assez parlé de Luc… Quand est-ce que tu me présentes à tes parents ?

— Papa ? Carrie va venir nous voir, ce soir ?

Ils avaient passé tout le week-end ensemble et c'était au moins la troisième fois que Michaël faisait allusion à la jeune femme. Carrie par-ci, Carrie par-là… Chaque fois, Mark avait serré les dents et changé de conversation. Cette fois, il ne pouvait plus reculer.

— Non, bonhomme. Elle ne vient pas ce soir. Heidi n'a pas prévu pour tout le monde.

Il s'apprêtait justement à servir le repas. Il tendit un verre de lait à son fils et lui demanda de l'emporter dans la salle à manger.

L'enfant réapparut presque aussitôt et s'entêta, comme seuls les gamins de cinq ans savent le faire.

— Demain alors ? Parce que j'aime bien la voir, tu sais, et ça fait longtemps qu'elle n'est pas venue chez nous… Sauf le jour où elle était triste.

— Je l'ai vue vendredi soir, souviens-toi.

— Pas moi !

— Non. Allez, file ! Va te mettre à table. J'arrive.

Il déposa les plats sur la table et remplit leurs deux assiettes.

— Alors ? Heidi t'a montré les photos de sa robe de mariée ?

Mark plissa le nez.

— Oui. Elle est pas mal, dit-il, dubitatif.

Un peu trop sophistiquée pour une femme comme Heidi, au goût de Mark, bien qu'il se soit gardé de le lui dire. L'important était que la jeune femme se sente belle.

— Il va falloir que tu fasses attention, avec les alliances. Il ne s'agit pas de les laisser rouler sous les bancs de l'église, au moment fatidique !

Michaël partit d'un grand rire.

— Ce serait drôlement rigolo, tu ne trouves pas ? Tout le monde se mettrait à quatre pattes pour essayer de les retrouver !

— Je ne crois pas que Heidi trouverait ça très amusant, répondit-il avec un regard sévère. Elle veut que tout soit parfait, ce jour-là et comme tu aimes beaucoup Heidi, c'est ce que tu lui souhaites, toi aussi. Je ne me trompe pas ?

— Je ne le ferais pas exprès ! protesta Michaël. J'ai seulement dit que ce serait rigolo si…

Il s'interrompit brutalement.

— Je ferai bien attention. C'est promis, dit-il d'un ton piteux.

— Parfait.

— Et si on invitait Carrie ? demanda-t-il soudain.

Mark secoua la tête avec consternation. Dire que son but avait été de changer de conversation !

— Carrie et Heidi ne se connaissent pas, bonhomme.

— Oui, mais c'est encore dans longtemps…, répondit l'enfant, avant de froncer les sourcils, visiblement perplexe. Si c'est dans très longtemps, pourquoi est-ce qu'elle a déjà acheté sa robe ?

Mark prit le temps de trouver les mots.

— Les mariées…, enfin, les jeunes femmes qui vont se marier, doivent faire tout un tas de préparatifs. Elles doivent choisir les robes des demoiselles d'honneur, décider de la tenue de leur fiancé, penser aux fleurs, au buffet… Alors, elles s'y prennent des mois à l'avance. Heidi a choisi de commencer par la robe, c'est tout !

— C'est quoi, un fiancé ?

— Le fiancé, c'est Peter. L'homme qu'elle va épouser.

— Ah !

— Et tous doivent dresser la liste des invités avec soin, pour que tout le monde puisse entrer dans l'église, et pour être sûr d'avoir suffisamment à manger… C'est pour cela qu'on n'invite généralement que la famille et les amis les plus proches.

— Carrie est mon amie la plus proche ! La tienne aussi, d'ailleurs, pas vrai, papa ?

Mark commençait à avoir un sérieux mal de tête.

— Comment se fait-il que tu penses autant à Carrie, subitement ?

Michaël reposa lentement son morceau de pain et regarda son père d'un air solennel.

— Bah… Tu m'as dit que Heidi aurait sûrement des enfants. Quand ils seront nés, elle ne pourra plus être comme ma maman… Alors je me suis dit que Carrie pourrait peut-être la remplacer !

Le coup fut rude pour Mark. S'il s'était imaginé un seul instant qu'il était encore temps d'éviter une grosse déception à son petit garçon, il s'était trompé.

— Tu ne la connais pas beaucoup, Michaël…

L'enfant le dévisagea d'un air de doute.

— Je croyais que tu l'aimais bien, toi aussi. Tu ne l'aimes pas, papa ?

— Bien sûr que si. Seulement ça ne signifie pas pour autant qu'elle va venir vivre avec nous et remplacer ta maman.

— Moi, j'aimais bien quand elle venait nous voir, marmonna Michaël, la tête baissée.

— Ouais. Moi aussi, bonhomme, avoua Mark, brisé.

— Elle ne viendra plus jamais ? reprit l'enfant en l'observant.

« Après l'avoir quasiment accusée de ne penser qu'à elle-même ? songea-t-il. Non… Il y a peu de chances ! »

Mark reposa sa fourchette, incapable de feindre l'appétit plus longtemps.

— Je n'en sais rien, mon garçon, soupira-t-il. Je n'en sais rien.

Carrie aidait sa mère à préparer le repas en discutant de choses et d'autres. Pourtant, elle tendait l'oreille et, lorsque la voiture arriva, elle se précipita sur le perron.

— La voilà !

— Nous avons une sonnette, Carrie ! lui fit remarquer son père, depuis la salle de séjour.

— Allez ! Viens avec moi, que je te la présente ! répondit-elle.

Elle ouvrit la porte à toute volée et descendit les marches pour aller accueillir sa sœur qui venait de ranger les clés de sa voiture dans son sac et se dirigeait vers l'entrée.

— Ouah ! s'exclama-t-elle en contemplant la demeure d'un air admiratif.

Elle se tourna pour admirer la vue.

— Et quel jardin magnifique ! Je n'ai jamais vu d'aussi belles roses, poursuivit-elle, au moment précis où Katrina émergeait de la maison, à son tour.

Elle n'aurait pu trouver mieux à dire. Katrina alla à sa rencontre, un sourire radieux aux lèvres.

— Suzanne ? Katrina Saint…

Elle poussa un petit cri de surprise.

— Mon Dieu ! s'exclama-t-elle en dévisageant tour à tour les deux jeunes femmes. On dirait… Que je suis bête, se reprit-elle. Vous *êtes* sœurs ! Carrie m'avait bien dit que vous vous ressembliez, cependant je croyais qu'elle exagérait. Julian ! Julian, viens voir !

— Je suis là, ma chérie, dit-il du haut des marches.

A son tour, il les dévisagea d'un air incrédule.

— La ressemblance est frappante, dit-il enfin. Eh bien ! Je comprends à présent pourquoi Carrie n'a jamais eu le moindre doute sur le lien qui vous unit !

Suzanne leur sourit chaleureusement à tous les deux.

— J'ai été sidérée, la première fois que nous nous

sommes vues. Maman… Ma mère avait l'habitude de dire que Line…

Elle ferma brièvement les paupières avant de reprendre.

— Désolée. Je suis en train de m'embrouiller… Maman disait que Carrie et moi, bébés, nous ressemblions comme deux gouttes d'eau. Je me souviens même avoir pensé que ce n'était pas vrai du tout. Déjà parce que je faisais tout le temps la grimace, sur les photos, alors que Carrie a toujours souri à tout le monde… Même à des inconnus.

— Je confirme, répliqua Katrina en souriant. Elle adorait tout particulièrement séduire son monde, au supermarché.

— Ne restez pas là ! intervint Julian. Entrez donc !

— J'espère que vous me ferez visiter votre jardin, tout à l'heure !

— Volontiers ! s'exclama Katrina, ravie.

Le repas fut très agréable. Carrie était fière de ses parents, fière de sa sœur. Tous se comportèrent le plus naturellement du monde, et personne ne commit d'impair. Mieux, les deux parties semblaient s'apprécier. Suzanne ne se lassait pas de vanter les mérites de sa sœur, pour le plus grand plaisir des Saint-John qui, en retour, lui expliquèrent qu'ils avaient tout de suite vu que le nourrisson qu'ils avaient adopté avait été chéri par son entourage.

— Nous ignorions jusqu'à votre existence, expliqua Katrina. Nous savons que ses parents avaient péri dans un accident de voiture et qu'elle avait un frère. C'est tout.

Suzanne leur parla alors des Fulton.

— Ils étaient dans l'impossibilité totale d'élever cinq enfants, et ma tante a passé sa vie à le regretter. Carrie a accepté d'aller la voir… Oh… J'espère que je n'ai pas fait de gaffe, acheva-t-elle en jetant un regard contrit à sa sœur.

— Pas du tout, déclara Katrina. Nous étions au courant.

— J'espère que cette entrevue aidera un peu tante Jeanne. Ce n'est pas elle qui a pris la décision, à l'époque…

— Elle n'est pas la seule à avoir des regrets, fit remarquer Katrina. Moi aussi, je suis hantée par le souvenir de votre… frère à toutes les deux. Cela dit, si nous pouvions revenir en arrière et changer le cours des choses, nous n'aurions sans doute jamais connu Carrie… Et ça aurait été dommage !

Carrie se pencha vers elle et lui serra affectueusement la main.

— Ma sœur a eu une chance folle, déclara Suzanne dans un élan de sincérité. Je suis heureuse que vous l'ayez adoptée. Dire que je me suis fait un sang d'encre pour elle, alors qu'elle avait les meilleurs parents du monde !

Katrina tendit sa main libre à Suzanne.

— Mon petit… Je ne vois pas comment nous pourrions vous considérer autrement que comme notre fille, vous aussi… Si ça ne vous dérange pas, bien entendu, ajouta-t-elle un peu timidement.

— Vous plaisantez ? demanda Suzanne, les larmes aux yeux. Au contraire ! Rien ne pourrait me faire plus plaisir !

Carrie croisa le regard amusé de son père et éprouva un immense sentiment d'amour et de gratitude qui vint presque à bout du chagrin qui continuait de la miner.

Il ne manquait plus que Mark, autour de cette table…

Et Luc. Malgré sa réticence à se faire à l'idée qu'il avait une famille, il aurait dû être là, lui aussi.

Enfin, pour l'heure, elle essaierait de se contenter de ce qu'elle avait. Et elle s'interdirait de penser que si elle pouvait toujours espérer que Luc entre un jour dans leurs vies à tous, il lui fallait accepter le fait que Mark avait disparu de la sienne. A jamais.

Chapitre 16

Encore des retrouvailles en perspective et, cette fois, Carrie ne savait trop qu'en penser. Une chose était certaine, elle était soulagée de ne pas avoir à faire aussi la connaissance de son oncle ce jour-là.

Carrie et Suzanne avaient donné rendez-vous à la tante Jeanne dans un petit restaurant de Bellingham. Elles arrivèrent les premières et s'installèrent dans un des box, en discutant avec une nonchalance un peu forcée.

Suzanne, qui faisait face à la porte, se leva bientôt pour faire signe.

— Tante Jeanne, appela-t-elle, avant d'ajouter, d'une voix étonnée : Ray ! Quelle surprise !

Ray ?

Carrie respira à fond, s'arma de courage et se glissa hors du box à son tour.

La femme qui venait vers elles, une main posée sur le bras d'un homme relativement jeune, ressemblait exactement à la représentation que Carrie se faisait de sa mère naturelle, si elle avait atteint la cinquantaine.

Elle avait quelques rides et ses cheveux étaient striés de mèches blanches. Cependant elle avait gardé la ligne et paraissait minuscule à côté de son fils.

Son regard se porta immédiatement sur Carrie. Elle laissa échapper un petit cri et ses yeux se remplirent de larmes.

— Mon Dieu ! Suzanne m'avait pourtant prévenue… Tu es le portrait craché de Marie !

Carrie fit un pas vers elle et lui prit les mains, avec une spontanéité et une chaleur qui la déconcertèrent elle-même.

— Et le tien ! Tu es sûre que vous n'étiez pas jumelles, maman et toi ?

Jeanne Fulton eut un petit rire larmoyant. Elle s'agrippa aux mains de Carrie, les serrant à lui en faire mal.

— Je ne croyais pas voir ce jour arriver. Ma petite Line… Carrie, je veux dire. Merci d'être venue. Merci du fond du cœur.

— J'avais hâte, moi aussi.

Jeanne relâcha enfin son emprise et se tourna vers son fils.

— Je te présente ton cousin, Ray.

— Ravi de faire ta connaissance, déclara-t-il en lui serrant la main.

Il était grand, assez séduisant. Il paraissait méfiant et même, malgré ses dehors policés, vaguement hostile. Il pensait peut-être devoir protéger sa mère d'une éventuelle usurpatrice ou son héritage — si héritage il y avait — d'une cousine qu'il avait jusqu'alors considérée comme rayée des listes.

Carrie se reprocha aussitôt ces pensées mesquines. Le côté délicat de la situation suffisait à expliquer sa réserve.

— Je sais par Suzanne que tu es marié et que tu as deux enfants. Tu as des photos d'eux, j'espère !

— S'il n'en a pas apporté, j'en ai sur moi, annonça tante Jeanne en se glissant à côté d'elle. Comme toutes les grands-mères du monde, je suppose.

Ils consultèrent le menu et commandèrent. Jeanne insista pour payer l'addition.

— Ça me fait plaisir, expliqua-t-elle devant leurs protestations.

Elle sortit ensuite une enveloppe contenant des photos. Carrie fit les commentaires appropriés, sans se sentir un seul instant liée à ces enfants qui étaient donc… Elle dut réfléchir un instant avant d'établir leur lien de parenté. Ils étaient ses petits cousins. Ils devaient ressembler à leur mère ou tenir des Fulton car aucun d'entre eux n'avait les yeux noisette, le teint mat ou les cheveux sombres de leur grand-mère.

La conversation fut étonnamment superficielle. Tante Jeanne parla de la robe qu'elle confectionnait pour sa petite-fille, Ray du chantier qu'il venait de lancer, Carrie de son travail et Suzanne de sa future boutique. A aucun moment, elle n'évoqua son projet d'adoption et Carrie se demanda quelle serait la réaction de son oncle, en apprenant la nouvelle…

L'entrevue prit un tour un peu plus intéressant lorsque tante Jeanne se remémora ses propres parents.

— Mon père est mort d'une crise cardiaque à l'âge de 45 ans... Après ça, maman n'a jamais plus été la même, ajouta-t-elle en secouant tristement la tête. A la mort de Marie, elle a eu une attaque. Elle est entrée dans une maison de santé où elle est décédée, moins de six mois plus tard.

— Je me souviens vaguement de mamie, dit Suzanne. C'est vrai qu'il y avait cette aura de tristesse autour d'elle...

Jeanne reprit la main de Carrie, et la broya entre les siennes.

— Je regrette qu'elle ne t'ait pas connue. Ça lui aurait fait tant de bien... De voir à quel point tu ressembles à Marie, je veux dire...

Visiblement agacé par l'émotion de sa mère, Ray consulta sa montre et annonça qu'il devait regagner son chantier. Jeanne se troubla et, après s'être excusée inutilement auprès de tous, fit signe à la serveuse. Carrie songea qu'elle n'avait nul besoin de rencontrer Miles pour le détester. A travers les dires de sa sœur, elle avait compris que son oncle était un tyran domestique et Ray semblait avoir de qui tenir.

Au moment de partir, Jeanne serra Carrie contre elle et la dévisagea un instant.

— J'espère...

Elle ne termina pas sa phrase. Elle se tourna vers Suzanne, l'étreignit à son tour et se laissa entraîner par son fils vers la caisse et la sortie.

Carrie la regarda partir, mal à l'aise. Tante Jeanne semblait espérer que le temps perdu pouvait être rattrapé, que sa décision de ne pas élever tous les enfants de sa sœur pouvait être oubliée et qu'ils allaient pouvoir former une véritable famille. Or, bien qu'elle soit sincèrement désolée pour sa tante, elle ne pouvait en dire autant.

— Ray n'avait pas l'air bien pressé de faire ma connaissance, commenta-t-elle.

Suzanne la considéra un instant avec sympathie.

— Je sais. C'est un véritable crétin. Je plains sa femme.

— Et ses gosses, ajouta Carrie en repensant aux petits, sur les photos.

— Roddie a toujours été plus ouvert. Il faudra que je t'emmène le voir, un de ces jours.

— Oui. Bien sûr !

Là encore, elle n'était pas tout à fait certaine d'être sincère. Elle commençait à se sentir quelque peu débordée et, l'espace d'une seconde, regretta amèrement de ne pouvoir appeler Mark.

Cette pensée fit bientôt place à une autre, beaucoup plus douloureuse. Qu'y avait-il de mal à vouloir, de temps à autre, s'appuyer sur lui, quand elle le savait si fort ?

Au moment où elles sortaient du restaurant, Suzanne lui annonça qu'elle avait contacté des agences d'adoption.

— J'ai même assisté à une réunion d'information dans l'une d'entre elles. Malheureusement, j'ai eu la sensation qu'en ma condition de femme seule, ma demande ne serait pas accueillie favorablement. Sauf pour un gamin à problèmes — et je ne sais pas si je suis assez forte pour cela, surtout si j'ouvre ma boutique au même moment. Je commence à me demander si je ne fais pas erreur en voulant tout faire en même temps. Je pourrais garder mon travail...

— Et être malheureuse comme une pierre ?

— Ce n'est pas si terrible que ça, comme poste !

Carrie la considéra un instant.

— Ça fait combien de temps que tu cherches le pas-de-porte idéal, déjà ?

— Environ deux ans. Ça peut bien attendre encore quelques années !

— L'adoption aussi...

— Non. Je me sens prête !

— Et tu ne te sens pas prête à ouvrir ta boutique ?

— Je te remercie de ton aide ! répondit Suzanne en bouclant sa ceinture d'un geste rageur.

— De rien. C'est fait pour ça, les sœurs, non ? rétorqua Carrie avec un grand sourire.

Mark déposa le coffre sur la table située au sous-sol de la banque, et l'ouvrit pour en tirer l'enveloppe dans laquelle il avait rangé les papiers relatifs à l'adoption de Michaël.

Il voulait se rafraîchir la mémoire en ce qui concernait l'identité de sa mère naturelle.

Il dénoua le nœud de la cravate qu'il avait dû porter, ce jour-là, pour assister à une réunion. Il transpirait, malgré la fraîcheur ambiante et se demandait bien pourquoi. Il ne s'engageait pas à grand-chose en lisant les bribes d'informations que l'agence d'adoption leur avait fournies, à Emily et à lui.

Il avait été heurté de plein fouet par les questions de Michaël. Jusqu'alors, il avait considéré que son fils était encore trop jeune pour se demander pourquoi sa maman n'avait pas été en mesure de le garder. A moins, bien sûr, qu'il n'ait préféré ne pas voir à quel point c'était important, pour un enfant — et même pour un adulte — de se situer par rapport à sa famille. Michaël avait le droit de savoir à qui il ressemblait, par exemple.

Il continua de fouiller parmi les documents en se répétant que cela ne l'obligeait pas à prendre contact avec la mère. Il estimerait peut-être que l'enfant n'était pas prêt. Et s'il jugeait qu'une rencontre risquait de le perturber, il pourrait toujours trouver des prétextes et remettre les choses à plus tard. Voire à jamais…

Il entendit soudain la voix de Carrie, aussi clairement que si elle s'était trouvée à côté de lui.

Plus de secrets.

Il laissa échapper un grognement. D'accord. Il serait tout à fait honnête avec Michaël. Il était peut-être préférable d'apprendre que sa mère était une prostituée ou une toxicomane que de ne rien savoir du tout.

Aussi s'obligea-t-il à se concentrer sur les documents

fournis par l'agence, prenant des notes sur le bloc qu'il avait apporté avec lui.

Nom : Michaël Reginald Walker.

Considérant que le choix du prénom était une prérogative maternelle, Emily et lui avaient choisi de le lui conserver. Michaël avait vu le jour dans un hôpital de Spokane, il y avait donc de fortes probabilités pour que sa mère ait vécu dans les environs.

Il n'apprit pas grand-chose de nouveau sur les origines sociales ou les antécédents médicaux de la jeune femme. Plus intéressant, la profession d'un des grands-pères était connue : maréchal-ferrant. Si, par chance, il s'agissait du grand-père paternel et qu'il avait travaillé dans la région de Spokane, Mark n'aurait aucune difficulté à retrouver sa trace et à apprendre ce qu'il était advenu de sa petite-fille.

Brusquement, une pensée s'imposa à lui. Michaël était fasciné par les chevaux. Jusqu'alors, il avait pensé que c'était le cas de tous les enfants. A présent, il lui apparaissait que cet intérêt lui venait peut-être, inconsciemment, de sa famille naturelle, et il s'en trouva curieusement déstabilisé. L'idée que son fils puisse être influencé par des parents et grands-parents biologiques, qu'il n'avait jamais vus, l'irritait soudain au plus haut point.

Il se remit à jurer, haut et fort, cette fois-ci. Il s'était plu à croire qu'il était différent de la plupart des parents adoptifs et voilà qu'il voulait à tout prix que Michaël soit *à lui* !

Troublé, il remit les documents dans l'enveloppe,

l'enveloppe dans le coffre-fort et le coffre-fort à sa place.

Il quitta la banque en regrettant de n'avoir personne à qui demander conseil. Après tout, il outrepassait peut-être ses droits, en entamant des recherches sans attendre que Michaël soit en âge de le faire lui-même.

Quelqu'un à qui parler ? Pourquoi se mentait-il ainsi ? Il savait très bien *qui* il brûlait d'appeler.

L'idée se faisait même de plus en plus pressante.

« Et si je lui passais un coup de fil, pour voir ? » songea-t-il très sérieusement. Il pourrait lui dire qu'elle lui manquait tellement qu'il en avait perdu l'appétit et le sommeil… Qu'il s'apprêtait à rechercher la mère naturelle de son fils parce qu'il ne cessait de penser à elle et à sa souffrance, quand elle avait appris ce qu'on lui avait toujours caché.

Oui… Il pouvait l'appeler et lui annoncer que Michaël l'avait choisie pour mère — et que lui, Mark, trouvait ce choix fort judicieux. Il conclurait en lui avouant que l'idée qu'elle puisse se tourner vers un autre que lui, quand elle était triste, le rendait fou.

Comment réagirait-elle ?

Il n'y avait qu'une manière de le savoir.

Le téléphone sonnait lorsque Carrie rentra du travail, le lundi suivant. Elle se précipita vers l'appareil.

— Allô !

Son correspondant ne répondit pas tout de suite et

elle en conçut une légère appréhension, d'autant qu'elle entendait quelqu'un respirer, au bout du fil.

— C'est Carrie ? lança subitement une voix enfantine haut perchée.

— Elle-même, dit-elle un peu perplexe. Qui est à l'appareil ?

— Bah ! Michaël bien sûr ! répondit l'enfant, manifestement offusqué.

Carrie sentit son cœur s'emballer.

— Michaël ? Comment ça va, bonhomme ?

— Papa m'a dit que je pouvais t'appeler. Il m'a montré sur quelles touches appuyer pour faire ton numéro.

Mark se tenait là, à portée d'oreille… Les battements de son cœur s'accélérèrent encore.

— Alors, tu m'appelles pour me faire un petit coucou ?

— Non. Je veux t'inviter à la fête de…

Elle entendit une voix étouffée, derrière lui.

— A la fête de fin d'année de l'école, reprit laborieusement l'enfant. Papa est d'accord.

— Pourquoi ? Il ne sera pas là ?

— Ce n'est pas sûr. Il sera peut-être obligé d'aller travailler. Et Heidi m'a promis que ce n'était pas grave, si je t'invitais, toi, et pas elle…

Carrie considéra l'appareil, sidérée, et se demandant ce que Mark pensait de tout ça. Avait-il cédé aux instances de son fils parce qu'il savait qu'il ne serait pas libre ?

— Quand est-ce ?

— Ce jeudi. C'est le dernier jour d'école. C'est à…

A quelle heure, déjà, papa ? demanda-t-il d'une voix plus lointaine. A midi, reprit-il, dans le combiné. Papa m'a prévenu que tu travaillais, toi aussi, mais moi, j'aimerais vraiment que tu viennes.

— Avec plaisir, Michaël. Je te remercie pour l'invitation. Il faudra que tu me dises de quelle école il s'agit et dans quelle classe tu es !

— Je suis dans la classe de Mlle Hooper.

Un autre échange étouffé s'ensuivit et Mark prit la relève.

— Carrie ? Bonjour.

Il lui donna l'adresse et le nom de l'école, avant de conclure.

— Je sais que cette invitation te met dans l'embarras…

— Ne dis donc pas de bêtises. Je suis très honorée que ton fils ait pensé à moi. Ce sera sûrement instructif pour moi et…

Il lui apparut soudain que Mark ne souhaitait peut-être pas qu'elle accepte l'invitation.

— Enfin… Si ça ne te dérange pas, bien sûr, reprit-elle précautionneusement. Michaël m'a dit que tu ne pourrais sans doute pas te libérer et…

— Je vais essayer… Et Michaël sera aux anges si tu y vas. Il… Il a des vues sur toi.

— Des vues sur moi ? répéta-t-elle, interloquée.

— Je t'expliquerai… Bon ! A jeudi, si on se voit là-bas. Je te repasse Michaël.

Le petit garçon la remercia, probablement sous la

houlette de son père, avant de lui annoncer que les parents étaient censés contribuer au buffet.

— Sauf que tu n'as pas le droit de le confectionner toi-même. Ça doit venir d'un magasin, précisa-t-il d'un ton méprisant.

Histoire de respecter la réglementation sanitaire en cours, probablement.

— J'ai dit qu'on apporterait des serviettes en papier et des petits gâteaux.

— Pas de problème. Dis à ton papa que je m'en occupe. Tu te rends compte ? Dans trois jours, tu seras officiellement un grand garçon, prêt à entrer au cours préparatoire !

— Oui ! Et on va avoir un certificat ! C'est génial, non ?

Ils se quittèrent là-dessus et Carrie raccrocha, regrettant amèrement de ne pas être plus vieille de deux jours. Elle allait avoir bien du mal à tenir jusqu'à jeudi !

Et encore plus à vivre le restant de son existence, si elle ne voyait pas Mark à la fête de l'école !

Carrie fut accueillie à l'entrée de la salle de classe par une jolie jeune femme brune.

— Bienvenue. Deb Hooper, l'institutrice. Je n'ai pas encore le plaisir de vous connaître, je crois ?

— Carrie Saint-John. Je suis une invitée de Michaël Kincaid.

— Il a les yeux rivés sur l'horloge depuis son arrivée,

ce matin, répondit l'enseignante en souriant. Il aurait été terriblement déçu, si vous n'étiez pas venue !

Elle la fit entrer dans la salle où régnait un joyeux désordre.

— Son père a réussi à se libérer, finalement ? demanda Carrie.

— Je ne sais pas. Il n'est pas encore arrivé, répondit Deb Hooper. Michaël ? lança-t-elle d'une voix forte, pour couvrir le brouhaha. Regarde qui est là !

Le bambin se leva d'un bond et, traversant la pièce, se précipita vers elle pour lui entourer la taille avec une ferveur qui la prit de court.

— Carrie ! Papa avait peur que tu ne viennes pas, mais moi, j'étais sûr que si ! Parce que tu m'as promis !

Carrie commençait à se demander ce qui se passait. Pourquoi sa présence aujourd'hui était-elle aussi importante pour le petit garçon ? Elle interrogea l'institutrice du regard. Celle-ci secoua la tête, visiblement tout aussi perplexe qu'elle.

— Eh bien tu vois, je suis là ! J'ai apporté des petits fours et des serviettes en papier. Tu me montres où les poser ?

— Là bas, dit-il en la relâchant. Viens, je vais te montrer.

Carrie traversa la salle en souriant aimablement aux autres parents. Les gamins étaient surexcités et ça lui rappela des souvenirs. Le dernier jour d'école avant les vacances... Une fête... Les parents présents pour cette grande occasion. Comment aurait-il pu en être autrement ?

Elle disposait les plateaux de petits fours sur la table lorsque Michaël l'abandonna pour se précipiter vers l'entrée.

— Papa ! Papa ! Regarde qui est là !

Carrie crut que son cœur s'était arrêté de battre. Elle pivota lentement sur elle-même, le paquet de serviettes en main. Il était là, penché vers son fils, toujours aussi séduisant, avec son air de gros dur et son bomber en cuir. Elle se remémora la sensation qu'elle avait eue en le voyant pour la première fois... Elle avait eu l'impression qu'il représentait un certain danger tout en sachant qu'il ne lui ferait aucun mal.

Et elle ne s'était pas trompée, ni sur un point ni sur l'autre. Au comble de l'excitation, elle le regarda se relever et leurs regards se croisèrent d'un bout à l'autre de la pièce.

— Génial ! murmura Deb, à côté d'elle.

Elle l'entendit à peine, incapable qu'elle était de détacher les yeux de Mark. Ses pieds refusant de lui obéir, elle regarda comme dans un rêve le père et le fils se faufiler à travers les tables pour venir vers elle.

Deb Hooper alla le saluer et Mark échangea quelques mots avec elle.

— Tu as vu, maîtresse ! entendit-elle Michaël s'extasier. Ils sont venus tous les deux.

— Je vois, en effet, répliqua Deb avec un sourire entendu. Bien joué, Michaël !

Si Mark entendit son commentaire, il n'en laissa rien transparaître.

— Carrie ! C'est gentil d'être venue, dit-il, une

fois qu'il eut parcouru les derniers mètres la séparant d'elle.

Il lui prit les serviettes en papier des mains et les posa sur la table. Elle le laissa faire sans réagir.

— Comme tu le vois, Michaël comptait vraiment sur toi ! poursuivit-il.

— Je vois… Seulement… Je ne comprends pas !

Il eut un petit sourire de guingois, pour le moins énigmatique.

— Comme Heidi se marie, il craint qu'elle ne puisse plus être, je cite, « comme sa maman ». Alors il a jeté son dévolu sur toi.

— Vraiment ? s'écria-t-elle.

— Chut ! murmura-t-il.

Deb Hooper avait regagné l'avant de la salle de classe et frappait dans les mains pour demander l'attention de chacun.

— Les enfants ? Retournez-vous asseoir. Je remercie les parents d'être venus pour cette grande occasion. Vous souvenez-vous du jour de la rentrée, quand certains de mes petits élèves ne voulaient pas vous laisser partir ? Cela paraît bien loin, à présent, et ils sont tous là, à la fin de leur première année d'école.

Elle sourit aux enfants, s'attardant sur chaque visage, avec un mélange de tristesse et de fierté.

— C'est également l'achèvement de ma première année d'enseignement. Grâce à vos enfants, ça a été la plus belle de ma vie. Aussi sommes-nous là aujourd'hui pour célébrer ces deux événements. J'ai préparé un certificat pour chaque enfant.

Elle les appela et, un par un, ils s'avancèrent vers elle. Elle leur chuchotait quelques mots à l'oreille, les serrait brièvement dans ses bras et leur tendait leur certificat sous les applaudissements des parents.

Carrie sourit et applaudit avec les autres. Toutefois, elle était bien trop troublée de sentir le bras de Mark contre le sien, et tellement perturbée par ce qu'il venait de lui dire, qu'elle aurait été bien en peine, après coup, de donner le nom d'un seul des camarades de classe de Michaël.

Lorsqu'elle fut parvenue à la fin de la liste, la maîtresse invita tout le monde à profiter du buffet. La salle déborda soudain d'une activité intense et Carrie entendit Mark lui dire, de sa voix grave :

— J'ai demandé à Heidi de venir chercher le petit. Tu as le temps d'aller déjeuner ? Ou bien de discuter quelque part ? suggéra-t-il.

N'ayant aucune idée de la durée des réjouissances, Carrie avait pris son après-midi.

— Je peux trouver le temps, répondit-elle d'un ton faussement détaché.

Le couloir de l'école bouillonnait d'activité, bien que la cloche n'ait pas encore sonné. Ils le parcoururent en silence.

— Le parc de Gas Works ? proposa Mark. Je te ramènerai à ta voiture, tout à l'heure.

— Michaël a été adorable ! fit-elle remarquer, pendant le court trajet.

— Il a compté les minutes toute la semaine.

— La maîtresse a l'air sympa.

— Pardon ? dit-il distraitement. Oh ! Oui. Elle est très bien.

Le parc, un fascinant mélange de tuyaux, de rouages et de moteurs, vestiges d'un passé industriel révolu, était désormais entouré d'arbres et d'une pelouse luxuriante. Il s'étirait tout le long de la berge rocheuse du lac Union. La vue sur Seattle et la Space Needle était spectaculaire. Des couples s'étaient installés sur l'herbe, avec leur pique-nique, pour profiter du soleil. Joggers et cyclistes confluaient vers les pistes. Une brise légère faisait onduler la surface de l'eau et, au moment même où Mark et Carrie descendaient de voiture, un hydravion décolla du lac pour s'élever vers le ciel.

— Viens… On va essayer de trouver un endroit où s'asseoir.

Ils s'éloignèrent des anciennes usines aux murs couverts de graffitis, et déambulèrent, le long de la rive, jusqu'à un banc libre.

Carrie s'assit sagement, les mains pliées sur ses genoux. Mark prit place à côté d'elle et admira la vue, les sourcils froncés pour se protéger de la lumière.

Pendant ce qui parut une éternité, ni l'un ni l'autre ne prononça mot. Ce fut Mark qui brisa le silence.

— J'ai failli te courir après, l'autre soir.

— Je ne t'aurais pas ouvert la porte, répliqua-t-elle sans le regarder.

Brusquement, il se tourna vers elle et la dévisagea d'un air grave.

— Je viens de passer deux semaines à regretter ce que je t'ai dit, Carrie. Je n'en pensais pas un mot. Au moment même où je te disais tout ça, je savais, au fond de moi, que ça venait de mes propres angoisses. Pas de quelque chose que tu aurais dit ou fait.

Carrie s'efforça de regarder Mark dans les yeux.

— Non… Tu avais raison. J'étais complètement centrée sur moi-même. Et même si ça m'a blessée dans mon amour-propre, j'avais besoin de me l'entendre dire, un jour ou l'autre.

— Absolument pas ! protesta-t-il d'un ton rauque. C'est normal que tu aies été perturbée. Pire, j'avais tout à fait conscience de ton état et je me suis servi du fait que tu cherchais quelqu'un à qui parler pour me rapprocher de toi. Et puis, tout d'un coup, comme ça, il aurait fallu que tu oublies tes problèmes personnels pour ne plus penser qu'à moi… Quel idiot, tu avoueras ! conclut-il.

— Je ne voudrais pas que tu croies que je suis toujours comme ça.

— C'est moi qui t'ai encouragée à te confier à moi !

— Tu as été tellement patient…

— Sûrement pas… Ecoute. J'ai quelque chose à te dire.

Il prit les mains de Carrie et avoua doucement :

— Tu m'as manqué, Carrie. Tu ne peux pas savoir à quel point…

— Si. J'ai ma petite idée là-dessus, parce que toi aussi, tu m'as manqué. Cette nuit avec toi… La soirée avait bien mal commencé, et elle a fini par être la plus belle de ma vie… Malheureusement, je n'ai jamais osé te le dire. J'avais peur que ce ne soit que... qu'une passade, pour toi. Rien d'exceptionnel.

— Grâce à toi, j'ai compris ce qui était allé de travers dans mon couple.

Elle le dévisagea sans comprendre.

— Ça a été terrible, reprit-il d'une voix rendue rauque par l'émotion. Non seulement de perdre Emily, mais aussi de m'apercevoir, comme ça, que j'avais été loin de lui suffire... Et puis je me suis rendu compte de ce que j'éprouvais pour toi... Ce que j'ai ressenti quand nous avons fait l'amour...

Il s'interrompit, s'éclaircit la voix.

— Emily et moi nous sommes mariés très jeunes. Elle voulait fonder une famille et, de mon côté, avec le métier que je faisais à l'époque, j'avais besoin de sa douceur pour me prémunir de ce que je voyais à longueur de journée. Je viens de comprendre que la passion n'était pas au rendez-vous. Ça n'avait rien de comparable avec ce que j'éprouve pour toi. Si ça se trouve, elle-même ignorait pourquoi elle se sentait aussi frustrée. De mon côté, je lui en voulais de ne pas m'aimer suffisamment, et pourtant j'étais en partie responsable, moi aussi. De ne pas l'aimer assez. Si je lui avais donné plus d'amour...

Il n'acheva pas et se voûta.

— Je pense que ça n'aurait rien changé, déclara doucement Carrie. Chez certaines femmes, le désir d'enfant est plus fort que tout. Votre relation n'était pas en cause. Réfléchis un peu... Quand tu as un enfant, ta capacité à aimer s'accroît d'autant. Or tes sentiments pour Michaël n'ont rien enlevé à ton amour pour Emily, si j'ai bien compris.

— Non ! assura-t-il. Bien sûr que non !

— Alors, qu'est-ce qui te fait penser que son désir d'enfant provient de ce qu'elle n'était pas heureuse en ménage ?

— Les médecins l'avaient mise en garde…

— Oui. Et elle désirait suffisamment ce bébé pour prendre le risque. Je peux la comprendre. Pour toi, tout comme pour Michaël, c'était idiot et cruel. A l'inverse, il y a de grandes chances pour qu'elle ait sincèrement cru que tout se passerait bien. Autre chose, Mark… Il ne t'est jamais venu à l'idée que c'était *ton* enfant qu'elle voulait tant porter ?

Elle hésita un instant avant de poursuivre, un peu plus timidement.

— Là encore, je la comprends. Parce que, moi aussi, j'aimerais porter ton enfant. Avant de te rencontrer, je n'avais jamais vraiment songé à la maternité. A présent…

— Carrie !

Il avait prononcé son nom avec une véritable joie. Il la prit dans ses bras et l'embrassa avec toute l'avidité d'un homme donnant enfin libre cours à ses sentiments. Elle lui retourna son baiser avec la même passion désespérée. Et lorsqu'ils mirent fin à leur étreinte, ils cherchaient tous deux leur souffle et échangeaient un regard.

— Je te veux, Carrie. Maintenant…

— Allons chez moi.

Elle se levait déjà mais Mark la retint par le bras.

— Attends… Avant cela, je voudrais te dire quelque chose.

Elle était si heureuse qu'elle avait l'impression de voler, exactement comme le ballon rouge qu'un gamin venait de laisser échapper et qui filait au-dessus de l'eau. Dans les yeux de Mark, elle lut une sérénité toute nouvelle.

— Je t'aime, Carrie.

— Moi aussi, Mark. Je t'aime…

— La semaine dernière, figure-toi que Michaël m'a annoncé tout de go qu'il pensait que tu serais sa nouvelle maman. Il ne comprenait pas que tu ne viennes plus nous rendre visite. Je n'ai pas su m'expliquer… D'autant que j'avais réussi à me convaincre que j'avais rompu avec toi pour le protéger. Et il était là… souffrant déjà de ton absence…

— De sorte, poursuivit-elle d'un ton taquin, que lorsqu'il t'a demandé s'il pouvait m'inviter…

— Je lui ai répondu que c'était une idée géniale. Fantastique, même. Je ne comprends même pas qu'on ne t'ait pas appelée immédiatement !

— Et moi qui me demandais si tu n'aurais pas préféré que je refuse ! rétorqua Carrie avec un petit rire.

— Si tu avais refusé, j'aurais trouvé autre chose… J'aurais rôdé devant chez toi, jusqu'à ce que tu apparaisses…

— Comme la première fois.

— C'est mon métier, n'oublie pas !

— C'est vrai.

Elle lui donna un baiser.

— Tu as fini de te confesser ?

— Oui. Et ça m'amène à te poser une question.

Il prit une grande inspiration et se lança en la regardant droit dans les yeux.

— Je sais que c'est un peu rapide et je… je n'attends pas une réponse immédiate, mais je… Enfin… Veux-tu m'épouser ?

— Ne t'ai-je pas dit que je voulais un enfant de toi ? répondit-elle, les larmes aux yeux.

Il encadra de ses mains le visage de la jeune femme et fit remarquer :

— Mais veux-tu aussi de moi ? Pour mari ?

— Pour moi, l'un ne va pas sans l'autre, murmura-t-elle.

— Je t'aime, Carrie, répéta-t-il doucement.

Et, de nouveau, ils scellèrent leurs serments par un ardent baiser.

PRÉLUD'

Le 1ᵉʳ mars

—— Le 1ᵉʳ mars ——

Noir secret - Brenda Novak • N°280

A neuf ans, Grace a été victime des désirs pervers de son beau-père. Puis il a disparu sans laisser de trace. La suspicion et les rumeurs ont alors envahi la petite ville de son enfance... Mais aujourd'hui, Grace est prête à tout pour briser la malédiction qui pèse sur sa vie. Même s'il lui faut pour cela exhumer un passé douloureux, fait de crimes et de rancœurs.

Le lien du sang - Jennifer Armintrout • N°281

Belle. Et immortelle... Une seule goutte de sang a fait d'elle un vampire, une femme assoiffée de sang, condamnée à vivre dans l'ombre. Elle a quinze jours pour décider de son destin : rejoindre Nathan, l'homme qui l'a initiée à sa vie d'immortelle. Ou succomber au désir fatal qui la pousse vers Cyrus, le démon dont le sang coule dans ses veines... Quinze jours pour combattre le mal... ou se soumettre à jamais.

Erreur fatale - Merline Lovelace • N°282

Ancien membre des services secrets, Cleo North s'en est toujours voulu de n'avoir pu empêcher le meurtre de son amie Debra. D'autant que la version officielle du crime passionnel lui a toujours paru douteuse. Pour elle, le dossier reste ouvert. Et elle entend bien, avec l'aide de Jack Donovan, son ancien collègue, approfondir l'enquête et réparer l'erreur fatale dont elle s'accuse...

Mort sous hypnose - Dinah MacCall • N°283

En trois semaines, six jeunes femmes se donnent la mort sans raison apparente. Or, deux éléments troublants rapprochent ces disparitions soudaines, invalidant la thèse du suicide : juste avant de mettre fin à leurs jours, toutes les victimes ont reçu un appel téléphonique, dont aucun témoin ne connaît la teneur. Toutes ont aussi participé aux mêmes séances d'hypnose... exactement comme leur amie Virginia Shapiro qui, ayant appris leur décès, vit dans l'angoisse d'être la prochaine victime...

Une vie volée - Metsy Hingle • N°284

Après la mort de sa mère, Laura découvre la vérité sur sa naissance : elle n'est pas, comme elle l'a toujours cru, la fille de Richard Harte, fou amoureux de sa mère et mort au front avant sa naissance, mais l'enfant illégitime d'un certain Andrew Jardine, riche bourgeois de la Nouvelle-Orléans, qui ne l'a jamais reconnue. Seule avec ses questions et ses peurs, tourmentée par le secret de ses origines, Laura n'a plus qu'une idée en tête : trouver ce qui a détruit l'amour de ses parents, et fait basculer son propre destin...

Lady Mystère - Kat Martin • N°285

Londres, 1804.

Pour protéger sa jeune soeur de la lubricité de leur beau-père, lady Victoria Temple décide de fuir avec elle à Londres où, pour survivre, toutes deux n'ont d'autre choix que de se faire engager comme domestiques chez le duc de Brant. Ce dernier s'intéresse d'emblée à Victoria, dont le charme piquant l'intrigue et le séduit. Il lui fait une cour assidue à laquelle la jeune femme, bien que secrètement troublée, s'interdit de succomber. Elle ne peut pas, ne doit pas, baisser la garde. Car si le duc venait à découvrir leur véritable identité, les conséquences seraient terribles...

Secrets et mensonges - Debbie Macomber • N°144 *(réédition)*

Désireuse de faire le point sur sa vie, Lindsay Snyder revient à Buffalo Valley où, enfant, elle a passé ses vacances. Un secret de famille hante sa mémoire, et elle n'a de cesse de découvrir ce que sa grand-mère a toujours cherché à lui cacher. Mais à son arrivée, elle trouve la petite ville bien changée : boutiques fermées, quartiers désertés... Loin de la décourager, ce voyage au pays de son enfance se révèle un véritable pari sur l'avenir – y compris sur son destin de femme...

ABONNEZ-VOUS!

2 romans gratuits*
+ 1 bijou
+ 1 cadeau surprise

Choisissez parmi les collections suivantes

AZUR : La force d'une rencontre, l'intensité de la passion.
6 romans de 160 pages par mois. 22,48 € le colis, frais de port inclus.

BLANCHE : Passions et ambitions dans l'univers médical.
3 volumes doubles de 320 pages par mois. 18,76 € le colis, frais de port inclus.

LES HISTORIQUES : Le tourbillon de l'Histoire, le souffle de la passion.
3 romans de 352 pages par mois. 18,76 € le colis, frais de port inclus.

AUDACE : Sexy, impertinent, osé.
2 romans de 224 pages par mois. 11,24 € le colis, frais de port inclus.

HORIZON : La magie du rêve et de l'amour.
4 romans en gros caractères de 224 pages par mois. 16,18 € le colis, frais de port inclus.

BEST-SELLERS : Des romans à grand succès, riches en action, émotion et suspense.
3 romans de plus de 350 pages par mois. 21,31 € le colis, frais de port inclus.

MIRA : Une sélection des meilleurs titres du suspense en grand format.
2 romans grand format de plus de 400 pages par mois. 23,30 € le colis, frais de port inclus.

JADE : Une collection féminine et élégante en grand format.
2 romans grand format de plus de 400 pages par mois. 23,30 € le colis, frais de port inclus.

Attention: certains titres Mira et Jade sont déjà parus dans la collection Best-Sellers.

NOUVELLES COLLECTIONS

PRELUD' : Tout le romanesque des grandes histoires d'amour.
4 romans de 352 pages par mois. 21,30 € le colis, frais de port inclus.

PASSIONS : Jeux d'amour et de séduction.
3 volumes doubles de 480 pages par mois. 19,45 € le colis, frais de port inclus.

BLACK ROSE : Des histoires palpitantes où énigme, mystère et amour s'entremêlent.
2 romans de 384 et 512 pages par mois. 18,50 € le colis, frais de port inclus.

VOS AVANTAGES EXCLUSIFS

1.Une totale liberté
Vous n'avez aucune obligation d'achat. Vous avez 10 jours pour consulter les livres et décider ensuite de les garder ou de nous les retourner.

2.Une économie de 5%
Vous bénéficiez d'une remise de 5% sur le prix de vente public.

3.Les livres en avant-première
Les romans que nous vous envoyons, dès le premier colis, sont des inédits de la collection choisie. Nous vous les expédions avant même leur sortie dans le commerce.

Oui, je désire profiter de votre offre exceptionnelle. J'ai bien noté que je recevrai d'abord gratuitement un colis de 2 romans* ainsi que 2 cadeaux. Ensuite, je recevrai un colis payant de romans inédits régulièrement.

Je choisis la collection que je souhaite recevoir :

(☞cochez la case de votre choix)

❏ **AZUR** : Z7ZF56

❏ **BLANCHE** : B7ZF53

❏ **LES HISTORIQUES** : H7ZF53

❏ **AUDACE** : U7ZF52

❏ **HORIZON** : O7ZF54

❏ **BEST-SELLERS** : E7ZF53

❏ **MIRA** : M7ZF52

❏ **JADE** : J7ZF52

❏ **PRELUD'** : A7ZF54

❏ **PASSIONS** : R7ZF53

❏ **BLACK ROSE** : I7ZF53

*sauf pour les collections Jade et Mira = 1 livre gratuit.

Renvoyez ce bon à : Service Lectrices HARLEQUIN
BP 20008 - 59718 LILLE CEDEX 9.

N° d'abonnée Harlequin (si vous en avez un)   ⌐⌐⌐⌐⌐⌐⌐⌐⌐⌐⌐

Mᵐᵉ ❏   Mˡˡᵉ ❏   NOM _____

Prénom _____

Adresse _____

Code Postal ⌐⌐⌐⌐⌐⌐   Ville _____

Le Service Lectrices est à votre écoute au 01.45.82.44.26
du lundi au jeudi de 9h à 17h et le vendredi de 9h à 15h.

Composé et édité par les
éditions **Harlequin**
Achevé d'imprimer en janvier 2007

par

LIBERDÚPLEX

Dépôt légal : février 2007
N° d'éditeur : 12611

Imprimé en Espagne

Découvrez GRATUITEMENT la collection

Jade

Oui, je souhaite recevoir directement chez moi la collection JADE. J'ai bien noté que je recevrai 2 livres grand format tous les mois, au prix unitaire exceptionnel de 10,40 € (+ 2,50 € de frais de port <u>par colis</u>). Je suis libre d'interrompre les envois à tout moment, par simple courrier ou appel téléphonique au Service Lectrices. Je ne paie rien aujourd'hui, la facture sera jointe à mon colis.

J7BFØ1

<u>À noter</u> : certains romans sont **INÉDITS** en France.
D'autres sont des **RÉÉDITIONS** de la collection Best-Sellers.

Renvoyez ce bon à :
Service Lectrices Harlequin
BP 20008 -59718 Lille Cedex 9

N° abonnée (si vous en avez un) ⊔ ⊔⊔⊔⊔⊔⊔⊔

Mme ❑   Mlle ❑   NOM _____

Prénom _____

Adresse _____

Code Postal ⊔⊔⊔⊔⊔ Ville _____

Le **Service Lectrices** est à votre écoute au **01.45.82.44.26**
du lundi au jeudi de 9h à 17h et le vendredi de 9h à 15h.

Retrouvez plus d'infos sur **www.harlequin.fr** !